Die Teufel und Engel

Freunde mit gewissen Vorzügen, Volume 1

Sarwah Creed

Published by Sarwah Creed, 2020.

Die Teufel und Engel
von
Sarwah Creed
© 2020 Sarwah Creed

DIE TEUFEL UND ENGEL

First edition. December 27, 2020.

Copyright © 2020 Sarwah Creed.

ISBN: 979-8201450410

Written by Sarwah Creed.

Also by Sarwah Creed

Alles Für Den Boss
Chef mit gewissen Vorzügen
Sexy Überstunden
Chef der Begierde

Bad Apples
Love To Hate You
Hate To Love You

Freunde mit gewissen Vorzügen
Die Teufel und Engel
Schmutziger Spieler
Sext Me

grumpy boss
Size of his Shoes
A Boss with Benefits
My Thirty Day Quarantine

An Ex with Benefits
Blind Date

Kings of Hawk Academy
Bad Intentions
Cruel Intentions

Sext Me Crazy
Filthy #TeXXXt
Hot #TeXXXt

The FlirtChat Series
Daily #TeXXXt
Triple TeXXXt
Quadruple TeXXXt
Naughty #teXXXt

Standalone
Claimed By Wolves

Inhaltsverzeichnis

Über Teufel und Engel

Dieses Buch wurde zuvor in englischer Sprache unter dem Titel Bad Seeds von Stephanie Brother veröffentlicht. Es enthält keinen neuen Inhalt.

Von Sarwah Creed

Sexy Bücherwelten – Liebesromane mit Schuss

Für alle, die nicht genug bekommen können von aufregenden, sexy Liebesgeschichten mit dem gewissen Etwas.

Gegründet von den Autorinnen

Mila Young

Sarwah Creed

Facebook Page—https://www.facebook.com/SexyBuecherwelten/

Facebook Group—https://www.facebook.com/groups/SexyBuecherweltenCrew/

Über Die Teufel und Engel...

Engel sehnen sich danach, vom Teufel verdorben zu werden, und Regeln werden gemacht, um gebrochen zu werden.

Sie kamen blitzschnell in meine Welt. Santiago und Fernando waren die lange verlorenen Söhne der Haushälterin, die Fahrrad fuhren und dunkle Augen, Haare und ebensolche Seelen hatten.

Sie hatten eine Regel und ein Geheimnis.

Ich wollte ihre unbarmherzige Leidenschaft spüren.

Ich wollte von den „sogenannten" Teufeln verdorben werden.

Vor allem musste ich unbedingt ihr Geheimnis herausfinden ... Ich würde alles tun, um es herauszufinden, denn ich wusste, dass sie die Brut des Teufels waren.

Ich wusste, dass die Regel lautete, mich nicht zu berühren. Mein liebster Dad hatte ihnen das klar gemacht; ich war die kostbare Tochter der Dyntons.

Ich war ihr kostbarer Engel.

Und Neugier war mein zweiter Vorname, und mir war klar, dass mich das in Schwierigkeiten bringen würde. Schließlich sehnen sich Engel danach, vom Teufel verdorben zu werden, und Regeln werden gemacht, um gebrochen zu werden.

Kapitel Eins

Vor einem Jahr

Krystal

„Hey, Daddy. Gut siehst du aus." Ich küsste ihn fest auf die Backe und umarmte den Mann, der mir das Leben geschenkt hatte. Ich war auf ihn zugelaufen, während er mit weit ausgebreiteten Armen dagestanden hatte. Er hatte mich gebeten, mich mit ihm in unserem Lieblingsbistro zu treffen. Das *Avec Nous* war ein schickes, französisches Bistro, in dem wir gern zu Abend aßen. Als ich sah, dass meine Mutter gemütlich neben ihm saß, fragte ich mich, ob er etwas Bestimmtes besprechen oder einfach nur quatschen wollte?

„Du siehst glücklich aus, meine Kleine. Was hast du heute gemacht?" Dad setzte sich wieder an den Glastisch, den er ausgesucht hatte, und schenkte mir seine volle Aufmerksamkeit, aber er streckte seine linke Hand aus und nahm die perfekt manikürte Hand meiner Mutter.

Mom lächelte mich nur an, sie trug ein Sommerkleid mit einer passenden Strickjacke, ihr Kleid war ein helles Olivgrün, das ihr bis zu den Knöcheln reichte.

Ich blickte Mom an und sah, dass sie nur Augen für Daddy hatte. Ich bewunderte das an meinen Eltern, sie hatten eine so enge Beziehung. Nicht wie bei meinen Freunden und ihren Eltern. Gott, sie ließen sich die ganze Zeit scheiden. Scheidung schien die neue Mode in Beverly Hills zu sein, das war schon immer so gewesen, seit ich mich erinnern konnte.

Wäre Papa allein hier gewesen, dann würde ich mir wahrscheinlich Zeit lassen, anstatt zur Sache zu kommen, aber nicht, wenn Mom hier war. Sie gab mir immer das Gefühl, als wäre ich das dritte Rad, als wäre ich der ungebetene Gast. Also beschloss ich, es auszuspucken und ihm gleich zu sagen, was ich auf dem Herzen hatte.

„Kannst du mir bitte noch mehr Geld überweisen, Daddy? Ich brauche ein neues Kleid für die Preisverleihungsfeier in der Schule." Ich besuchte die prestigeträchtigste Highschool in Santa Monica, und es kam überhaupt nicht infrage, dass ich das gleiche Kleid zweimal bei einer Schulveranstaltung tragen würde.

Auf keinen verdammten Fall.

Meine Eintrittskarte zum Erfolg waren Charme und ein süßes Lächeln für meinen Daddy, ein bisschen Dekolleté, um den ausgetrockneten Lehrern und den Aufgaben zu entkommen, die Erwähnung von Daddy, einem der angesehensten Filmregisseure der Welt, was dafür sorgte, dass meine Strafzettel für zu schnelles Fahren jedes Mal im Müll landeten. Was die Bullen betraf, so hat mich derselbe Typ immer wieder angehalten, weil ihm mein Dekolleté gefiel, und ich sorgte dafür, dass ich ihm meine glatten, gebräunten und sehr straffen Oberschenkel zeigte. Ich hatte eine Schwäche für ältere Männer, die ich mit meiner Unschuld zum Schwitzen brachte, da sie wussten, dass sie sofort im Knast landen würden, wenn sie mir auch nur zu nahe kämen. Es gab mir das Gefühl, als hätte ich jederzeit Macht über alle und jeden.

„Kein Problem, mein Schatz." Daddy lächelte mich an und winkte dem Kellner.

„Du musst ziemlich aufgeregt sein, Krystal. Du bist fast mit der Schule fertig und machst in wenigen Monaten deinen Abschluss", meldete sich Mom zu Wort, nachdem sie ihre Bestellung aufgegeben hatten. Es war das erste Mal, dass wir seit geraumer Zeit wieder miteinander redeten, und das Einzige was sie wissen wollte, war, wann ich von zu Hause ausziehen würde.

Typisch.

Ich wette, dass sie meinen Vater auch darum gebeten hatte, mich nicht ebenfalls zum Mittagessen einzuladen. Nur, damit sie das Wochenende alleine verbringen konnten.

„Ja, das bin ich, Mom", erwiderte ich höflich, ein wenig verärgert darüber, dass meine Mutter den Abschluss erneut erwähnt hatte. Manchmal fragte ich mich, ob sie die Stunden zählte, bis ich endlich das Haus verließ, und das tat richtig weh. Daddy hingegen stellte klar, dass er nicht wollte, dass ich jetzt schon von zu Hause ausziehe. Aber was sie anging, so sprach sie fast jeden Tag davon.

„Der Ehemaligen-Ball ist nächste Woche und bevor wir es uns versehen folgt darauf der Abschlussball und die Abschlussprüfungen. Und dann bin ich fertig."

„Also, ich bin mir sicher, dass du es kaum erwarten kannst, alles hinter dich zu bringen und auszuziehen", erklärte Mom erneut. "Wenn du allerdings zu beschäftigt bist, wäre es vielleicht besser gewesen, heute nicht mit uns auszugehen. Du hättest deinen Vater anrufen oder eine SMS schreiben können, um ihn zu fragen, dir Geld zu überweisen. Dazu musstest du nicht persönlich auftauchen."

Sie nippte an einem Glas Wasser und lächelte dann Dad an.

Ich schloss meine Augen, froh, dass ich die Sonnenbrille aufhatte, sodass man meine Augen nicht sehen konnte. Das getönte Glas verbarg den Schmerz, den ich mir nicht anmerken lassen wollte. Ein kurzer Blick zu Daddy zeigte, dass er Moms Einschätzung der Lage, was meinen Auszug von zu Hause oder sogar die Tatsache, dass ich zum Mittagessen gekommen war, nicht für gut befand.

„Schatz, möchtest du ein Glas Wein?", fragte Daddy meine Mutter, weil er offensichtlich das Gefühl hatte, dass der Wein dabei helfen könnte, sie zu beruhigen, damit sie ein wenig sanfter mit mir umgehen würde. Denn ohne Wein war sie offensichtlich ziemlich nervös.

Es war mir egal, ich versuchte, nicht daran zu denken, was sie gesagt hatte, damit ich so schnell wie möglich verschwinden konnte.

Meine Mutter schüttelte den Kopf. „Nein, nicht heute, mein Schatz. Ich bin dabei, zu entschlacken." Sie tätschelte seine Hand und sagte nichts, bis das Essen endlich kam. Und sie musste es mit ihrer

Entschlackungskur ziemlich genau nehmen, denn normalerweise lehnte sie Wein nicht ab, egal wie spät es war.

„Daddy, ich weiß, es ist Sonntag, und ich war mir nicht sicher, ob du einen bestimmten Grund dafür hattest, dass wir heute hier essen …"

„Brauche ich denn einen bestimmten Grund, um mit meinem Engel zu essen?"

Ich schüttelte den Kopf und fühlte mich schuldig, weil ich gefragt hatte. Ich achtete nicht darauf, dass meine Mutter mich böse anstarrte, aber ich konnte fast körperlich spüren, wie enttäuscht sie war, dass ich diese Frage gestellt hatte. Als würde diese Frage bedeuten, dass ich meinem Vater die Stimmung verdarb, was sich letztendlich irgendwie auf sie auswirkte.

Also log ich weiter: „Heute Abend gehe ich zu Johanna um zu lernen. Wir haben morgen eine Probeklausur und auf die möchte ich mich vorbereiten." Ich steckte mir eine Kirschtomate in den Mund, die in dem Beilagensalat zu meinem Schwertfisch gewesen war, und wartete auf seine Antwort.

Ich wusste, dass er zustimmen würde, solange ich ihm einen guten Grund dafür lieferte, warum ich zu spät oder überhaupt nicht nach Hause kam. Außerdem war es ziemlich offensichtlich, dass Mom mir auf die Nerven ging. Sie hatte kaum mit mir gesprochen, und wenn, dann nur darüber, wann ich endlich ausziehen würde.

„Natürlich, meine Kleine. Tu, was du tun musst. Ich weiß sowieso, dass du hervorragend bei den Prüfungen abschneiden wirst. Das tust du immer. Du bist mein schlaues Mädchen."

Mamas blaue Augen strahlten vor Stolz hinter den getönten Gläsern ihrer klassischen Chanel-Sonnenbrille. Manchmal musste ich mich daran erinnern, dass ich Mom nicht hasste, sie war nur bereit für das leere Nest, über das so viele andere Frauen jammerten. Okay, sie freute sich bereits darauf, seit ich sechzehn war und mein erstes Auto bekam, das bedeutete nicht, dass sie mich hasste. Nur, dass sie bereit war, ihren kleinen Vogel fliegen zu lassen.

Ich nahm mein Telefon, während ich eine Gabel voll von meinem Schwertfisch aß und schickte meinen beiden besten Freundinnen eine Nachricht. Es gab keine Probeklausur; Johanna, Suzanna und ich hatten eine kleine Party für uns selbst geplant. Dazu gehörte auch eine kleine Rache für die Schlampe, die versucht hatte, mir meinen Freund Ryder auszuspannen.

Ich hatte Ryder nun schon seit Monaten nicht dran gelassen, und am Abschlussball sollte die Nacht sein, in der ich ihm endlich das geben würde, was er wirklich wollte. Er würde das Recht bekommen, damit zu prahlen, mir die Unschuld genommen zu haben und ich durfte den beliebtesten Jungen der Schule ficken und verdiente mir damit mein eigenes Ansehen. Diese Schlampe Charlotte hatte versucht, Ryder auf einer Party letzte Woche in Versuchung zu führen, auf der sie beide gewesen waren. Ich war an diesem Abend mit meinen Eltern auf eine Party gegangen und konnte mich nicht mehr loseisen.

Johanna und Suzanna waren jedoch dort gewesen und hatten Charlottes kleine Anmach-Performance für mich auf Video aufgenommen. Sie passten auf ihre Freundin auf, genau wie ich auf sie, und wir waren uns alle einig, dass Charlotte für das, was sie getan hatte, bezahlen würde, aber die Frage war nur, wie?

Ich legte das Handy weg und schaltete mich wieder in das Gespräch zwischen meinen Eltern ein. Sie sprachen über Daddys neuestes Projekt.

„Ich muss nach England und ein paar Szenen dort drehen, mein Schatz. Ich würde mich freuen, wenn du mitkommst, falls du Zeit hast", erklärte Daddy und seine dunkelblauen Augen leuchteten vor Aufregung.

„Ich muss in meinen Terminplan schauen. Und wohin in England geht die Reise?" Mom strich sich mit dem kleinen Finger ihrer rechten Hand die Haare aus dem Gesicht, um ihre Frisur nicht zu zerstören.

„In ein kleines Städtchen namens Matlock, wo wir vorher noch nie gewesen sind", erklärte Daddy und lehnte sich in seinem Stuhl zurück.

„Es soll sich um ein bezauberndes, kleines Städtchen handeln, das ganz anders ist als London oder Manchester. Das Chatsworth Haus befindet sich ganz in der Nähe, und wir könnten es besichtigen, während wir dort sind."

„Das würde mir gefallen", grinste Mom leicht und ihre weißen Zähne leuchteten im Licht der Nachmittagssonne.

„Nur zu schade, dass wir Krystal nicht mitnehmen können, aber sie soll trotzdem die Möglichkeit bekommen, nach England zu fahren, wann immer sie möchte." Daddy sah zu mir hinüber und ich verstellte mich, wie es von mir erwartet wurde.

„Sie würde sich sowieso nur langweilen." Mom ging nicht einmal auf den Vorschlag ein, als würde sie sagen wollen: *Glaube mir, mein Schatz, es ist besser, wenn wir alleine fahren.*

Ich schob meine Sonnenbrille nach oben, da die Sonne sich etwas mehr über den Himmel bewegt hatte. Ich fragte mich, warum sie sich die Mühe gemacht hatte, Kinder zu bekommen. Ok, ich war also ein Einzelkind, aber ich musste wirklich ab und zu darüber nachdenken, ob sie mich mochte oder nicht. Nein, ich war zu großzügig, die meiste Zeit.

„Wird dort nicht diese berühmte Sendung gefilmt?"

Wenn es in der Sendung nicht um Teenager oder eine Realityshow ging, sah ich sie mir auch nicht an, doch in den sozialen Medien hatte ich schon davon gehört.

„Ich glaube schon, aber ich bin mir nicht sicher. Ich weiß nur, dass es berühmt ist." Daddy schnippte einen Brotkrümel von seinem Anzug. Er war immer genauso gut angezogen, wie die Frauen in seinem Leben. Er trug immer Anzüge, selbst an den Sets.

„Das hört sich schön an. Ich hoffe, ihr genießt es." Mein Telefon vibrierte und ich nahm es hoch und sah zweimal Daumen hoch von meinen besten Freundinnen.

„Falls du irgendwas brauchst, hast du ja noch Ana, Krystal", meldete sich Mom zu Wort und wandte sich zu mir um. „Und wahrscheinlich auch all ihre männlichen Freunde, falls du sie wirklich mal brauchst."

Ich runzelte die Stirn.

Santiago und Fernando waren nicht meine Art von Menschen. Sie fuhren Motorräder, auf die mich keine zehn Pferde kriegen würden. Ich mochte die Motorräder von BMW. Sie hatten Harleys, laute Dinger, die mich einfach erschaudern ließen. Aber ich sah sie mir gerne an, selbst wenn sie nicht meinen Ansprüchen genügten, konnten sie beide für Zeitschriften als Modell herhalten. Mit ein wenig Aufstylen, einer Maniküre und natürlich einem Kleiderwechsel.

Trotzdem waren sie arm, und ich würde nicht wollen, dass mich jemand mit ihnen sieht, zumindest niemand, den ich kannte.

„Hey, ich muss mich noch mit meinem Schneider wegen des Kleides treffen. Wenn es dir nichts ausmacht, würde ich jetzt gehen, Daddy?" bat ich, als ich die nächste SMS auf meinem Telefon sah. Ich war im Rennen um die Homecoming Queen zu werden und wollte sichergehen, dass ich das Kleid hatte, das alle umhauen würde, aber das war jetzt nicht mein Ziel.

Ryder wollte mich an seinem geheimen Ort am Strand treffen. Es war ein altes Gebäude, das sein Vater gekauft hatte, mit dem er aber seit über einem Jahrzehnt nichts mehr anfangen konnte. Ryder nutzte es als geheimen Zufluchtsort und hatte sogar Möbel und ein paar Geräte dorthin gebracht.

„Natürlich, mein Schatz. Ich weiß doch, wie viel dir dein Kleid bedeutet. Wir sehen uns morgen." Er hielt mir seine Wange hin und ich küsste sie pflichtbewusst.

„Das Leben ist einfach toll, nicht wahr?", fügte ich hinzu, als ich mich aufrichtete und ihn anstrahlte. „Ich liebe dich, Daddy."

Ich holte meine Tasche und küsste auch Mom auf die Wange, bevor ich das Restaurant verließ. Ich hatte mein Mittagessen kaum angerührt, aber Mom war zu sehr damit beschäftigt, sich darüber zu freuen, dass ich ging, und Dad war zu sehr damit beschäftigt, seine Enttäuschung darüber zu verbergen, dass ich früher gegangen war. Er starrte mir nach, während Mom das Gegenteil tat. Das war einer der Gründe, warum ich gerne in seiner Gesellschaft war und es verabscheute, mit ihr zusammen zu sein.

***

Ich fuhr zum Strand hinaus und parkte in der Nähe des Treffpunkts und ging mit der Nase in der Luft zum Gebäude hinunter. Ich ging an einigen Gebäuden vorbei, die mit einer Vielzahl von Boutiquen und Fachgeschäften vollgestopft waren. Ich hatte einen Blick in alle geworfen, also ging ich nun ohne jegliche Neugierde an ihnen vorbei. Gerade jetzt musste ich den heißen Quarterback treffen, mit dem zusammenzukommen mein letztes Ziel für mein Abschlussjahr gewesen war.

Mit einem leichten Druck auf die Glastür ging ich in den kleinen Laden, durch den leeren Ausstellungsraum und durch eine Tür, die zum Lagerbereich im hinteren Teil führte. Dort richtete Ryder sein zweites Zuhause ein. Es gab dort ein Bett, eine Couch, einen Kühlschrank, einen Elektroherd mit zwei Flammen auf einem Tisch und eine Mikrowelle. Es gab ein industrielles Waschbecken im Gebäude und eine Toilette, aber keine Bademöglichkeiten. Ich war überrascht, dass Ryder nicht auch eine Dusche installiert hatte.

Er lag mit seiner imposanten Größe von ein Meter neunzig ausgestreckt auf dem Bett, ein sehr schmutziges Grinsen im Gesicht. Wir wussten beide, warum ich hier war.

„Ich dachte schon, du würdest mich sitzen lassen." Er klatschte auf die Seite neben sich im Bett, was keine Einladung, sondern eher einem Befehl glich.

Ich biss mir auf die Unterlippe, weil das immer seine Aufmerksamkeit erregte, und kroch zu ihm ins Bett. „Du hast mich wohl vermisst, was?"

„Ein bisschen schon." Er zog mich auf seine Brust und küsste mich mit einer Leidenschaft, die ich gerne weiter auskundschaften würde, doch stattdessen zog ich mich vor ihm zurück und stellte mich hin.

„Immer mit der Ruhe. Du weißt doch, dass wir warten müssen, bis ich verhüte." Ich verhütete erst seit ein paar Wochen und versuchte, ihn bis zur Nacht des Abschlussballs zu vertrösten. Es war ein bisschen klischeehaft, aber ich wollte die Nacht unvergesslich machen. Etwas Besonderes, denn genau das hatte ich verdient.

Er umklammerte seinen harten Schwanz in seiner schwarzen Laufhose, sodass ich sehen konnte, was da auf mich wartete. „Du musst mich nicht ficken, Baby, es gibt auch andere Methoden, mir Erleichterung zu verschaffen."

„Bitte, Ryder, heute nicht."

Ich sah, wie der Blick seiner grünen Augen sich verhärtete, aber er nickte. „Ja, schon in Ordnung, Krystal."

Er zog seine e-Zigarette heraus und nahm einen Zug. Es war kein Tabak in der Zigarette. Ich verdrehte die Augen und setzte mich in den Lehnstuhl, den er in das Gebäude geschleppt hatte. „Du bist der Quarterback und du bekiffst dich schon wieder, Ryder?"

„Na und? Das ist gut gegen Muskelkater und solche Sachen. Schließlich machen wir keinen Drogentest oder sowas. Zumindest wird nicht auf Marihuana getestet."

Ich wedelte den Dampf weg, als er auf mich zu schwebte. Sein Vater hatte früher Profi-Football gespielt und er schwamm im Geld. *Konnte sich sein Vater für seinen Sohn keinen besseren Ort als dieses Rattenloch zum Spielen leisten?*

Einer von Ryders Freunden, Tay, kam zu diesem Zeitpunkt herein, und ich war froh, dass ich auf seine Andeutungen ihm einen zu blasen nicht eingegangen war. Tay war schon einmal hereingekommen, als wir es getan hatten, und Ryder hatte nicht aufhören wollen. Er hatte seine Hand auf meinen Kopf gedrückt, bis ich ihm gegen das Bein schlug und er mich aufstehen ließ.

Ryder stand auf, zog sich ein Hemd an und bot Tay einen Drink an, etwas, das er für mich noch immer nicht getan hatte. Ich blies den Atem verärgert durch geschürzte Lippen aus. Wäre er nicht so beliebt und der größte männliche Star in unserer Schule, würde ich einfach abhauen und sofort verschwinden.

„Kommst du heute Abend auf die Party?", fragte Ryder mich.

Ich schüttelte den Kopf. „Nein, Petras Partys langweilen mich mittlerweile. Es ist immer das Gleiche, das Fest wird schnell zur Orgie und dann zum großen Kotzen. Heute Abend habe ich da keine Lust drauf." Ich winkte mit der Hand ab, schlug die Beine übereinander, um ein funkelndes Diamantenfußkettchen an meinem rechten Knöchel zu enthüllen, und starrte auf das Getränk in Tays Hand.

Ryder hat den Wink immer noch nicht verstanden, also stand ich auf und holte mir meinen eigenen verdammten Drink.

Was zum Teufel stimmte mit ihm nicht? Es war, als würde ich mich dafür bestrafen, dass ich von ihm wie eine Dame behandelt werden wollte. Es war, als ob es nicht möglich wäre und ich es besser wissen sollte, aber ich wusste den wahren Grund, aus dem ich verärgert war.

Meine Mutter.

Sie behandelte mich wie eine Unannehmlichkeit und tat mir jedes Mal ausgesprochen weh. Ich setzte mich hin und hörte ihnen halb zu, als sie über ihre College-Fußballpläne sprachen, beide hatten Stipendien für Stanford.

Ich hatte mich für die UCLA entschieden, aber ich hatte kein Stipendium. Nicht, dass einer von beiden die Stipendien gebraucht hätte, denn Tays Vater war ein Schönheitschirurg der Stars und auch er schwamm im Geld.

Wir waren alle auf derselben Privatschule und kannten uns also schon ewig, aber was keiner von ihnen wirklich wusste, nicht einmal meine besten Freundinnen, war, dass ich nach der Highschool diesen Ort hinter mir lassen wollte. Ich hatte meine eigenen Träume, und dazu gehörte nicht, einen Mann zu heiraten, der in zehn Jahren eine solche Gehirnerschütterung haben würde, dass er sich zur Ruhe setzen müsste.

„Ich muss jetzt los, Jungs, bis später", sagte ich, stand auf, nahm meine Tasche und wandte mich zum Gehen.

„Bis dann, Krys", rief Ryder ohne einmal den Blick von Tay zu lassen.

Auch schon egal!

Mein Plan heute Abend war etwas komplizierter als mich so sehr zuzusaufen, dass ich tagelang kotzen würde. Nein, ich hatte Rache im Sinn und Rache ist süß.

Kapitel Zwei

Krystal

„Er geht mir auf die Nerven …“, weinte ich mich bei Johanna aus, während ich meine Tasche auf ihr Bett schleuderte und Suzanna zuwinkte.

„Er ist eben ein Football-Spieler, was hast du denn erwartet?“, fragte Suzanna und warf sich ihre langen, schwarzen Zöpfe auf den Rücken. Ihre Mutter war ein Supermodel aus dem Senegal, so schön, dass sie mit dreiundvierzig noch Jobs bekam, und ihr Vater war ein berühmter Rockstar aus den 90er Jahren, Teil einer Boyband, von der ich noch nichts gehört hatte. Suzanna war wunderschön, mit der blassen Haut und den grünen Augen ihres Vaters, aber den dunklen Haaren ihrer Mutter.

Johanna war die Tochter eines deutschen Supermodels, die sich jetzt nach einem Unfall, der ihr Narben hinterlassen hatte, versteckt hielt, aber sie scheffelte immer noch das Geld aus ihrer früheren Arbeit ein. Johannas Vater war der Chirurg, der damals versuchte, die Narben ihrer Mutter zu beseitigen, aber er hatte nicht viel gegen das Ausmaß der Verletzungen tun können. Sie wurde jetzt nur noch selten in der Öffentlichkeit gesehen.

Johanna hatte die roten Haare ihrer Mutter und die grauen Augen ihres Vaters, und ich verheimlichte, wie eifersüchtig ich wirklich auf sie war. Es war nicht ihr umwerfendes Aussehen, sondern die Beziehung zu ihrer Mutter. Etwas, von dem ich dachte, dass ich es haben würde, wenn ich älter werde, aber es schien nur noch schlimmer statt besser zu werden.

„Ein wenig Aufregung hatte ich schon erwartet. Ich meine, ich versteh schon, dass er der populäre Typ ist, und ich es nur auf Rache abgesehen habe, aber manchmal frage ich mich, ob er meine Toleranz überhaupt wert ist", seufzte ich und stellte fest, dass ich mich das eher selbst fragte als sie.

„Er sitzt nur rum und entweder trainiert er oder kifft die ganze Zeit. Ich hatte mir ein wenig mehr wilde Partys vorgestellt und nicht nur diese Partys, die die Klischees in unserem Leben sind. Seid ihr diesen ganzen Scheiß nicht leid?" Ich zog eines der vielen Kissen aus Johannas Bett und kuschelte es an meinen Bauch.

Ich hatte gerade Krämpfe im Bauch bekommen.

Das blöde Verhütungsmittel hatte meine Periode durcheinander gebracht, aber wenn ich es jetzt hinter mich brachte, hätte ich zumindest am Abend des Abschlussballs damit nichts mehr am Hut.

„Was für wilde Sachen hattest du dir denn erhofft?", wollte Suzanna wissen. „Vielleicht Ausfahrten auf Motorrädern? Redest du schon wieder über die Zwillinge?"

„Nein, warum zum Teufel sollte ich über sie reden? Ich rede nie von ihnen. Allein der Gedanke an sie macht mich verrückt."

Die Mädchen warfen mir zweifelnde Blicke zu und ich verdrehte die Augen. „Okay, dann sind sie eben verdammt heiß", gab ich zu, hasste es aber.

Wieder entgegneten sie nichts.

„Und ich habe gehört, sie sind in so einer Art Motorradgang ...", schnurrte ich, während ich mich daran erinnerte, wie sie mit ihren Motorrädern auf das Grundstück gefahren waren und ich feststellen musste, dass es mich ein wenig erregte, als sie ihre Helme abnahmen und hereingeschlendert kamen.

Ich schüttelte den Gedanken ab, der sich erneut in meinem Kopf abspielte.

„Ich meine, habt ihr sie euch mal angeschaut? Ihre Körper glänzen, als würden sie sie ständig mit Öl einreiben."

„Wow, du hörst dich an, als hättest du gesehen, wie sie aus der Dusche gestiegen sind, oder sowas?"

Nein, nicht gesehen, sondern es mir nur vorgestellt! Ich machte die Augen zu und durchlebte erneut die Fantasie, die mir viel zu oft in den Sinn kam.

„Oh, komm schon, als würdest du die beiden von der Bettkante stoßen", sagte Suzanna.

„Natürlich würde ich das!", entgegnete ich sofort. Allerdings hauptsächlich, weil ich Schuldgefühle hatte, weil Suzanna damit ins Schwarze getroffen hatte, und ich das nicht mal mir selbst gegenüber zugeben wollte.

„Und du heiratest irgendeinen Typen, nur weil deine Mutter es will", entgegnete ich defensiv, da ich Angst hatte, dass ich in ihrem Bett einen Orgasmus haben würde, wenn wir weiter über die Zwillinge redeten.

Suzanna versteifte sich, als ich ihre arrangierte Heirat erwähnte, aber dann legte sie sich neben mich aufs Bett und grinste. „Jedenfalls werde ich mir nie Gedanken um Geld oder die Schule machen müssen. Du weißt, wie sehr ich die Schule hasse."

„Nicht so sehr wie ich", erwiderte Johanna. „Ich bin so froh, dass meine Eltern darauf bestehen, dass ich erst mal durch die Welt reise und mich selbst finde, bevor ich mich für einen Berufsweg entscheide."

„Gehst du immer noch für ein Jahr nach Europa?", fragte ich und wandte mich nach links, wo sie auf dem Bett saß.

„Alle Tickets habe ich schon und der Koffer ist gepackt. Ich warte nur noch auf mein Diplom und dann haue ich ab."

Keine meiner beiden besten Freundinnen hatte eine große Zukunft geplant, jedenfalls nicht, soweit ich wusste. Ich war mir nicht sicher, was ich tun würde, wenn ich erst einmal an der UCLA war, aber ich mochte digitale Kunst, und ich hatte schon seit Jahren Tanzunterricht genommen. Früher oder später würde ich es herausfinden. Fürs Erste würde ich die Hauptkurse belegen und dann würde ich herausfinden, was ich wirklich tun wollte.

„Also, was diese blöde Schlampe Charlotte angeht", erklärte Johanna und stand mit ihrem Tablet in der Hand auf. „Ich habe ihre Adresse und ihre Telefonnummer. Ich dachte, vielleicht könnten wir auf ihrem Instagram etwas darüber posten, was für eine Nutte sie ist, und das Video hochladen."

„Hm. Ich bin mir nicht sicher, ob das als Rache reicht." Ich richtete mich auf und dachte darüber nach, was wir dem Mädchen antun könnten, das versucht hatte, mir Ryder wegzuschnappen.

„Wir könnten uns in ihr Haus schleichen und ihr die Haare abschneiden, während sie schläft. Sie mit Stinktierspray vollsprühen oder sowas", schlug Suzanna vor, und so gut ich die Idee auch fand, wusste ich doch tief in mir drin, dass das zu grausam war. Ich konnte manchmal eine echte Schlampe sein, aber ich war nicht bösartig. Zumindest nicht so.

„Sie könnte aufwachen", gab ich zu bedenken, „oder es gibt Sicherheitsmaßnahmen, an denen wir nicht vorbeikommen. Außerdem wäre das Körperverletzung."

„Holen wir uns was zu essen und denken darüber nach. Wenn man was zu essen hat, ist alles besser", erklärte Johanna.

Ich stimmte ihr zu. Johannas Mutter war eine Gesundheitsfanatikerin, aber eine, die wirklich tolle gesunde Snacks machte. Wir gingen in die riesige Küche hinunter, und ich wurde wieder einmal daran erinnert, wie wenig Zeit ich in meiner eigenen Küche verbrachte.

Ana, die Leiterin des Haushalts bei mir zuhause, kochte unsere Mahlzeiten und wies die Dienstmädchen an, was sie wann putzen sollten. Sie kümmerte sich sogar darum, den Wartungstechniker für den Pool anzurufen. Manchmal, wenn die Gärtner aus irgendwelchen

Gründen nicht kommen konnten, ließ sie ihre beiden Zwillinge hinausgehen und den Rasen mähen oder die Bäume beschneiden.

Ich würde es nie zugeben, aber ich hatte die Jungs da draußen beobachtet, ohne Hemd, verschwitzt und so verdammt muskulös. Aber sie gehörten zu irgendeiner Art von Bande, und ich wollte meinen Körper nicht mit Bandenmitgliedern besudeln.

Niemals.

„Jedenfalls, was werden wir gegen Charlotte machen, während Krystal über die Zwillinge der Haushaltshilfe fantasiert?", fragte Johanna lachend.

„Häh?", fragte ich. Was hatte mich verraten?

„Du hast so einen bestimmten Ausdruck auf dem Gesicht, wenn du nur an die beiden denkst", neckte mich Johanna, und ahmte auf komische Weise das Gesicht nach, das ich machte, wenn ich an die Jungs dachte.

„Als würde ich jemals ...", protestierte ich und ging beleidigt an einen Tisch mit drei Stühlen, eine vegetarische Platte in der Hand. „Das ist einfach nicht richtig, Johanna."

„Nein, du willst nur nicht zugeben, dass du auf sie stehst. Aber du redest ständig von ihnen."

„Tue ich nicht!", erwiderte ich erneut vehement.

„Oh, Dad hat ihnen neue Klamotten für die Schule gekauft, hast du dich letzten Herbst beklagt. Dad hat schon wieder dafür gesorgt, dass sie ihre Strafzettel für zu schnelles Fahren bezahlen müssen. Dad ist immer unten bei ihnen und redet mit ihnen." Suzanna zählte die verschiedenen Gelegenheiten auf, zu denen sie erwähnt worden waren.

„Aber da beschwere ich mich doch nur über sie", sagte ich beleidigt, weil ich immer noch nicht verstand, warum meine besten Freundinnen dachten, ich wolle mit einem dieser ... dieser Bandenmitglieder zusammen sein.

„Aber du hast diesen Ausdruck auf dem Gesicht, wenn du dich beschwerst und so tust, als würdest du sie hassen, aber in Wirklichkeit würdest du es so gerne mit ihnen treiben, dass du es kaum aushältst", erklärte Suzanna.

Mir blieb der Mund offenstehen, als ich meine besten Freundinnen anstarrte. „Mir gefällt die Richtung, die dieses Gespräch genommen hat, ganz und gar nicht ..."

„Natürlich gefällt sie dir nicht, denn du magst sie und willst es nicht zugeben", neckte Johanna mich und nahm dann eine rohe Karotte.

„Sie mag sie nicht, aber ... sie ist heiß auf die beiden!" Suzanna lachte laut auf.

„Nein, da liegst du falsch. Außerdem wollten wir uns doch über Charlotte unterhalten. Was machen wir jetzt mit ihr?"

Meine Freundinnen sahen mich mit einem Ausdruck an, als wollten sie sagen ‚Im Ernst'?

„Ich würde sagen, wir posten das Video einfach auf Instagram, machen ihr Verhalten öffentlich und wenn sie nichts dazu zu sagen hat, fluten wir sie einfach mit unseren Followern", erklärte ich, in dem Versuch sie abzulenken.

„Na gut, aber das halte ich für ziemlich schwach", erklärte Suzanna. „Und vielleicht übertrieben. Willst du sie wirklich solchen Unannehmlichkeiten aussetzen? Nicht, dass es später auf dich zurückkommt."

„Ja, machen wir es", sagte Johanna und kramte ihr Tablett aus.

Ich kramte meins aus der Tasche und synchronisierte mein Tablett mit dem von Johanna, sodass ich das Video auf mein Tablet herunterladen konnte.

Jahrelang hatte ich hart gearbeitet, um mein Image zu pflegen und meinen Status online und bei meinen Altersgenossen zu Hause wachsen zu lassen. Was auch immer nötig war, das hatte ich getan, um dieses perfekte Image zu erhalten, und in den meisten Fällen war das Leben perfekt.

Ich hatte nicht vor, Ryder zu heiraten und in den Sonnenuntergang zu reiten, aber er gehörte mir, und niemand nahm mir das weg, was mir gehörte.

„Findest du, wir sollten das von einem anderen Konto aus posten? Vielleicht einem Fakeprofil? Wenn mein Vater das herausfindet, wird er vielleicht stinksauer. Und zum Schluss landet es noch in den Klatschnachrichten."

„Du hast recht, wir machen lieber ein neues Profil auf", stimmten Suzanna und Johanna zu.

„Allerdings würde er dir ziemlich schnell wieder vergeben, du hast ihn um den kleinen Finger gewickelt." Johanna grinste, als sie das sagte, und wir mussten alle lachen, denn damit war eigentlich alles über meine Beziehung zu meinem Daddy gesagt.

„Okay, ich habe ein neues Profil erstellt und lade jetzt Freunde ein. Wollen wir doch mal sehen." Ich konzentrierte mich, um dem Post einen Text hinzuzufügen.

„‚Die Schlampe dort drüben', oder ‚der Tag, an dem Charlotte einen großen Fehler gemacht hat'?" Ich markierte Charlotte und ein paar weitere Leute, dann lehnte ich mich zurück und wartete darauf, dass die Hölle losbrach.

Ich hatte zwei der größten Klatschtanten unserer Schule getaggt und wusste, dass es auf Twitter und überall sonst landen würde, bevor der Abend vorbei war. Ich war nicht dumm, ich kannte die Macht der Medien, und ja, ich war ein Miesling, aber Charlotte hatte es verdient. Nicht wahr? Ich meine, das hatte sie. Nein, es gab keinen Zweifel daran, dass sie es verdient hatte.

„Verdammt, die Leute drehen durch", erklärte Johanna ein paar Minuten später. Ich hatte nicht nachgesehen; ich hatte mich aus dem neuen Profil aus und in mein richtiges Profil eingeloggt, bevor ich etwas gesehen hatte. Außerdem war ich zwischen dem Nachdenken über die Zwillinge und dem Versuch, Mom zu ignorieren, die ständig meine Gefühle verletzte, in einem persönlichen Aufruhr, nicht, dass ich es jemals jemandem gegenüber zugeben würde. Ich sprach nie über meine Schwächen. Zum Beispiel, als sie mich richtig verletzte, weil Mom über all die Dinge sprach, die sie mit meinem Zimmer anstellen würde, sobald ich weg war. Oder über die Zeit, als sie sagte, dass wir übers Wochenende auf einen Familienausflug fahren würden, es dann aber aus Versehen absichtlich nicht schaffte, einen Wagen von der Schule zu mir zu schicken. Ich war damals zu jung, um zu fahren, erst fünfzehn, und als ich nach Hause kam, war es zu spät, um den Flug noch zu erwischen.

Es würde mir gut tun, von zuhause wegzugehen, aus der giftigen Beziehung, die ich mit ihr hatte, herauszukommen, um einen klaren Kopf zu bekommen und mich davon abzuhalten, dumme Dinge wie diese zu tun.

Ich mochte Ryder nicht einmal wirklich. Warum zum Teufel wollte ich Charlotte unbedingt zerstören? Um mein Gesicht zu wahren? Ich gab es nur ungern zu, aber es war falsch, meine Frustration einfach an ihr auszulassen, und es hatte nichts mit Ryder zu tun und alles mit den Zwillingen und meiner Mutter.

Mein Telefon fing an zu klingeln, und ich wusste, dass die Stunde der Wahrheit gekommen war. Meine Rache fand genau jetzt statt, und bei jedem Klingeln wusste ich, dass die Leute das Video gesehen hatten.

„Vielleicht solltest du besser dein Telefon abstellen, sonst explodiert es noch", murmelte Suzanna die viel zu sehr mit Lesen beschäftigt war, um auch nur hochzuschauen.

„Gleich. Ich will nur sehen ..." Ich beendete den Satz nicht, und öffnete Twitter, um zu sehen, was dort vor sich ging. Schuldgefühle begannen sich einzuschleichen, als ich einige der Dinge las, die die Leute sagten. Manches davon war ... unerwartet grausam.

Ich hatte vielleicht Vulgäres erwartet, ein paar Beschimpfungen, aber ... Scheiße. Das war eine blöde Idee. Eine grausame Idee. Diesmal biss ich mir ernsthaft auf die Lippe, weil Furcht sich in mir ausbreitete. Ich las einen Kommentar nach dem anderen, und sie waren alle voller ... Hass.

Das Problem schien zu sein, dass ich so hart gearbeitet hatte, um dieses perfekte Image aufzubauen, sodass die Leute Charlottes Versuch, mir Ryder auszuspannen, fast wie ein Sakrileg wahrnahmen.

Ich war ein Engel, der alten Frauen am Wochenende half, ihre Einkäufe zu erledigen, aber ich tat es, weil ich wusste, dass die Leute es sehen würden. Sie wussten nicht, wie schrecklich es in mir wirklich war, ich hatte das wirklich verborgen gehalten und erkannte, dass Charlotte ein Opfer meiner Abscheulichkeit geworden war.

Ich war immer bereit, mich freiwillig zu zeigen, und liebte Hunde, aber aus demselben Grund. In der Öffentlichkeit konnten die Leute sehen, was für ein wunderbarer Mensch ich war. Und dieses Bild war dabei, Charlotte zu zerstören.

„Fuck, ich muss das Video sofort löschen", flüsterte ich und loggte mich erneut in das neue Profil ein.

„Dazu ist es jetzt zu spät, Süße", erklärte Suzanna, „es ist schon überall."

„Ihr dürft wirklich niemandem sagen, was wir getan haben." Ich sah meine beiden besten Freundinnen mit Furcht in den Augen an. „Das war ein riesiger Fehler. Ein verdammter, riesiger Fehler. Was habe ich mir nur dabei gedacht ... Ich hätte diese Idee nie haben dürfen, und sie schon gar nicht ausführen sollen."

Bei dem Gedanken daran, dass ich diese Person war, wurde mir ganz schlecht. Die grausamen Worte und Taten meiner Mutter sorgten dafür, dass ich insgeheim das Bedürfnis hatte zu weinen.

Warum zum Teufel hatte ich das für eine gute Idee gehalten?

„Aber du wolltest das, Krystal, du wolltest, dass sie dafür bezahlt. Und das tut sie. Verdammt, das tut sie wirklich!", rief Johanna mir ins Gedächtnis.

„Du kannst dich jetzt nicht mehr davor drücken und so tun, als hättest du nicht gewusst, dass das passieren würde."

„Ich weiß, aber ich hätte nicht gedacht, dass es ... so schlimm wird." Ich musste schlucken, als ich die Kommentare unter dem Post las.

„Das geht auch wieder vorbei. Irgendeine berühmte Persönlichkeit trägt einen Lampenschirm als Rock oder macht sonst irgendeinen Blödsinn, um die Aufmerksamkeit auf sich zu ziehen, und dann wird das Ganze hier vergessen sein. Mach dir keine Gedanken, Süße, sie bekommt nur einen kleinen Denkzettel verpasst, das ist alles." Suzanna tätschelte meine Hand, um mich zu trösten, aber ich war mir dessen nicht so sicher.

„Du solltest besser an deiner Strategie zum Abstreiten arbeiten", erklärte Johanna.

Ich sah das Mädchen an, das seit der ersten Klasse meine beste Freundin war. War das Abfälligkeit, was ich da in Johannas Stimme hörte?

„Es kommt wieder in Ordnung, Krystal, wirklich, mach dir keine Gedanken", erklärte Suzanna erneut. „Wie schon gesagt, morgen passiert etwas anderes und die ganze Geschichte gerät in Vergessenheit. Außerdem ist dein Leben sowieso zu perfekt, um von sowas wie dem hier negativ beeinflusst zu werden. Falls sie versuchen sollte, dich deswegen zu verklagen oder sowas, zahlt dein Vater ihr eine Abfindung und die Sache ist erledigt."

„Du hast recht", seufzte ich in dem Versuch, mich besser zu fühlen. „Es ist ja nicht so, als hätte sie das da nicht getan. Sie reibt ihren Hintern so hart an seinem Schwanz, als hätte sie online Videos darüber geschaut, wie man es einem Mann besorgt, ohne sich auszuziehen."

„Oder diese Tanzvideos, die eine Gruppe mit all den sexy, schönen Tänzerinnen herausbringt", erklärte Johanna leise und vermied dabei, mich anzusehen.

Meine Tanzschule machte manchmal solche Videos mit Tanzroutinen zu bestimmten Liedern. Sie waren immer wunderschön, dachte ich und ich mochte sogar die von den anderen Tänzern auf anderen Kanälen. „Das ist ein bisschen mies von dir, Jo."

„Tut mir leid", entschuldigte Johanna sich schnell, ihre zusammen gekniffenen Augen noch immer nicht auf mich gerichtet. „Netflix?"

„Warum nicht", sagte ich, dabei war mir klar, dass wir all unsere Telefone und Tabletts im Auge behalten würden, und überhaupt nicht darauf achten würden, was lief.

Mein Telefon gab einen personalisierten Piepton von sich, was bedeutete, dass ich eine SMS von Ryder bekommen hatte.

„Hast du diesen Scheiß gepostet? Wenn du es warst, bist du für mich gestorben, Krystal. Das ist doch wirklich krank."

Und damit begann die erste Phase meines Plans, die eigentlich nur aus einem bestand: leugnen, leugnen, leugnen.

„Nein, warum sollte ich das tun? Ich weiß doch, dass ich besser als diese Schlampe bin."

„Im Ernst, Krys, warst du es?"

„Nein, und wie wäre es, wenn du aufhörst, mir das zu unterstellen?"

Verdammt!

„Ich war nicht mal auf der Party dabei; woher hätte ich wissen sollen, dass du zulässt, dass Charlotte sich dermaßen an deinem Schwanz reibt?"

„Naja, du tust es ja jedenfalls nicht, nicht wahr?"

„Das ist ziemlich unfair, aber na gut. Am Abend des Abschlussballs, wirst du das nicht sagen. Du weißt doch, dass wir es dann tun, Baby, also entspann dich."

Ryder antwortete, und seine Texte waren so schnell und aufmerksam, dass ich das auch tat. Sobald er mir einen Text geschickt hatte, schickte ich einen zurück. Ich konnte den Post nicht mehr anschauen, wenn ich es getan hätte, dann hätte ich wahrscheinlich die ganze Idee und das Posting zugegeben.

„Du wirst sehen, dass das Warten sich lohnt. Okay, dann werde ich gut sein. Tut mir leid."

„Viel Spaß auf deiner Party. Ich nehme an, du gehst morgen nicht zur Schule?"

„Nein, ich bin nach Hause gegangen. Ohne dich macht es keinen Spaß. Bis morgen."

Ich atmete erleichtert auf. Test eins bestanden. Jetzt musste ich nur noch den Rest überstehen, ohne alles zu verlieren, wofür ich so hart gearbeitet hatte. Es war eine dumme Idee gewesen, aber ich hatte es geschafft. Jetzt würde ich versuchen müssen, aus den Konsequenzen des Ganzen herauszukommen. Mein Leben war nicht perfekt, weit davon entfernt, und wenn diese Scheiße nicht verschwinden würde, wäre es viel schlimmer. Etwas, mit dem ich nicht leben könnte.

Kapitel Drei

Santiago
10 Monate später

„Mami, trink das", bat ich meine Mutter und hielt ihr das Eiswasser hin. Meine Stimme war genauso rau wie die meines Bruders.

Allerdings wandte sie den Kopf ab und schob den Becher mit dem Strohhalm weg.

„Nein, mi hijo, das Schlucken tut mir zu weh", flüsterte sie, ihre Stimme rau vom Husten. Sie hatte Lungenkrebs im Endstadium, und dabei hatte sie nie in ihrem Leben geraucht. Unser Stiefvater hatte geraucht, aber sie hatte sich das nie angewöhnt. So war es eben, erklärte sie uns und akzeptierte wie immer das Schicksal, das ihr zugeteilt worden war.

Sie hatte uns allein aufgezogen, unser Vater war ein paar Monate vor unserer Geburt gestorben. Nun, das hat sie uns erzählt, aber manchmal fragte ich mich, ob es wahr ist. Es spielte keine Rolle, wir hatten sie, und sie reichte für meinen Bruder und mich. Sie hatte geplant, zur Schule zu gehen, einen Abschluss zu machen und Lehrerin zu werden, aber sie musste stattdessen bei den Dyntons bleiben. Sie hatten ihr die kleine Wohnung hinter ihrem riesigen Herrenhaus angeboten, und dort hatten wir gewohnt, bis sie in dieses Krankenhaus kam.

Dieser Ort würde ihr letztes Zuhause sein, ich konnte den Gedanken jetzt ertragen. Ich konnte es nicht ertragen, ohne sie zu sein, aber ich konnte es ertragen, jetzt hier bei ihr zu sein. In den letzten Monaten war es Fernando allein gewesen, der sich um unsere Mutter gekümmert hatte. Aber die Zeit war gekommen, nachdem Fernando sich mit mir hingesetzt und mir gesagt hatte, dass Mama nicht für immer da sein würde. Dass sie ... im Sterben lag.

Es hatte lange gedauert, bis ich mich damit abgefunden hatte, aber ich hatte es geschafft, und jetzt war ich hier. Ich strich dünne graue

Haarsträhnen von ihrer abgemagerten Wange und wünschte mir die andere Frau, die sie einmal war, mit schwarzen Haaren, strahlenden braunen Augen und einer vollen Figur, die weich und wunderbar zu umarmen war. Jetzt war sie dünn, ihre Augen leer und die meiste Zeit fast leblos. Ihre gebräunte Haut, die immer glatt und faltenlos war, war jetzt grau und faltig, als ob selbst ihre Haut den Lebenswillen bereits aufgegeben hätte.

„Ich will", Mami machte eine Pause, um zu husten, und wischte sich dann das Blut mit einem Tuch vom Mund weg. „Ich will, dass ihr Jungs mir etwas versprecht."

„Versuche nicht zu reden, Mami, das tut dir viel zu weh." Fernando rutschte auf seinem Stuhl nach vorne und hielt sich an dem harten Plastikbügel fest, den sie auf jeder Seite ihres Bettes hatte.

„Nein, es muss gesagt werden." Sie machte eine Pause, um wieder zu Atem zu kommen, denn selbst diese paar Worte waren zu viel für ihre geschädigten Lungen. „Beendet eure Ausbildung, por favor. Niños terminarlo."

„Das werden wir. Mach dir keine Sorgen um uns, Mami, wir kommen schon klar", versicherte ich ihr von der anderen Seite. Ich war mir nicht sicher, ob das stimmte, aber das würde ich ihr natürlich nicht sagen. Sie könnte jeden Augenblick sterben. „Du musst nur wissen, dass wir dich lieben und das immer tun werden."

„Das weiß ich doch, Jungs. Ihr seid gute Jungs." Sie keuchte und machte eine Pause, die minutenlang andauerte, bevor sie wieder genug Atem hatte, um weiterzusprechen. „Macht die Schule zu Ende, macht etwas aus eurem Leben."

Sie streckte beide Hände aus, eine für jeden von uns, als ihr langsam die Tränen in die Augen stiegen. Sie wollte uns nicht verlassen, das wussten wir, aber es war Zeit. Ich wusste es, als ihre Brust aufhörte sich zu heben und zu senken und ihre Hand schlaff wurde.

„Mami?" Fernando, der Härteste von uns, war wieder wie ein Kind und stand auf, schrie und brüllte, als Krankenschwestern hereinkamen und versuchten, sie wiederzubeleben.

Ich flüsterte: „Nando...", aber er hörte mich nicht. Ich nannte ihn oft so.

Ich war immer der Sensiblere von uns beiden gewesen. Ich trat zurück und sah zu, wie ihr Leben vor meinen Augen dahinschwand. Ich wollte wütend sein und jemanden anschreien, irgendjemanden, aber es war unmöglich.

Mr. Dynton hatte uns beiden nicht nur das Geld gegeben, um aufs College zu gehen, sondern er hatte auch für Mamis medizinische Versorgung bezahlt. Er war immer gut zu ihr gewesen, zu uns, und es gab niemanden, den man beschuldigen konnte.

Vielleicht lebte unser Vater noch irgendwo und das Stück Scheiße hat sie einfach verlassen, wahrscheinlich hatte er noch eine andere Frau unten in Mexiko, der gleiche alte Gedanke kam auf, als ein Arzt hereinkam und etwas über Laden oder so rief. Sie brachten zwei Elektroden an Mamis Brust an, aber nichts, was sie taten, würde ihr Herz jemals wieder zum Schlagen bringen. Wir waren jetzt allein, Nando und ich. Allein und ohne ein richtiges Zuhause.

***

Mr. Dynton kam eine halbe Stunde später herein und sah uns traurig an. „Das Krankenhaus hat mich angerufen ... Ich weiß nicht, was ich sagen soll, aber ..." Er war immer so selbstbewusst. Zu sehen, dass er nicht wusste, was er sagen sollte, bedeutete, dass das Ganze kein gutes Ende nehmen würde.

Er flüsterte: „Es tut mir so leid, Jungs."

Sein gebräuntes Gesicht trug einen Ausdruck voller Sorge und Schmerz. „Ich hatte wirklich ... großen Respekt für eure Mom."

Ich schluckte, als mir klar wurde, unsere Mutter war für immer von uns gegangen.

„Das wissen wir, Mr. Dynton." Ich stand auf und schüttelte dem Mann die Hand. „Wir wissen zu schätzen, dass Sie gekommen sind."

„Das ist doch das Mindeste. Oh, und die Wohnung gehört übrigens euch. Schließlich war sie euer ganzes Leben lang euer Zuhause, und das werde ich euch jetzt nicht nehmen."

Ein Schweigen hing in der Luft. Eines, das ich weder brechen konnte noch wollte. Ich wollte einfach nur, dass dieser Moment verging. Ich wollte aus diesem verdammten Albtraum aufwachen.

„Aber Krystal will sie doch sicher haben?" Nando gelang es nur mit größter Mühe, den verächtlichen Unterton in seiner Stimme zu unterdrücken, aber immerhin gelang es ihm.

„Nein, ich werde eine Wohnung für sie finden, wenn sie ausziehen will. Ihr Jungs gehört zur Familie und ihr werdet bei mir immer ein Zuhause haben."

„Danke, Mr. Dynton", flüsterte ich, setzte mich hin und betrachtete Mamis leblosen Körper.

„Möchtet ihr, dass ich die Schule anrufe und darum bitte, euch Aufschub zu gewähren? Wir können alles um ein Semester verschieben, wenn ihr Zeit braucht. „Er stand da, in einem grauen Anzug, der wahrscheinlich mehr gekostet hatte als der gebrauchte Toyota Corolla, den Mami in den letzten Jahren gefahren hatte.

Ich musste den Blick abwenden. Mr. Dynton hatte meine Wut nicht verdient, niemand hatte sie wirklich verdient. Ich war wütend, seit sie endlich vor neun Monaten zum Arzt gegangen war und eine Diagnose erhalten hatte. Wäre sie früher gegangen, hatte ihr der Arzt gesagt, wenn sie diesen dummen Husten, der nicht weggehen wollte, oder die Schmerzen in der Lunge nicht ignoriert hätte, hätte man vielleicht mehr tun können, aber sie hatte es zu lange hinausgeschoben, und selbst die Chemo hatte sie nicht gerettet. Jetzt war sie weg, und ich, der ich immer der Ruhigere war, war dabei, die Nerven zu verlieren.

„Ich musste raus. Man hat mir gesagt, dass bereits alles organisiert worden ist?", fragte ich Mr. Dynton, denn ich ging davon aus, dass er derjenige war, der für alles gezahlt hatte.

„Ja, Junge. Es ist für alles gesorgt, und zwar genau so, wie sie es wollte. Ihr Jungs könnt für sie aussuchen, was immer ihr wollt, und ein Datum für die Beerdigung festsetzen, all diese Dinge. Allerdings wollte sie beerdigt werden, also machen wir es so."

„Danke", murmelte Nando fast widerwillig.

„Das ist doch das Mindeste, was ich hätte tun können."

Dann kamen zwei Pfleger herein, und sie nahmen Mami mit, und ich sprang von meinem Sitz auf, als wäre ich gebissen worden.

Mit einem Knurren voller schmerzhafter Wut verließ ich den Raum, kurz davor zu explodieren, vor Trauer, vor Wut, ich war mir nicht sicher, was von beidem, aber ich musste da raus. Ich zog meine Schlüssel aus der Tasche und ging zu meinem Motorrad, das ich in der Nähe des Eingangs zum Krankenhaus geparkt hatte. Das Motorrad meines Bruders stand daneben, dessen Benzintank mit einer Hexe aus deren Fingern grüne Flammen schossen, lackiert war, im Gegensatz zu den blauen, die ich auf meinem hatte.

Mein Blick war vor Tränen verschwommen, als ich aufsprang, aufs Gas drückte und meine Gedanken vom Fahrtwind wegwehen ließ. Hier war ich frei, hier fühlte ich mich lebendig, als ob jedes Teilchen meines Körpers einfach mit elektrischer Energie voller Leben explodierte, die nur beim Motorradfahren freigesetzt werden konnte. Ich fuhr durch die Stadt und dann auf einige Nebenstraßen, bevor ich zurückkam. Die Sonne war untergegangen, ich hatte Mittag- und Abendessen verpasst, aber das war mir egal.

***

Als ich zur Wohnung hinauffuhr, waren alle Lichter aus, und ich wusste nicht, ob Nando ausgegangen war und sich vielleicht zu Ehren von Mami betrank oder im Bett lag. Ich hatte meinen Bruder allein gelassen, als wir einander am meisten brauchten, und die Schuldgefühle nagten an mir. Ich stieg gerade vom Motorrad, als zwei Scheinwerfer die Einfahrt quietschend hinaufkamen und dann mit einem Sprühregen aus weißem Granit zum Stehen kamen, als der Fahrer zu einem dramatischen Stopp kam.

Es war nichts Neues, nur Krystal, die nach Hause kam. Ihr Vater gab ein Vermögen für Granit aus, weil sie immer so anhielt, obwohl es nicht nötig gewesen wäre. Ich sah, wie sie aus ihrem Auto fiel, offensichtlich betrunken, und wie sie über die Treppe zu dem riesigen Herrenhaus im italienischen Stil stolperte, in dem ihre Eltern sie untergebracht hatten.

Als hätte sie einen Grund, ihren Kummer zu ertränken, die dumme kleine reiche Schlampe. Ich wandte mich ab, ich war schon vor langer Zeit mit diesem dummen kleinen Mädchen fertig. Sie hatte versucht, mich zu küssen, als sie dreizehn war, und ich war draußen gewesen und hatte die Orangenbäume ihres Vaters beschnitten. Damals war sie auch schon betrunken gewesen, wenn ich so darüber nachdachte.

Ich betrat das Haus, die Erinnerung an das, was vor so langer Zeit geschehen war, eine amüsante Ablenkung. Sie kam auf mich zu, in winzigen Shorts und einem ausgepolsterten Bikinioberteil, schlenderte zu dem Baum, an dem ich gearbeitet hatte. Mit purem Bravado hatte sie mich an den Baum gedrückt und versucht, ihre Lippen auf meine zu pressen.

Ich hatte meine Hände auf ihre Oberarme gelegt und sie sanft weggeschoben.

„Du bist den Ärger nicht wert, den mir das einbringen würde, Süße."

„Wie bitte?" Sie hatte mich angeblinzelt, ihr Gesicht eine Maske verletzter Wut. „Du bist hier derjenige, der es nicht wert ist."

Sie hatte kindlich ihre Finger geschnippt, sich das lange blonde Haar über die Schulter geworfen und war barfuß über das saftig grüne Gras, das am Rande des Obstgartens anfing, weggegangen. Das Gras war nur deshalb üppig und grün, weil ihr Vater ein Vermögen an Wassergebühren zahlte. *Er zahlte ein Vermögen für viele Dinge*, dachte ich jetzt.

Das kleine Mädchen war zu einem noch größeren Snob herangewachsen, nicht wie ihr Vater, aber ganz wie ihre Mutter. Mrs. Dynton hasste uns und hatte uns immer gehasst. Ich wusste nicht, warum sie uns hasste, es war einfach nur eine Tatsache des Lebens. Als ich hereinkam, legte ich meine Schlüssel auf den Küchentresen und fiel fast auf die Knie. Hier drinnen roch es immer noch nach ihrem Essen, hauptsächlich weil wir auswärts gegessen hatten, seit Mami zu krank wurde, um für uns zu kochen. Wir hatten die Kräuter weiter gegossen und die getrockneten Gewürze, die sie an verschiedenen Stellen in der Küche hängen hatte, dort gelassen.

Mama hatte das Kochen von *Abuela* gelernt, einer Frau, die vor langer Zeit aus Guatemala gekommen war. Die Frau war gestorben, bevor wir geboren wurden, und unsere Oma war immer ein Rätsel für uns gewesen. Sie war in ihr Heimatland gegangen, um zu versuchen, Frauen und Kindern bei der Flucht zu helfen, als unsere Mami noch jung gewesen war, und war dort währenddessen ums Leben gekommen. Mami sprach selten darüber, aber sie hatte immer leise gesprochen, wenn sie es tat, aus Ehrfurcht vor der Frau, die in Mamis Augen als Heldin gestorben war.

Nun war Mami weg, endlich mit unseren Abuelas vereint. Wenn ich an den Himmel glaubte. Ich war mir nicht sicher, ob ich das tat, obwohl Mami uns katholisch erzogen hatte. Es hatte bei keinem von uns einen bleibenden Eindruck hinterlassen, und wir waren nur in die Kirche gegangen, um sie bei Laune zu halten, als wir Teenager wurden. *Ihre Totenmesse ist vielleicht das letzte Mal, dass ich einen Fuß in eine Kirche setze*, dachte ich, als ich durch unsere zweistöckige Wohnung ging.

Für jeden anderen wäre es ein Haus gewesen, aber für die Reichen und Berühmten in diesem Bezirk war es eine Wohnung. Im

Obergeschoss gab es drei Schlafzimmer und ein Badezimmer. Unten gab es ein Badezimmer, ein Wohnzimmer, eine Küche und ein Zimmer, das wir als Videospielzimmer genutzt hatten, bis Mami krank wurde, dann war es ihr Schlafzimmer gewesen. Das war, bevor sie vor einem Monat ins Krankenhaus kam.

Ich sah, dass Nando Post auf dem Kaffeetisch im Wohnzimmer liegen gelassen hatte, und ging, um einen Blick darauf zu werfen. Es war eine Ablenkung, sonst nichts. Ein Brief von der Schule fiel mir ins Auge und ich öffnete ihn. Es war nur eine allgemeine Begrüßung mit ein paar Hinweisen, wie ich mich auf mein erstes Semester vorbereiten sollte. Ich warf ihn weg und lehnte mich auf der alten braunen Samtcouch zurück, meine Motorradstiefel auf dem Couchtisch, etwas, worüber Mami mich immer ausgeschimpft hatte.

Ich stellte sofort meine Stiefel ab und setzte mich auf, die Ellbogen auf die Knie, während ich mir mit den Fingern durch die Haare fuhr. *Was zum Teufel sollen wir jetzt tun? Was soll ich jetzt tun?*

Ich kratzte an meiner Nase und zog ein Taschentuch aus der Schachtel, die sie immer auf einem Beistelltisch bei der Couch aufbewahrt hatte. *Ich werde nicht weinen*, sagte ich mir. Das würde nicht passieren. Ich schluckte den wässrigen Kloß in meiner Kehle hinunter und stand auf. Ich ging wieder hinaus. Ich konnte nicht hier sitzen, nicht jetzt, nicht heute Abend. Nicht mit allem um mich herum, was mich an die liebevolle, warme, lebendige Frau erinnerte, die ich gerade verloren hatte. Selbst wenn diese Frau schon vor langer Zeit aufgehört hatte zu existieren.

Sie hatte schnell abgebaut, die Chemo hat das bisschen Kraft, das ihr noch geblieben war, aufgezehrt, und sie war dahingewelkt. Die Lebendigkeit ging mit ihrer Kraft und ihrem Gewicht verloren, aber die Liebe war noch nicht verflogen. Sie hatte uns bis zum Ende geliebt, und ich wusste es. Mit einer Drehung des Schlüssels in der Zündung drehte ich das Gaspedal und löste die Bremsen.

Als ich losraste, sah ich einen weißen Blitz und wusste, dass es Krystal war, die sich wieder hinausschlich. Sie tat das die ganze Zeit, wir alle wussten es, aber sie mochte es, sich zu verstellen, selbst jetzt noch, wo ihre Welt um sie herum zusammenbrach.

Wir hatten alle herausgefunden, dass sie es war, die ein Video von diesem Mädchen Charlotte gepostet hatte, und das war der Anfang vom Ende für Klein-Miss-Groß und Mächtig. Das erklärte aber nicht, warum ihre Mutter angefangen hatte, wie ein Fisch zu trinken, oder warum ihr Vater nicht mit ihr sprechen wollte, aber ich wusste über alles Bescheid. Ich hatte Deliah gesehen, wie sie mit einem Weinglas in der Hand auf Stöckelschuhen herumschwankte, während sie telefonierte, gefährlich nahe am Rand des breiten Balkons im Schlafzimmer im zweiten Stock, das sie bewohnte. Denn nun hatte sie auch ihr eigenes Schlafzimmer.

Die ganze Sache mit ihrem Vater war allerdings seltsam.

Warum hatte ihr Vater sich gegen sie gewendet, fragte ich mich, als ich aus der Einfahrt raste und unterwegs Steine auf ihren Audi schoss.

Scheiß auf sie, beschloss ich, als ich zum Clubhaus King's Hell fuhr. Ich musste heute Abend mit anderen Männern zusammen sein und nicht an eine doofe Tussi denken, die vor ihrer Zeit altern würde, genau wie ihre Mutter.

Kapitel Vier

Krystal

Ich schrie vor Wut, als Santiago Steinchen auf mein Auto prasseln ließ. *Was zum Teufel macht er da? Sollte er nicht zu Hause sein und trauern, oder irgend sowas?* Ich startete den leisen Motor meines Autos und machte mir Sorgen über den Schaden, der dem Lack zugefügt worden sein könnte. Es war nicht so, dass Daddy dafür bezahlen würde.

Er war wütend auf mich gewesen, als herauskam, was ich Charlotte angetan hatte, aber gerade als ich dachte, es würde sich beruhigen, war er wieder kühl geworden. Ich konnte es mir nicht erklären, und zu allem Überfluss war ich auch noch verunsichert. Dann war da noch die Tatsache, dass Mom in letzter Zeit immer betrunken war. Zuerst hatte ich mir selbst die Schuld gegeben, die Demütigung hatte Mom definitiv dazu getrieben, ihre Sorgen in Alkohol zu ertränken, aber sollte sie jetzt nicht langsam auch einmal über diesen Scheiß hinweg sein? Andererseits war sie jetzt netter zu mir, seit sie angefangen hatte, wie ein Fisch zu trinken. Letztes Jahr hatte sie zum Mittag- und Abendessen immer ein Glas Wein getrunken, nicht mehr und schon gar nicht weniger. Aus einem Glas wurde eine Flasche, und jetzt war Wodka ihr bester Freund geworden. Sie hatte einen Flachmann dabei, von dem sie dachte, dass niemand von ihm wusste, und immer, wenn sie davon trank, behauptete sie, es würde gegen ihre Halsprobleme helfen. Dabei wussten wir alle, was darin war, und wenn sie ein großes Glas davon trank, wussten wir alle, dass es sich nicht um Wasser handelte. Schließlich begann man nach einem großen Glas Wasser nicht zu lallen oder wie im Fall meiner Mutter, noch mehr davon zu trinken.

Unsere Beziehung hatte sich verbessert, denn sie beschwerte sich jetzt nicht mehr darüber, dass ich in der Nähe war. Ganz im Gegenteil, sie jammerte immer, wenn ich das Haus verlassen wollte.

Ich verstand nicht, warum die Familie plötzlich auseinandergefallen war. Papa arbeitete nicht einmal mehr, er hatte ernsthafte Probleme mit dem letzten Studio, für das er gearbeitet hatte, weil er einfach … aufgehört hatte, und er setzte mir sogar geldtechnisch ein Limit, etwas, worüber sich andere Mädchen beschwert hatten, aber jetzt war es meine Realität.

Das Beunruhigende daran war, dass er immer noch Geld hatte, um die Zwillinge aufs College zu schicken. Oh, er hatte Zeit ihr und, ähm, ihren Welpen zu helfen, aber nicht für seine eigene Frau und Tochter?

Konnte er nicht sehen, dass seine Frau im Alkoholismus versank, als wäre es eine neue Prada-Tasche, die nur sie jemals besitzen könnte? Konnte er nicht sehen, dass er sich den Ruf ruinierte und dass sein Verhalten ihn bald auf die schwarze Liste bringen würde?

„Scheiße", kreischte ich und schlug auf das Lenkrad meines Autos. *Wann war alles schiefgelaufen?*

Okay, ich wusste die Antwort darauf, es hatte bei mir angefangen. Ich hatte es versaut, und sogar meine besten Freundinnen gingen mir jetzt aus dem Weg. Ich hatte es geschafft, mich in der Schule bis zum Ende des Jahres durchzuschlagen, aber als der Sommer kam, waren die Mädchen plötzlich ausgesprochen beschäftigt. Ich tröstete mich mit dem Wissen, dass ich noch Ryder hatte. Wer hätte gedacht, dass die einzige Person, mit der ich nicht zusammen sein wollte, am Ende die einzige sein könnte, die mich tröstet? Der Einzige, der mit mir sprach, und sei es auch nur über Football und das College.

Ich hatte keine Doppelkrone tragen dürfen, war nicht gleichzeitig Homecoming- und Ballkönigin geworden, aber ich hatte die Homecoming-Krone bekommen und das war gut genug, alles in allem. Ich hatte versucht, in der Schule wieder populär zu werden, und einige meiner Anhänger setzten sich sogar für mich ein, aber die Leute, die mich kannten? Wer kannte mich wirklich? Es war, als hätte die Fassade endlich Risse bekommen, und sie trauten ihren Augen nicht, als der Lack abplatzte.

Ich fuhr schnell und überholte ein Taxi, das viel zu langsam fuhr. Wahrscheinlich hatte er einen Betrunkenen auf dem Rücksitz, der nicht mitbekam, wie langsam er fuhr, oder der Dollarbetrag tickte. Irgendwie mussten sie Uber ja ausstechen.

Da kam ein Auto aus der anderen Richtung, aber ich wollte nicht langsamer werden und beschleunigte, um das Taxi zu überholen. Das andere Auto kam ins Schleudern und machte am Ende eine kleine Drehung, als das Heck auswich, aber das war mir egal. Ryder wollte mich sehen.

Ich hatte ihm am Homecoming-Abend gegeben, was er wollte, und jetzt war es fast ein nächtlicher Dienst. Ich hatte das Gefühl, kaum mehr zu sein als Triebbefriedigung für ihn, weil ich wirklich nichts von der ganzen Sache hatte. Mein Vibrator hatte mir bessere Orgasmen beschert.

Aber so war das Leben im Moment.

Zumindest konnte ich später auf der UCLA behaupten, dass ich mit einem Football-Spieler aus Stanford zusammen war. Ich war auch die Tochter von Edward Dynton, daran erinnerte ich mich, als ich auf einen Parkplatz vor Ryders Unterschlupf fuhr. Vielleicht würde ich ihm sagen, dass ich wieder meine Tage hatte, dachte ich, als ich aus dem Auto ausstieg. Er wusste nicht das Geringste über Frauen und hatte keine Ahnung, ob man mit einer Antibabypille den ganzen Monat über seine Periode hat.

Beim ersten Mal, als ich sie als Ausrede benutzte, hatte es funktioniert, also hatte ich sie seitdem schon zehn Mal benutzt. Er hatte mich nicht einmal gefragt warum ich nicht eine andere Verhütungsmethode benutzte. Er akzeptierte es einfach nur und machte ganz normal weiter.

Beim Aussteigen sah ich, dass an der Stoßstange meines Wagens an ein paar Stellen der Lack abgeplatzt war, und fast hätte ich erneut vor Wut geschrien. *Der verdammte Santiago!* Ich wusste, dass er es gewesen war, an der Art, wie er sich bewegte. Fernando hielt sich ein wenig aufrechter und lächelte viel öfter. Und zwar nicht so verächtlich wie sein Bruder es tat. Dafür würde ich ihn an den Eiern kriegen.

„Du wirst nicht glauben, was der verdammte Santiago jetzt getan hat", rief ich Ryder zu, als ich eintrat, meine Tasche fallen ließ und auf das Bett zuging.

„Oh, jetzt komm schon, Krystal, du hast mich noch nicht einmal begrüßt und redest schon wieder über diese verdammten Zwillinge. So langsam fange ich an zu glauben, dass du auf sie stehst." Er sprang aus dem Bett und ging in die kleine Küche, um sein Gras zu holen. Mittlerweile benutzte er nicht mehr seine Zigarette, sondern rauchte wieder ganz normal Joints.

„Genau, ich stehe so sehr auf sie, dass ich mitten in der Nacht zu dir komme. Das kann doch wohl jetzt nicht dein Ernst sein, oder?" Ich starrte ihn an, als er den Kopf schüttelte und sich aufs Bett fallen ließ. „Und was ist mit dem Gras, Ryder? Komm schon, wenn das jemand herausfindet, wirst du aus dem Team geworfen, bevor du überhaupt nach Stanford kommst."

„Halt verdammt noch mal den Mund, Krystal, und komm lieber her und blas mir einen." Er lag ausgestreckt auf dem Bett, als würde sein bloßer Anblick das Verlangen in mir entfachen.

Wie bitte?

Mir wurde plötzlich klar, dass die eine Person, die für mich mein einziger Trost war, nicht viel von mir hielt. Vorher hätte ich es abgetan. Ich hätte gelacht und versucht, ihn zu beruhigen, aber jetzt gerade ging mir ein Licht auf.

„Liebst du mich überhaupt?"

Er sah mich an, als sei ich verrückt geworden und als hätte ich eine ausgesprochen blöde Frage gestellt. Und dann platzte er heraus: „Wenn du mir keinen blasen willst, kannst du genauso gut gehen und dich um deinen Wagen kümmern."

Automatisch begann ich, in meinem Telefon nach Reparaturwerkstätten in der Nähe zu suchen.

Und währenddessen bemerkte ich, dass Ryder in einem Moment einen Joint anzündete und im nächsten schon völlig high war. Ich war erleichtert, setzte mich auf seine Couch und dachte ein wenig darüber nach, wie plötzlich meine Welt aus den Fugen geraten war.

In einem Moment war ich ganz oben und im nächsten fragte ich mich, ob ich in eine Art Paralleluniversum geraten war. Meine Mutter hasste mich abgrundtief, denn es gab keine andere Entschuldigung für all die Dinge, die sie mir in der Vergangenheit angetan hatte, und jetzt empfand ich auch noch Mitleid mit ihr, weil sie innerhalb von einem Jahr zur Alkoholikerin geworden war. Für Ryder war ich nicht mehr als sein Sexspielzeug. Während der ganzen Zeit, in der ich gedacht hatte, ich würde ihn benutzen, hatte eigentlich er mich benutzt, und was noch viel schlimmer war, er tat es immer noch.

Und dann war da auch noch mein Vater ... Und ich dachte daran, wie er vor ein paar Monaten in seinem Arbeitszimmer mit den beiden Zwillingen ein Gespräch geführt hatte, bevor er mir gegenüber wieder kalt wurde.

„Ich zahle für eure gesamte Ausbildung.“

Bei den Worten war ich erstarrt. Warum zum Teufel sollte Daddy für ihre Schulbildung zahlen? Es war nicht so, als hätte er das Geld nicht, aber sie waren doch nichts weiter als die Söhne seiner toten Haushälterin, nicht seine. Ich wartete ab und hoffte, er würde erklären, warum er so großzügig war.

„Ihr Jungs seid der Stolz eurer Mom und ihr verdient es, das Leben zu führen, das sie sich für euch gewünscht hat. Ich weiß, dass sie nicht mehr lange bei uns sein wird, und ich hoffe, dass die Tatsache zu wissen, dass ihr mit Krystal auf die UCLA geht, ihr ein wenig zusätzliche Kraft verleiht.“

Die Jungs murmelten ihre Dankbarkeit und wie glücklich sie darüber wären, aber ich war stinksauer. Ich fragte mich, was mein Dad alles hat tun müssen, damit sie einen Studienplatz bekommen hatten. Ich hatte hart gearbeitet, um angenommen zu werden, und sie bekamen einfach so einen Platz? Weshalb? Weil er freundlich gefragt hatte?

„Ich tue das eurer Mutter zuliebe, also möchte ich nicht, dass ihr mir die Studiengebühren zurückzahlt, aber eine kleine Bitte hätte ich noch. Bitte behaltet meine Tochter im Auge, sorgt dafür, dass sie nicht in Schwierigkeiten gerät während sie an der Uni ist." Er zögerte, bevor er die letzten Worte aussprach, doch dann platzte er plötzlich einfach heraus: *„Und ihr dürft sie nicht ficken."* Beim letzten Teil lag in seiner Stimme eine Drohung.

Ich erinnere mich daran, dass ich gedacht hatte, dass er sich darüber wirklich keine Sorgen zu machen brauchte, da ich die beiden nicht wollte. Obwohl ich seit jener Nacht plötzlich ständig erotische Träume von ihnen hatte.

Sie waren nichts für mich und ich wollte es nicht. Außerdem hatte Santiago mich gerade einiges an Geld gekostet wegen dem Lackschaden an meinem Wagen.

Allerdings ist seine Mutter gerade gestorben, ging es mir durch den Kopf. Meine Mutter hatte es bei einem ihrer nicht enden wollenden Telefongespräche mit ihren Freunden ins Telefon gelallt. Zumindest bei denen, die ihre Anrufe immer noch entgegennahmen.

Meine Mutter mag in letzter Zeit in eine Art Trunkenheit versunken sein, aber sie war immer noch meine Mutter. Der Schmerz würde mich umbringen, wenn ich wüsste, dass meine Mutter einfach so sterben würde.

Ich hielt inne, während ich darüber nachdachte. *Es muss ... schrecklich sein. Niederschmetternd.*

Als ich zu meinem Freund hinüberblickte, der jetzt völlig high war, wusste ich nicht, ob die Jungs wirklich Trauer empfinden würden. Kleine Jungen taten es, und ältere Männer taten es, aber fühlten Teenager-Jungs etwas anderes als das, was ihre Schwänze ihnen sagten? Ich war mir nicht sicher.

Ich starrte Ryder an, den perfekten Jungen, oder zumindest hielt ihn jedes Mädchen, das ich kannte, dafür. Er war ein böser Junge, etwas, dem ich nicht widerstehen konnte, rebellisch, aber auch in der Lage, sich für Dinge, die ihm wichtig waren, einzusetzen. Hauptsächlich war das Football. Er war ein mieser Liebhaber, mich nervte seine Weigerung, mir zuzuhören, wenn es um Gras ging, und das Schlimmste war, dass ich mich daran erinnerte, was geschehen war, bevor er high wurde, wie er mit mir gesprochen hatte. Es war, als hätte ich den ganzen Mist, der seit so vielen Wochen vor sich ging, nie bemerkt, oder vielleicht war ich so davon besessen, Homecoming Queen zu werden, dass es mir einfach egal war.

Alle anderen taten mir leid, während die Realität so aussah, dass meine perfekte Welt bei Weitem nicht perfekt war. Noch ein paar Wochen, länger war es nicht, und ich würde ihn monatelang nicht mehr sehen müssen. Wenn überhaupt jemals wieder. Dasselbe würde für Mom gelten, und dann könnte alles wieder so werden, wie es gewesen war. Meine wahre Realität.

„Krystal", rief er mir jetzt zu.

Ich sah hoch. Ich wäre fast eingeschlafen. „Was denn, Ryder?", fragte ich und sah zu ihm hinüber.

„Dieser Schwanz bläst sich nicht von alleine." Und dann sah er mich an, als schuldete ich es ihm, und etwas in mir zerbrach. „Fuck off, Ryder. Blas dir selber einen", erklärte ich ihm und nahm meine Tasche.

„Gehst du jetzt, um diesen beiden Verlierern die Schwänze zu lutschen? Wahrscheinlich ist es zu viel verlangt, dass du mir einen bläst, wenn du den ganzen Tag auf den Knien verbracht hast, um es den beiden zu besorgen."

„Nur zu deiner Information, ihre Mutter ist heute gestorben. Ich vermute zwar, dass es dich anmacht, darüber nachzudenken, wie ich den beiden einen blase, da du mich dessen ständig beschuldigst, aber ich bin keine Schlampe. Ich betrüge meinen Freund nicht."

„Ich sag dir was", erklärte er und richtete sich auf. „Wenn du jetzt durch diese Tür gehst, musst du dir darüber keine Gedanken mehr machen, denn dann hast du keinen Freund mehr."

„Wie bitte?" Ich drehte mich um, eine Augenbraue warnend hochgezogen.

„Soll ich langsamer sprechen? Wenn du jetzt gehst, sind wir fertig miteinander."

„Soll mir recht sein, aber lass mich dir einen Rat geben, Ryder. Du solltest besser lernen, wie man es einem Mädchen besorgt, du bist nämlich echt scheiße im Bett. Wenn ich tatsächlich mit den Zwillingen schlafen würde, wäre das keine Überraschung. Ich wette, sie sind tausendmal besser, als du es je sein wirst." Ich stürmte zur Tür heraus und zu meinem Wagen. Dann saß ich dort und wartete, dass er mir nachlaufen würde, und ich hoffte, dass er es tun würde, denn selbst wenn ich nur sein Sexspielzeug war, hatte ich dank ihm gelegentlich Gesellschaft. Ohne Ryder wäre ich allein und das war ich nicht gewöhnt. Ich war noch nie zuvor allein gewesen.

Als zwanzig Minuten vergangen waren, ließ ich das Auto an und fuhr los. Er war wahrscheinlich ohnmächtig oder rief bereits meinen Ersatz an. Ich zuckte die Achseln, als ich darüber nachdachte, dass er weniger als zwanzig Minuten brauchen würde, um einen Ersatz zu finden.

Ich wischte Tränen weg, die ich nicht aufgrund der Tatsache weinte, weil es so wehtat, sondern weil ich so dumm gewesen war. Alles war zusammengebrochen, und jetzt war es noch schlimmer geworden. Ich drückte einen Knopf an der Armaturentafel meines Autos und versuchte Johanna anzurufen, aber sie ging nicht ran. Es war ein Uhr morgens, wo war sie? Doch sicherlich nicht im Bett um diese Zeit.

Als Nächstes versuchte ich es bei Suzanna, und dieses Mal ging jemand dran.

„... und sag ihr um Himmels willen nicht, dass ich hier bin", hörte ich Johannas Stimme, als abgenommen wurde.

„Was hat Johanna da gerade gesagt?", fragte ich, wütend darüber, was ich zu hören geglaubt hatte.

„Nichts, sie ist nicht hier. Sie hat Krämpfe oder sowas. Sie ist heute zu Hause geblieben. Was gibt es denn, Krys?", fragte Suzanna mit nervöser Stimme.

„Ich habe gerade mit Ryder Schluss gemacht", heulte ich, während ich mitten in der Nacht durch die Straßen von Santa Monica fuhr. Die Straßenlaternen hielten die Dunkelheit ab und die Neonbeleuchtung der Nachtklubs und Restaurants fügten dem Ganzen ein wenig Farbe hinzu, die man in Kleinstädten nicht fand, wenn es erst einmal dunkel war. Ich hatte von meiner Freundin erwartet, dass sie mir Mitgefühl entgegenbringen und mich trösten würde, und hatte mich schon darauf gefreut.

„Oh. Endlich? Das war aber höchste Zeit", entgegnete Suzanna völlig ohne jedes Mitgefühl oder sowas.

„Mehr hast du dazu nicht zu sagen?", kreischte ich. „Oh. Endlich? Wir waren immerhin ein Jahr lang zusammen, Suzanna!"

„Schon, aber du mochtest ihn sowieso nie wirklich, Krys, und außerdem glaube ich immer noch, dass du auf die Zwillinge stehst."

Seit der Geschichte mit Charlotte war Suzanna mir gegenüber ziemlich direkt geworden.

Johanna hingegen hielt sich von mir fern, wann immer es möglich war.

Das schmerzte ziemlich, schließlich waren wir schon seit Ewigkeiten beste Freundinnen gewesen, und ich hatte mich vielleicht wie die schlimmste Schlampe aufgeführt, aber ich liebte meine Freundinnen, dachte ich.

„Warum sagen das alle? Verdammte Scheiße", stöhnte ich, als ich auf die Straße einbog, die zu meinem Haus führte.

„Naja, zumindest bekommt Charlotte dann die Gelegenheit, die Geschichte auszubügeln. Wenn sie jetzt nach allem, was du ihr angetan hast, doch noch mit ihm zusammenkommt, werden alle denken, dass es sich um poetische Gerechtigkeit handelt."

„Was? Im Ernst jetzt, Suzanna?" Mir blieb der Mund offenstehen. „Ihr wart es doch, die das Ganze überhaupt erst vorgeschlagen habt."

„Schon, aber du bist diejenige, die es tatsächlich durchgezogen hat, Krys, nicht wir. Vielleicht wirst du dir das eines Tages endlich selbst eingestehen." Suzanna war einfach nur mies, und ich hasste es zugeben zu müssen, dass sie recht hatte.

„Du, ich muss jetzt auflegen. Ich bin fast zu Hause." Ich musste möglichst schnell das Gespräch beenden. Es half mir nämlich überhaupt nicht weiter und hatte nicht die Richtung angenommen, die ich mir vorgestellt hatte.

Versuche bei meinem nächsten Anruf ein wenig netter zu sein, hätte ich gerne gesagt, doch bevor ich auch nur den Mund aufmachen konnte, erwiderte sie: „Alles klar, bis dann, Krystal."

„Tschüss."

Ich fuhr in meine Einfahrt und hielt ohne meine übliche kleine Ehrenrunde, weil ich es wieder einmal geschafft hatte, sicher zu Hause anzukommen. Mein Freund hatte gerade ... Ich war mir nicht einmal sicher, wie ich das nennen sollte, was gerade passiert war. Mich abblitzen lassen? Ich fühlte mich wie eine totale Schlampe, obwohl wir drei eigentlich Schlampen sein sollten und wir uns deshalb überhaupt erst zusammengetan hatten.

Warum haben wir uns überhaupt den Film Mean Girls angesehen?

Als ich kurze Zeit später in mein Bett kroch, mit einer kurzen Pyjamahose und einem weiten T-Shirt an, fragte ich mich, ob es noch schlimmer werden konnte.

Denn ich war mir nicht sicher, ob ich noch viel mehr ertragen könnte.

Kapitel Fünf

Fernando

Ich starrte auf das einfache, polierte Kiefernholz von Mamis Sarg und wartete darauf, dass der Schmerz nachließ. Er musste nur so weit abklingen, dass ich wieder atmen konnte, um ihre letzte Ruhestätte hochzuheben, während ich und die anderen Sargträger sie zum Leichenwagen trugen, um sie zur Grabstätte zu bringen. Das war alles, ich musste nur diese Scheiße durchstehen, und dann, wenn es vorbei war, konnte ich zusammenbrechen.

Ich starrte zu Santiago zu meiner Linken hinüber. Mein sanfter Bruder starrte auf seine Nägel und entfernte ein Körnchen Erde unter seinem Nagel. Es war wahrscheinlich eine Blutblase und würde sich nicht entfernen lassen, da wir uns bei der Arbeit an unseren Motorrädern ständig die Fingernägel verletzten. Ich drehte mich um und starrte direkt in die Augen von Edward Dynton.

Der Anzug, den er trug, war auf ihn zugeschnitten, passte ihm perfekt im Gegensatz zu den anderen anwesenden Trauernden. Einige der anderen anwesenden Männer trugen nicht einmal Anzüge, sondern nur ein Hemd mit Knöpfen und eine schwarze Hose, manche sogar noch weniger. Mami hatte den ganzen Tag für die Dyntons gearbeitet, aber sie hatte viel Zeit damit verbracht, ihrer Gemeinde zu helfen, Neuankömmlinge in Englisch zu unterrichten, Geld für Suppenküchen und Unterkünfte zu sammeln – alles, was sie tun konnte, hatte sie getan.

Ich ließ Mr. Dynton nicht aus den Augen, ich sah ihn unverwandt an, bis er wegsah. Ich hatte etwas Verwirrendes in den Augen des Mannes gesehen. Ich hatte dort Trauer gesehen, echte Trauer, nicht nur einen Mann, der der Frau, die ihn neunzehn Jahre lang bedient hatte,

Respekt zollte. Ich schaute schließlich weg, als die Messe zu Ende ging, und Santiago stieß mich an.

Zeit für den wirklichen Abschied.

Ich holte tief Luft, zog am Saum der Anzugsjacke, die Mami mir für meine Abschlussfeier vor wenigen Monaten gemacht hatte, und erinnerte mich daran, wie sie gehustet hatte, wie sie blass geworden war, aber nicht aufgeben wollte. Wir beide würden unseren Abschluss in Maßanzügen machen, auch wenn sie sie selbst nähen musste.

Ich ging zu meinem Posten ganz vorne, links von Santiago, und half, Mami aus der Kirche zu tragen. Ich hörte das Schluchzen mehrerer Frauen, ein dumpfes Schniefen mehrerer Männer, aber ich hielt den Kopf weiterhin hoch. Ich würde sie an diesem Tag nicht entehren, nicht so. Sogar Santiago hielt sich wacker auf seiner Seite, sein Kopf war genauso erhoben wie meiner. Wir würden sie heute stolz machen; es war das Allerletzte, was wir für sie tun konnten.

Der Rest des Tages verging wie im Fluge. Anstatt in der von Mr. Dynton bereitgestellten Limousine zu fahren, fuhren Santiago und ich mit unseren Motorrädern, zusammen mit dem Club, in dem wir uns gerade nach oben arbeiteten.

Meine Brüder und Schwestern waren alle bei uns und boten Trost, wo sie konnten.

Es fand ein Empfang statt, aber ich nahm nicht teil. Santiago und ich gingen in unser Clubhaus. Der Empfang wurde von der Frauengruppe der Kirche und für die Menschen veranstaltet, denen Mami geholfen hatte, nicht für uns. Wir saßen nun in zwei Ruhesesseln im Club, einem großen Raum, der im Grunde ein Lagerhaus mit einer Bar an einem Ende und Sitzgelegenheiten aller Art war. Santiago sprach mit jemandem über unsere Pläne.

„Wir machen wie geplant weiter und gehen auf die UCLA. Wir müssen das Ganze einfach hinter uns bringen. Das Semester aufzuschieben, bringt uns unsere Mutter auch nicht zurück." Santiago hatte mich dazu überredet, obwohl ich eigentlich lieber noch ein paar

Tage gehabt hätte, mich auszuruhen, ein paar Abende, an denen ich mich betrinken und vielleicht ein paar Frauen abstecken würde, bevor ich in die Welt der Studentinnen eintauchte, die sich nur mit den Athleten abgaben. Was an der Highschool auch schon so gewesen war.

Ich wusste, dass es nicht anders sein würde als in der Highschool, aber ich kannte jetzt die Routine. Und vielleicht wäre es mit Santiago und mir im College anders. Wir könnten in den Unterricht gehen, uns dann in die Wohnung zurückziehen, die Mr. Dynton für uns eingerichtet hatte, und studieren. Wir hatten sogar ein wöchentliches Stipendium, das wir für Essen, Kleidung oder was wir sonst noch brauchen würden, ausgeben konnten. Es war irgendwie seltsam, aber es war egal, richtig? Solange ich eine Ausbildung bekommen würde und die Dyntons irgendwann verlassen konnte, wäre ich verdammt glücklich.

Danach war ich irgendwie weggetreten und habe einfach weiter an dem Bier genippt, das mir einer meiner Gang-Brüder gereicht hatte. Als die anderen Brüder nach Hause fuhren, war ich zu betrunken, um alleine nach Hause zu fahren. Santiago hatte im Laufe des Abends immer wieder versucht, mich dazu zu bringen, es langsamer angehen zu lassen, aber ich hatte meinen Bruder ignoriert. Ich wollte … nichts mehr spüren.

Unser Anführer, Chávez, kam zu mir und setzte sich vor mich hin. „Hör zu, 'Nando, du hast hier eine echte Chance. Eine Chance, die andere nicht bekommen. Du kannst dieser Schwarzmarkt-Scheiße, in der wir stecken, dem Leben als Bandenmitglied und letztendlich auch dem Gefängnisaufenthalt, der irgendwann darauf folgt, entgehen. Zu jemand anderem würde ich das nicht sagen, aber du und Santiago, ihr habt eine echte Chance, Mann. Verderbt sie nicht. Verstanden?"

Ich starrte Chávez an und bewegte den Kopf hin und her, weil ich betrunken war und meine Muskeln nicht so kontrollieren konnte, wie ich es vorhatte. „Ja Mann, schon okay."

„Du bist betrunken, 'Nando, also lasse ich dir dein respektloses Verhalten diesmal durchgehen, aber morgen, wenn du aufwachst, solltest du dich besser zusammenreißen und von hier verschwinden. Verstanden?" Chávez wartete auf mein träges Nicken, ging dann in ein Hinterzimmer, holte eine Decke und schob mich auf die Liege, auf der ich saß. Ich kämpfte einen Moment lang, aber dann ließ ich mich gehen und hörte auf zu kämpfen. Ich schnarchte bereits, bevor Chávez das Licht ausmachte und das Gebäude abschloss. Ich hatte es immerhin geschafft, an einen Ort zu gelangen, an dem ich nichts mehr fühlte.

****

Zu viel zu trinken konnte zur Hölle werden, aber dies war eine ganz neue Ebene von Hölle. Ich rannte zur Toilette, um meinen Körper von den Gallonen Bier zu befreien, die ich getrunken hatte, und als ich zu einer Couch zurücktaumelte und auf ihr zusammensackte, setzte ich mich sofort wieder auf. Die Welt drehte sich und wollte nicht aufhören. „Verdammt, ich werde sterben." Ich brauchte unbedingt Wasser, wusste aber, dass es keine gute Idee war, sich zu bewegen. Mir war klar, dass es spät war, doch ich hatte keine Ahnung, wie lang ich weggewesen war. Alle waren verschwunden und ich war allein. Wahrscheinlich wäre es am besten, nach Hause zu gehen, doch da die Welt sich um mich herum noch immer drehte, wusste ich, dass das eine ausgesprochen dumme Idee war.

Ich setzte mich auf die Couch, die Füße fest auf den Boden gestellt. Es dauerte eine Weile, während der ich langsam und tief atmete und gelegentlich blinzelte, aber irgendwann schloss ich die Augen und schlief endlich ein. Morgen würde ich einen schlimmen Kater haben, aber das war mir jetzt egal. Jetzt zählte nur, dass ich wieder eingeschlafen war.

****

Am nächsten Morgen zuckte ich zusammen, als ich mein Motorrad anließ, und hielt kurz inne, um dem Schmerz in meinem Kopf die Möglichkeit zu geben, zu verebben, was er allerdings nicht tat. Der Kopfschmerz wurde nicht einmal erträglich, sondern existierte einfach, und damit konnte ich umgehen. Ich hatte einen Liter Orangensaft aus dem Kühlschrank getrunken, mir ein paar Schmerztabletten hinter der Bar genommen und war gegangen. Jetzt musste ich nur noch irgendwie nach Hause kommen.

Santiago war da, als ich ins Haus kam, und ich sah, dass er aufgeräumt hatte. Das tat er immer, nachdem er gefrühstückt hatte. Er machte immer für uns beide sauber und mir war klar, dass ich ihm eigentlich helfen musste, aber irgendwie lehnte er das immer ab.

„Ich habe gestern ein paar von diesen Tiefkühlbrötchen geholt, als ich nach Hause gefahren bin, und habe Würstchen zum Frühstück gemacht, falls du den Gedanken an Essen erträgst", erklärte Santiago leise. Er schob mir eine Tasse Kaffee über die Küchentheke und ich nahm sie dankbar an.

„Danke, Frühstück hört sich an ... wie ein Abenteuer." Die Schmerztablette, die ich genommen hatte, hatte weder die Schmerzen noch die Übelkeit ganz weggenommen, aber mein Kopf pochte nicht mehr ganz so heftig. Ich nahm also das Wurstbrötchen, das er mir reichte, und begann es zu essen.

„Was hältst du davon, wenn wir packen und verschwinden, 'Nando?", fragte mich Santiago.

Ich blickte auf. „Warum?"

„Um von hier wegzukommen. Die Wohnung ist bereit und wartet auf uns, und wir könnten schon mal fahren und uns umsehen und das alles hier hinter uns lassen."

„Du willst den Tod unserer Mutter hinter dir lassen?", fragte ich vorsichtig, nicht weil ich sauer war, sondern weil meine Kopfschmerzen wieder schlimmer geworden waren, während ich aß.

„Sie war eine Frau, die das Leben geliebt hat, die es gelebt hat und sie hätte ganz sicher nicht gewollt, dass wir wie Geister herum wandern, während wir darauf warten, dass die Uni losgeht. Sie hätte gewollt, dass wir es anpacken, das hat sie uns schließlich auch gesagt."

„Ja, ich weiß, Bruderherz, aber wie wäre es, wenn wir bis morgen warten? Ich schaffe es momentan gerade so, diesen Kaffee zu trinken und dann gehe ich wieder ins Bett. Ich habe es gestern Abend übertrieben." Ich hob den Kopf und konnte die Schmerzen hinter meinen Augen spüren.

„Damit komme ich zurecht." Santiago nickte und verließ die Küche. „Ich mache dir Mamis Hühnersuppe zum Abendessen."

„Das ist nicht nötig", erklärte ich, da ich ihm nicht zur Last fallen wollte.

„Ich weiß, aber jetzt haben wir nur noch einander, richtig? Und ich bin für dich da. Immer." Er legte mir eine Hand auf die Schulter und ging.

Ich konnte hören, wie er im Badezimmer Kleider aus dem Wäschekorb sammelte, und ich wusste, dass Santiago im Begriff war, Kleider zu waschen. Etwas, das Mami immer getan hatte. Ich stellte meinen Teller und meine Tasse in die Spüle und wollte eigentlich in mein Zimmer gehen, aber stattdessen ging ich, sobald ich die Treppe hinaufgegangen war, in Mamis altes Zimmer. Es war immer noch voll mit ihren Sachen, den Dingen, die sie vor uns versteckt hatte, damit wir sie nicht kaputt machten, ihren privaten Sachen.

Irgendwann mussten wir das alles ausräumen, aber im Moment brachte es mir Mami näher. Ich konnte ihr Parfüm hier drin riechen, einen Blumenduft, den sie mein ganzes Leben lang benutzt hatte. Ich streckte mich auf ihrem Bett aus und zog eines ihrer Kissen an meine Brust, um es zu umarmen. Dort schlief ich wieder ein, als ein Gefühl des Friedens über mich kam und mein Schmerz langsam zu weichen begann.

***

Es war dunkel, als ich wieder aufwachte und einen vertrauten Duft wahrnahm. Santiago hatte gelernt, Mamis Hühnersuppe zuzubereiten, und sie roch ... großartig. Mein Magen knurrte tatsächlich vor Hunger, nicht vor Übelkeit. Ich setzte mich auf, strich mir übers Gesicht und stand auf. Ich war jetzt fest auf den Beinen und ging den Flur hinunter zur Toilette.

Nachdem ich geduscht und einen sauberen Schlafanzug angezogen hatte, ging ich die Treppe hinunter und fand meinen Bruder, der ein eBook las. Santiago liebte es zu lesen, aber ich war eher der Typ, der sich Filme ansah. „Das riecht gut, Bruderherz.“

„Danke, die Suppe ist fertig, wenn du welche haben willst.“ Er gestikulierte hinüber zum Herd, wo die Suppe kochte. „Ich war einkaufen und habe Orangensaft und ein paar andere Dinge für die nächsten Tage gekauft.“

„Bist du mit dem Wagen gefahren?“

„Ja, den müssen wir wahrscheinlich irgendwann auch ummelden. Ich bin mir nicht ganz sicher, irgendwie bin ich mir überhaupt nicht sicher, was alles auf uns zukommt.“

„Ich bin mir sicher, dass Mr. oder Mrs. Dynton sich darum kümmern und uns Bescheid sagen, was wir machen müssen“, erwiderte ich und setzte mich mit zwei Schüsseln hin. „Hier, bitte, wenn du die Suppe schon gemacht hast, ist das mindeste, was ich tun kann, dir einen Teller vorzubereiten.“

„Danke.“ Santiago nahm seine Schüssel und begann zu essen, langsam und methodisch, genau wie er sein Buch gelesen hatte. So machte Santiago alles.

Es mochte so aussehen, als wolle er der Realität ausweichen, aber in Wirklichkeit war er so in das Problem vertieft, dass er nur durch Lesen zurechtkam, während er versuchte, darüber hinwegzukommen. Ich zog ihn nicht damit auf, es war eine gute Sache, soweit es mich betraf. Lesen gab dir Wissen, und Wissen gab dir Macht.

Nicht, dass ich dumm gewesen wäre, auf keinen Fall, ich war nur handwerklich begabter und besser in Mathe als Santiago. Wir waren eineiige Zwillinge, aber wir waren Spiegelbilder der Persönlichkeit des anderen. Ich war hart, Santiago weich. Ich kämpfte mit meinen Fäusten, Santiago mit seinem Verstand. Alles spiegelte sich in uns wider.

Ich aß meine Suppe auf und wusch unsere Schüsseln ab. „Hör mal, ich finde, du hast recht. Wir sollten verschwinden und das alles hier hinter uns lassen. Aber erst sollten wir mal Moms Sachen durchgehen, und sie mitnehmen, nur damit wir sie haben, für den Fall, dass wir nicht mehr hierher zurückkommen."

„Aber warum sollten wir nicht mehr hierher zurückkommen?" Santiago blickte ganz offensichtlich verwirrt von seinem Buch auf.

„Ich weiß auch nicht, es ist nur so ein Bauchgefühl, das mir sagt, dass wir alles, was wir haben wollen, jetzt mitnehmen sollen, wenn wir hier weg sind."

„Das verstehe ich. Oh, und ich habe im Supermarkt auch gleich ein paar Kartons mitgenommen. Wir fahren am besten mit dem Wagen, falls wir ihn brauchen sollten."

„Gute Idee." Ich nickte und aß ein wenig Baguette, das Santiago mit nach Hause gebracht hatte.

„Was glaubst du, hat sie alles?", fragte Santiago.

„Ich weiß es nicht. Aber ihren Schmuck brauchen wir vielleicht eines Tages für unsere, äh, zukünftigen Frauen." Ich tat so, als würde ich ersticken, bevor ich weitersprach: „Oder ein paar Dinge, die unsere Kinder interessieren könnten. Fotos, Unterlagen, Sachen, die wir wahrscheinlich am besten einlagern sollten."

„Alles klar." Santiago nickte zustimmend. „Dinge, die uns jetzt nicht wichtig sind, es vielleicht aber eines Tages sein werden. „

„Ja, und natürlich all unsere Unterlagen, du weißt ja, wie es jetzt ist. Wir brauchen jeden Beweis, den wir kriegen können, dass wir nicht illegal über die Grenze gekommen sind." Ich dachte verächtlich an die ganzen rassistischen Anfeindungen, denen wir ständig ausgesetzt waren, ließ es aber vorläufig ruhen. „Möchtest du vielleicht einen Film sehen, oder sowas? Ich habe gehört, dass es auf Netflix einen neuen Film aus Deutschland gibt, der ziemlich gut sein soll."

„Ja klar, warum nicht. Ich räume nur schnell die Suppe weg. Außerdem müssen wir den Kühlschrank aufräumen, bevor wir gehen, sonst hinterlassen wir ein Chaos", fügte Santiago, der stets auf Sauberkeit bedacht war, hinzu.

„Wir können wahrscheinlich das meiste Essen einfach mitnehmen, der Weg ist ja nicht weit." Ich zuckte mit den Achseln und machte mir eigentlich keine Gedanken. Selbst in Los Angeles konnten wir immer etwas Günstiges zu essen finden.

„Ich mache den Film schon mal an", sagte ich und verließ die Küche. Wir hatten den Smart TV unserer Mami so gekauft, wie wir alles gekauft hatten, dass wir besaßen; mit dem Geld, das wir verdienten, in dem wir gelegentlich für Chávez arbeiteten. Dabei taten wir nichts, was offensichtlich gegen das Gesetz war, auch wenn ich bezweifelte, dass alle Dinge, die wir getan hatten, hundertprozentig legal waren. Es interessierte mich nicht, ob die Dinge, die wir taten, legal waren, oder nicht, für mich war es einfach nur Arbeit. Und schließlich mussten wir ja niemanden töten oder Drogen verkaufen, sondern die meiste Zeit einfach nur Lieferdienste übernehmen.

Und dafür bekamen wir Geld, mit dem wir schon seit langem auskamen. Ich setzte mich auf die Couch, nahm die Fernbedienung und schaltete den Fernseher ein. Wir würden auf jeden Fall den Fernseher mitnehmen, beschloss ich. Daran bestand schon mal kein Zweifel.

Kapitel Sechs

Krystal

Zum Teufel mit ihnen.

Zum Teufel mit ihnen allen, beschloss ich, als ich mich ganz allein auf den Weg zum Campus machte. Ich hatte Papa nicht mehr gesehen, seit Ana gestorben war, obwohl Mom mir sagte, er sei am Tag vor der Abreise mit den Zwillingen zum Mittagessen gegangen.

Ich würde sie nie wieder sehen müssen, selbst wenn sie auf dem gleichen Campus waren.

Sicherlich würde mein Vater die beiden jetzt, da ihre Mutter tot war, rauswerfen, damit derjenige, den er als Nächstes einstellte, die Wohnung haben konnte. Oder vielleicht könnte ich sie als meine eigene Wohnung übernehmen, wenn ich in den Schulferien nach Hause ging. Diese Idee gefiel mir, entschied ich, als ich zum Campus fuhr und einen Parkplatz suchte. Ich musste etwas laufen, aber meine erste Vorlesung war nicht allzu weit weg.

Ich war am Wochenende hergekommen, hatte mich in der Wohnung, die mein Vater bezahlt hatte, eingerichtet und den Campus erkundet. Ich wusste, wo meine Vorlesungen waren, und selbst wenn ich allein hergekommen war, spielte das keine Rolle. Ich würde neue Freundinnen und im Nu einen neuen Freund finden. Viele Frauen sprachen immer davon, dass sie immer noch mit den Mädchen befreundet waren, mit denen sie in einer Studentenverbindung gewesen waren oder mit denen sie zur Schule gegangen waren, sogar auf Universitätsebene.

Tatsache war, dass ich hübsch war, dass die Leute um mich herum sein wollten und mich beneideten. Ich brauchte weder meine Eltern noch die Freunde, die ich zurückgelassen hatte. Das Leben würde großartig sein, weil ich dafür sorgen würde. Ich blickte mich um und sah Jugendliche, die allein herumliefen, manche in Gruppen, manche noch in ihren Autos. Aus Angst, auszusteigen und sich ihrer neuen Realität zu stellen, dachte ich mir.

Ich hatte das ganze Wochenende gesehen, wie Eltern ihre Kinder abgesetzt hatten, und es hatte wehgetan, dass meine Mutter sich nicht einmal die Mühe gemacht hatte, mich in mein neues Leben als Erwachsene zu begleiten. Meine Reise ins Erwachsenenalter war etwas, mit dem ich mich damals allein auseinandersetzen musste. Nach einer kurzen Kontrolle meines Make-ups im Rückspiegel stieg ich aus dem Auto und zog meinen Rucksack vom Sitz.

Ein Knopfdruck verriegelte das Auto, und ich machte mich auf den Weg zu meinem Gebäude. Ein vertrautes Geräusch ließ mich innehalten, als ich auf den Bürgersteig trat. Es war das Geräusch von Motorrädern, wie sie von diesen schrecklichen Zwillingen gefahren wurden. Aber das konnte sicher nicht sein, oder? Da dieser Campus riesig war, hatte ich gedacht, wir würden uns dort nicht über den Weg laufen. Und doch waren sie da, mit ihren dunklen Pilotenbrillen, die ihre Augen verdeckten.

Ich schaute mich um und sah, dass die meisten Mädchen und einige der Jungen auf dem Campus sich umdrehten, um die Jungen anzustarren.

Das kann doch nicht wahr sein, dachte ich, als Wut in mir aufstieg. Diese beiden Arschlöcher schon wieder.

Ich lächelte höhnisch, als sie auf mich zufuhren und auf den Stellplätzen für Motorräder und Roller parkten. Sie hatten so viel von der Aufmerksamkeit und dem Mitleid meines Vaters, und ich fragte mich, ob es ihretwegen war, dass Dad sich von mir abgewandt hatte. Das würde allerdings nicht die Kluft erklären, die zwischen meinen Eltern entstanden war, während ich im Urlaub in Cabo war, oder Mamas Trinkerei, aber im Moment spielte das keine Rolle.

Sie waren die Ursache all meiner Probleme. Meine Freunde hassten mich, weil ich sie nicht ausstehen konnte und über sie redete, und mein Freund hatte mich verlassen, weil er dachte, ich wollte die Zwillinge.

Als ob ich jemals zugelassen hätte, dass sie mich anfassen. Sie würden Motorradöl auf meine Haut schmieren und mich ruinieren. Die Tatsache, dass sofort einige Mädchen damit anfingen, um die Zwillinge herumzuschleichen, und sogar ein paar Jungen, zeigte mir, dass sie bereits Freunde gefunden hatten, aber schließlich waren sie auch früher hierhergekommen, nicht wahr?

Ich würde dem schnell ein Ende setzen.

Mit einem Blick des Ekels auf meinem Gesicht ging ich in meinen Prada-Slippern und meinem Kleid auf die beiden zu und sprach mit den Zwillingen. „Ich bin mir nicht sicher, dass solche wie ihr hier willkommen seid. Bandenmitglieder gehören nicht auf den Campus."

Es war offensichtlich, dass ich von jedem gehört werden wollte, doch als ich mich umsah, um sicherzustellen, dass mich alle ansahen, war ich überrascht, dass ich es war, der man angewiderte Blicke zuwarf.

Die Leute wichen buchstäblich vor mir zurück. Ich war entsetzt. In der Menge vor mir, begann das Gemurmel, und irgendwer rief: „Reiche Mädchen, die von ihren Eltern finanziert werden und keine Manieren haben, sind hier auch nicht willkommen, Prinzessin!"

Ich stampfte davon. So hatte ich mir den Tag nicht vorgestellt.

Eigentlich sollte mir der Campus um fünfzehn Uhr zu Füßen liegen, aber jemand hatte mich tatsächlich verspottet, weil ich reich war? Was zum Teufel war mit den Leuten los? Sie sollten mich eigentlich beneiden, nicht mich verhöhnen. Seit wann war es schlecht, reich zu sein?

Ich kam zu spät zu meiner ersten Vorlesung, weil ich das Gebäude, in dem ich sein sollte, verwechselt hatte und über den Campus laufen musste, um zum richtigen zu gelangen. Gar nicht so einfach in teuren Slippern. Ich war auf einer nassen Wiese ausgerutscht und nicht gestürzt, aber ich hatte mir einen Muskel in meinem Innenschenkel so stark gedehnt, dass der Schmerz mich fast zum Schreien brachte.

Als ich zur Vorlesung kam, konnte ich nicht einmal mein Make-up-Spray benutzen, und der Professor bemerkte mein Zuspätkommen.

„Oh, wie freundlich, dass Sie sich zu uns gesellen. Und wer sind Sie? Und haben Sie vor, jetzt immer zu spät zu kommen?" Der Mann, der Ende fünfzig war, graues Haar und eine große runde rote Nase hatte und eine mindestens dreißig Jahre alte Brille trug, starrte mich über den Rand derselben hinweg an.

Der Rest der Studenten lachte mich aus, als ich dem Professor meinem Namen sagte und mich im Auditorium auf einem der Plätze niederließ.

„Ich habe gehört, sie ist irgend so ein reiches Mädchen aus Santa Monica, die Spaß daran hat, ihre Rivalinnen zu tyrannisieren", hörte ich ein Mädchen hinter mir sagen.

Das Bedürfnis mich umzudrehen, und das Mädchen böse anzustarren, war stark, doch ich tat es trotzdem nicht. Wer hatte ihr das gesagt? Die Zwillinge?

„Ich habe dort eine Freundin, und als diese erfuhr, dass sie herkommen würde, hat sie mich vor ihr gewarnt."

Ich beschloss, sie zu ignorieren und mich auf den Unterricht zu konzentrieren. Der Rest des Tages verging wie im Flug, und als ich mit den Vorlesungen fertig war, war ich froh, dass Daddy mir eine Wohnung gemietet hatte, obwohl die Entfernung zwischen Santa Monica und Los Angeles nicht so groß war. Der Berufsverkehr konnte jedoch brutal sein, daher war die Wohnung eine gute Idee. Außerdem gab sie mir echte Unabhängigkeit. Zumindest ein wenig. Daddy hatte alles bezahlt, also war ich finanziell unabhängig. Als ich in mein Auto stieg und es anließ, fragte ich mich, warum die Leute es so schrecklich fanden, dass ich reich war. In der Highschool war es das A und O gewesen, reich zu sein und es zu zeigen.

***

Vielleicht sollte ich das tun, was meine Mom mir vorgeschlagen hatte, und versuchen, in eine Studentenverbindung zu kommen, um Freunde zu finden und vielleicht ein bisschen beliebter zu werden. Ich konnte mir zwar nicht vorstellen, wie ich das anfangen sollte, da die Gerüchte über mich bereits im Umlauf waren.

Ich fuhr zu meiner neuen Wohnung und ging hinein. Sie war nicht riesig, ein Wohnzimmer, zwei Schlafzimmer, ein Badezimmer, eine Küche und ein hinterer Balkon in einem hohen Gebäude, aber es war mein neues Zuhause. Die Wohnung war in Weiß, Rosa und hellem Grün, meinen Lieblingsfarben, eingerichtet und mit den Möbeln ausgestattet, die ich letztes Jahr bestellt hatte, bevor Daddy aufhörte, mit mir zu sprechen.

Mit einem Stöhnen der Erleichterung ließ ich meine Tasche auf die weiße Couch fallen und ging in die Küche, mein Telefon in der Hand, um etwas zu essen zu bestellen. Ich entschied mich für etwas Indisches und bestellte online. Ich starrte in die Leere und wünschte mir, Johanna oder Suzanna wären hier. Beide würden mir Gesellschaft leisten, mich zum Lachen bringen und die Stille vertreiben.

Johanna wollte offensichtlich nicht mit mir reden, und Suzanna verbarg es, aber sie war genauso. Mit einem tiefen, zittrigen Atemzug schaltete ich den Fernseher ein und suchte nach etwas, das ich mir ansehen konnte. Ich fand eine Reality-Sendung und ließ sie eingeschaltet. Ich hatte noch nie in meinem Leben gebacken, war aber fasziniert davon.

Mein Essen kam und ich nahm es aus der Transportverpackung, um es auf einen Teller zu tun und zu essen. Als ich damit fertig war, stellte ich fest, dass ich ein Problem hatte. Ich müsste die Teller abwaschen. Ich hatte auch noch nie Geschirr gespült. Ich unterbrach das Programm und ging in die Küche, zum ersten Mal in meinem Leben neugierig auf die Haushaltsführung.

Bei einer Suche im weißen Schrank unter der Spüle fand ich einen Schwamm und eine Flasche Geschirrspülmittel. Okay, das machte

Sinn, entschied ich und stellte das Wasser an. Ich hatte das schon einmal gesehen und kopierte die Dinge, die ich gesehen hatte. Ein kleiner Tupfer Seife auf den Schwamm, ein paar Mal wischen und alles wieder unter das heiße Wasser halten, um die Seife wegzuwaschen.

Es war nicht genug Geschirr, um eine Spüle voll mit heißem Wasser laufen zu lassen, also machte es so für mich mehr Sinn. Mit einem zufriedenen Seufzen des Triumphes schnappte ich mir eine weitere Flasche Wasser und machte mich auf den Weg zurück ins Wohnzimmer.

Dann drängte sich ein neuer Gedanke auf. Wie wäre es mit Wäschewaschen? Die meisten meiner Kleider mussten chemisch gereinigt werden, aber was ist mit meiner Bettwäsche? Jeans und T-Shirts und so weiter? Die Waschmaschine war unten im Keller, ich könnte dort etwas waschen, nur um sie auszuprobieren. Ich runzelte die Stirn und tat dann etwas, das ich nie für möglich gehalten hätte. Ich stellte den Fernseher auf YouTube um und schaute nach, wie man Wäsche wäscht.

Als ich glaubte, dass ich das beherrschte, beschäftigte ich mich mit der Frage, wie man ein Haus sauber hält, und fand heraus, dass man mit Naturprodukten statt mit scharfen Chemikalien arbeiten kann. Das interessierte mich wirklich, und ich sah mir noch einige weitere Videos an, bevor ich mich entschied, damit aufzuhören.

Die Hausaufgaben hörten nicht auf, nur weil es unsere erste Woche war und es gab bereits Aufgaben, die ich zu erledigen hatte. Ich arbeitete an den Hausaufgaben, schickte sie an meine Professoren und ging unter die Dusche. Mein erster Schultag war nicht annähernd so gut verlaufen, wie ich mir das vorgestellt hatte, aber das war in Ordnung. Es war erst der erste Tag.

Nicht jeder würde die Zwillinge kennen, und nicht jeder würde die Gerüchte hören. Gerüchte, die zufällig wahr waren, aber ich wollte nicht zulassen, dass das meine Gedanken trübt. Es waren Gerüchte. Ich war es gewohnt, Gerüchte zu verbreiten, nicht die Ursache dafür zu sein.

Ich versuchte einzuschlafen, aber, wie schon seit meiner Ankunft, fand ich den Ort zu ruhig. Die Wohnung war sicher genug, diese Tür würde sogar das FBI fernhalten, dafür hatte Daddy gesorgt. Sie war in der Nähe des Campus, also waren andere Studenten im Gebäude, ich war nicht allein. Ich befand mich im zweiten Stock, also gab es keine Chance, dass jemand durch mein Fenster einstieg. Trotzdem fand ich keine Ruhe. Ich hatte nicht das Gefühl, in Gefahr zu sein, sondern konnte einfach nicht einschlafen.

Mit einem Seufzer der Frustration warf ich meine Bettdecke zurück, kletterte aus dem großen Doppelbett und ging ins Wohnzimmer. Ich zog eine Decke von der Rückseite der Couch, schaltete den Fernseher ein und sah mir erneut die Backsendungen an.

Immerhin unterbrach die Sendung die Stille, aber ich blieb lange auf und konnte nicht aufhören, weiterzuschauen. Morgen würde ich es bereuen, also beschloss ich mein Handy in die Hand zu nehmen um so lange zu lesen, bis ich einschlief. Ich schaltete um auf englische Komödien, die mir gefielen, und begann zu lesen. Das brachte mich schließlich dazu, einzuschlafen.

Als ich aufwachte, machte ich mir Müsli zum Frühstück, spülte das Geschirr und zog mich an. Heute wollte ich etwas lässiger aussehen. Also ging ich in meinen begehbaren Kleiderschrank und holte die langweiligste Jeans daraus hervor. Dann versuchte ich ein T-Shirt zu finden, dessen Markennamen nicht vorne draufstand. *Gucci*, nein, *Louis Vuitton*, nein, keines davon kam in Frage.

Ich ging stattdessen zu meiner Auswahl an Blusen und fand ein lockeres Oberteil in Kelly-Grün, das um meine Hüften schwang, aber oben eng anliegend war. Das war nicht wichtig, was wichtig war, dass nirgendwo ein Designer Logo oder Schriftzug zu sehen war. Ich müsste heute Abend einkaufen gehen, ein paar Oberteile finden, die nicht so teuer waren, und vielleicht ein paar billigere Jeans. Vielleicht sogar aus dem Einkaufszentrum.

Ich schauderte, aber es musste getan werden. Ich wollte mich erst einmal anpassen. Dann würde ich meinen Aufstieg zum Gipfel wieder in Angriff nehmen. Die Fähigkeit, mich an jede Situation anzupassen, war eine meiner Stärken. Die meiste Zeit wusste ich, wie ich mich zu verhalten hatte. Nicht immer, ich hatte schrecklich darauf reagiert, wie Charlotte Ryder angemacht hatte, und als Ryder sich über mich ärgerte und mir sagte, dass wir fertig miteinander waren, hatte ich schlecht reagiert.

Aber jetzt begann mein neues Leben, und es lag an mir, es zu dem Leben zu machen, das ich haben wollte. Irgendwie würde ich die Leute hier auf dem Campus für mich gewinnen, und dann würde es wieder Partys, Freunde und Bewunderung geben. Heute schminkte ich mich leicht und steckte mein Haar mit einem einfachen Pferdeschwanz hoch.

Statt wie eine Frau Mitte zwanzig auszusehen, aus deren Poren sexuelle Verlockung strömte, sah ich aus wie ein frisch geschminkter Teenager im ersten Studienjahr an der UCLA. Gut. Ich nickte mir im Spiegel meines Badezimmers zu und ging, um meine Tasche zu holen.

Heute wäre alles anders. Heute würde ich die Zwillinge meiden, Freundschaften schließen und mich daran erinnern, dass ich hier nicht die Königin des Campus war. Noch nicht.

Mit der Zeit aber, und bei dem Gedanken verzog ich meine Lippen beim Fahren zu einem Lächeln, würden sie mir alle wieder aus der Hand fressen. Darin war ich gut.

Meine Fahrt zur Schule dauerte heute länger als erwartet, und ich kam fast wieder zu spät zu meiner ersten Vorlesung, schaffte es aber noch rechtzeitig. Mein Professor sah mich über seine Brille hinweg an, mit einem verschmitzten Lächeln auf den Lippen. „Gut gemacht."

„Danke", erwiderte ich und suchte mir weit entfernt von der Tratschtante und ihrer Freundin einen Platz. Ich spürte wie sie mich ansahen, reagierte aber nicht auf die unverschämten Blicke, die ich bekam. Ich machte mir selbst etwas vor, ich war nicht nur zu spät, sondern niemand wollte mit mir befreundet sein. Sie wollten es nicht zu Hause. Warum zum Teufel sollten sie es also hier wollen?

Kapitel Sieben

Santiago

Es war ein langer Tag gewesen, aber ich lächelte, als ich ein Reis- und Hühnergericht für unser Abendessen zubereitete. Die Wohnung war schön, geräumig und in der Nähe gab es einen Pool für die Bewohner. Fernando war dorthin gefahren, um zu sehen, ob er jemanden abschleppen konnte, aber er würde bald zurückkommen.

Es war ein ... interessanter Tag gewesen. Krystal heute Morgen zu sehen, war eine Erinnerung an zu Hause und an das, was wir zurückgelassen hatten. Wir waren in eine öffentliche Schule gegangen, wo wir eine Gruppe von Freunden hatten, in der niemand war, den Krystal kannte, aber wir hatten sie fast jeden Tag unseres Lebens gesehen. Manchmal aus der Ferne, manchmal aus der Nähe und persönlich.

In unserer frühen Kindheit hatten wir alle zusammen gespielt, wenn Mrs. Dynton nicht da war. Wenn die Dame des Hauses bemerkte, dass ihre Tochter mit den Kindern der Helferin spielte, hat sie dem ein Ende gesetzt.

Dann, als wir alle etwa elf Jahre alt waren, entdeckte Krystal den Snobismus und dass ihre Spielkameraden ... Hilfskräfte waren. So nannten sie Mami und uns. Die Hilfskräfte.

Das Wort tat noch immer weh, aber Krystals Ablehnung heute Morgen hatte noch mehr wehgetan.

Fernando mochte sie nicht mehr, aber tief in uns wussten wir beide, dass wir von Krystal Dynton viel mehr wollten, als sie uns jemals geben würde. Dieser Gedanke führte zu Fantasien über das Unmögliche, also verdrängte ich ihn schnell.

Ich stellte die Hitze am Herd runter und deckte den Tisch, gerade als Nando die Wohnung betrat. „Das Abendessen ist fertig."

Fernando war während des Essens ausgesprochen schweigsam, sodass ich wusste, dass er etwas auf dem Herzen hatte. Denn das war der einzige Grund dafür, dass er jemals die Klappe hielt.

„Was ist los, 'Nando?", fragte ich ihn besorgt.

„Gar nichts, ich muss nur daran denken, wie die hochnäsige kleine Krystal heute Morgen in ihre Schranken verwiesen worden ist. Es hat gut getan, dass es zur Abwechslung mal so war."

„Warum?" Ich wusste genau, warum, fragte aber trotzdem. Sie war zu einer richtiggehenden Tyrannin geworden, und zwar einer bösartigen.

Ich hatte gehört, was sie letztes Jahr diesem Mädchen angetan hatte. Um fair zu bleiben, natürlich hatte dieses Mädchen etwas Dummes getan, und jeder hätte es filmen und online stellen können, aber Krystal hatte Followers, und zwar ausgesprochen viele. Sie hatte das Mädchen vor Hunderttausenden von Menschen lächerlich gemacht.

„Weil sie eine Schlampe ist." Nando hielt sich mit seinem Urteil nicht zurück. „Hätten wir Mr. Dynton nicht unser Wort gegeben, nicht mit ihr zu schlafen, würde ich fast vorschlagen, dass wir versuchen sollten, sie zu verführen und sie dann sitzen zu lassen. Du weißt schon, dafür sorgen, dass sie sich richtig in uns verliebt und sie dann fallen lassen wie eine heiße Kartoffel."

„Wir beide?", fragte ich ein wenig bestürzt darüber, worauf mein Bruder hinaus wollte.

„Ja, wir zusammen. Mädchen stellen sich die ganze Zeit vor, sagen sie mir, wie es wäre, uns beide gleichzeitig zu haben, und wir sie komplett verrückt machen würden, und solche Sachen. Das wäre doch die perfekte Rache, nicht wahr?"

„Vielleicht." Ich hatte nicht darüber nachgedacht und hatte auch nicht so viel herumgeschlafen, wie Nando, und schon gar nicht mit dem Typ Frau, den er bevorzugte.

„Am liebsten wäre ich ihr nachgegangen, nachdem die Leute so gemein zu ihr gewesen sind. Als sie ging, wären die Dinge fast eskaliert."

„Scheiß auf sie. Sie ist nichts weiter als eine blöde kleine Schlampe, und hat genau das bekommen, was sie verdient hat." Er hielt kurz inne, um unsere Schüsseln mit dem Reis zu füllen und sah mich dann an. „Sie benimmt sich uns gegenüber schon seit Jahren wie eine Prinzessin, Santiago. Sie ist nicht mehr das kleine Mädchen, mit dem wir früher gespielt haben. In ein paar Jahren wird sie einen Arzt heiraten mit dem sie Kinder bekommt, und dann ist sie in ihrem Leben gefangen und fängt an, es zu hassen, nur weil sie nicht ihren eigenen Weg gegangen ist, sondern das Leben lebt, das ihre Mutter für sie gewählt hat. Wenn sie erst mal vierzig ist, wird sie genauso viel Gin trinken wie ihre Mutter es jetzt tut."

„Vielleicht hast du recht."

„Ich hätte allerdings nichts dagegen, ihr das Gehirn rauszuvögeln." Er hielt kurz inne um an seinem Essen zu kauen, bevor er mich wieder ansah. „Wenn ich sicher wäre, dass ihr Vater es nicht herausfindet, würde ich die kleine Schlampe von dem Podest herunterholen, auf das sie geklettert ist."

„Dürfen wir nicht tun ...", erwiderte ich, aber nicht, weil der Gedanke an Sex mit Krystal mich anwiderte, sondern einfach nur, weil uns das ihr Vater als Regel aufgetragen hatte.

„Aber wenn er es nicht weiß ..." Nando machte eine Pause und zog herausfordernd die linke Augenbraue hoch.

„Vielleicht." Wäre es das wert?

Ich erinnerte mich an einen Sommertag vor acht Jahren. Wir hatten im Obstgarten gespielt, und das Sonnenlicht hatte wie ein Heiligenschein auf Krystals Haaren getanzt, als sie vor mir weglief, entschlossen, sich nicht in unserem Fangspiel erwischen zu lassen.

Ich hatte sie eingeholt, und schon damals verschlug mir ihre Schönheit den Atem. Es war einer dieser Momente, die mir deutlich im Gedächtnis haften geblieben waren, bis hin zu der Art und Weise, wie das Licht durch die Blätter fiel, um auf ihrer gebräunten Haut zu tanzen. Sie war einfach ... wunderschön gewesen.

Wie konnten die Menschen dieses schöne Mädchen so sehr verändert haben?

„Ich möchte jetzt nicht darüber nachdenken. Schließlich müssen wir unsere Hausaufgaben erledigen. Sollen wir sie zusammen machen?"

„Gerne, ich kann es nicht erwarten, die Hauptkurse abzuschließen, damit wir endlich das machen können, was uns Spaß macht." Fernando stand auf und stellte unser Geschirr in die Spüle. „Ich erledige den Abwasch, wenn du unsere Taschen holst."

Seit Mamis Tod half er mir, was er vorher nicht getan hatte, weil es sonst unfair gewesen wäre. Fernando wusste, dass er manchmal ein richtiges Arschloch sein konnte, aber ich war ein Teil von ihm, sein bester Freund, und alles, was ihm noch geblieben war. Also gab er sich Mühe.

„Kannst du dir vorstellen, wie stolz Mami wäre, wenn sie uns jetzt sehen könnte?", fragte ich ein paar Stunden später, als wir fast mit unseren Aufgaben fertig waren.

„Ja, das würde ihr gefallen", erklärte Fernando während er an der Matheaufgabe arbeitete, die ich einfach nicht lösen konnte. „Ich bin froh, dass wir diese Chance bekommen haben."

Fernando war in einem Wissenschaftsprogramm, das für ein Geologie-Studium bestimmt war, während ich mich für ein Jurastudium entschieden hatte. Unsere Mutter wäre mehr als stolz, sie wäre begeistert zu sehen, wie sehr wir uns bemühten, Fortschritte zu machen. „Ich bin auch froh, obwohl ich mir sicher bin, dass wir beide Stipendien bekommen hätten, wenn Mr. Dynton sich nicht dazu entschlossen hätte, uns zu helfen. Unsere Noten waren gut genug."

„Ja, aber wir sind nur Lateinamerikaner, die das öffentliche Schulsystem durchlaufen haben. Es gibt Millionen andere wie uns da draußen. Der Wettbewerb wäre hart gewesen." Fernando war wie immer geradeheraus und logisch.

„Ich weiß, aber ich glaube, dass wir es trotzdem irgendwie geschafft hätten."

„Gibt es einen Grund dafür, warum du dir darüber Gedanken machst, unsere Ausbildung auf andere Weise zu finanzieren?" Fernando lehnte sich mit selbstgefälligem Grinsen auf seinem Stuhl zurück.

„Nein, natürlich nicht, oder zumindest nicht aus dem Grund, den du annimmst. Allerdings hat dein Vorschlag mich zum Nachdenken gebracht. Was, wenn er seine Meinung ändert? Dann müssten wir finanzielle Hilfe beantragen."

„Dann machen wir das eben. Auch kein Problem, dann nehmen wir einen Kredit auf und zahlen ihn ab und alles ist gut." Fernando zuckte mit den Achseln und gab mir den Zettel, auf dem die Lösung für die Matheaufgabe stand. „Hier ist die Lösung."

„Danke, ohne dich könnte ich den ganzen Mathekram nicht schaffen." Es war schon immer meine Schwäche gewesen, und ich hatte sogar gescherzt, dass ich an Mathe-Legasthenie litt, bis ich herausfand, dass es dafür einen richtigen Begriff namens Dyskalkulie gab.

„Gern geschehen, Bruderherz."

Fernando stand auf und streckte seinen fast zwei Meter großen Körper. Es gab also viel zu strecken.

Ich war genau gleich groß und wusste, dass dies eines der Dinge war, die Frauen an uns so attraktiv fanden. Das heißt, abgesehen von unserem Aussehen. Wir hatten markante Gesichtszüge, harte Kiefer, über die Frauen gerne mit den Fingern streichelten, und Augen, die Höschen in Asche verwandelten. Ich wusste es, aber ich setzte mein gutes Aussehen nicht so ein wie mein Bruder.

„Hast du heute Abend eine Verabredung?" Ich wusste, dass das wahrscheinlich der Fall war. Er hatte seit dem zweiten Tag, an dem wir hier wohnten fast jeden Abend eine Verabredung mit diesem oder jenem Mädchen.

„Aber sicher, Bruderherz. Und sie sieht super aus." Er zeigte mit den Händen einen weiblichen Körper an und grinste teuflisch. „Mit einem richtig prallen Hintern!"

Ich lächelte und nickte. „Schön für dich. Genieße es, solange du kannst. Bald werden wir nur noch mit Lernen beschäftigt sein."

„Ich weiß, mach dir keine Sorgen, ich lasse mich schon nicht ablenken. Wir haben schließlich ein Versprechen gegeben." Fernando war plötzlich ganz ernst, sodass ich schlucken musste, um den Schmerz zu verdrängen, der immer am Rande meines Bewusstseins zugegen war und drohte, mich zu überkommen.

„Ja, das haben wir." Wir klatschten uns ab und Fernando ging unter die Dusche.

Ich setzte mich in einen Sessel in unserem Wohnzimmer, schlug ein Buch auf meinem Tablet auf und begann zu lesen. So verbrachte ich die meisten Nächte am liebsten mit einem guten Buch in der Hand und mit Ruhe und Frieden um mich herum.

Meine Gedanken schweiften ab, während einer eher heißen, wenn auch unerwarteten Szene in dem Horrorroman, den ich gerade las. Krystals Augen heute, so erschüttert, als jemand zurückgeschossen hatte, als sie austeilte. Ich war an ihre Beleidigungen und ihre Art gewöhnt, aber die Leute wussten das nicht, und die Freunde, die sich versammelt hatten, um uns zu begrüßen, hatten ihre Unhöflichkeit nicht gern gesehen. Es war schön, verteidigt zu werden, aber so war Krystal eben, das war ihre Art.

Vor Jahren hatte ich akzeptiert, dass Krystal nicht böse war, denn so war sie eben einfach, weil es das war, was man ihr beigebracht hatte, was von den bildhübschen Menschen, die sie umgaben, von ihr erwartet wurde. Vielleicht würde sie sich jetzt, da sie nicht mehr mit diesen Menschen zusammen war, ändern.

Es wäre schön, die Freundin aus meiner Kindheit wiederzuhaben, aber ich hatte nicht viel Hoffnung. Irgendwann würde sie ihr Publikum hier finden und sich einer Vereinigung von anderen hochnäsigen Tussis anschließen, die zu gut für Leute wie mich und Fernando waren. Es sei denn, sie wollten sich eine Weile unter die Leute mischen, dann würden sie sich vielleicht mit mir abgeben.

Ich legte mein Tablet weg und nahm mein Telefon heraus. Ich ging zu meinem Anrufbeantworter, wählte eine Datei aus und drückte auf Play.

„Santiago, ich brauche Tomaten, kannst du auf dem Nachhauseweg am Laden halten und welche mitbringen, bitte? Ich liebe dich, mi hijo." Mamis Stimme erklang und erfüllte das vom Sofa bis zu den beiden Sesseln mit schwarzem Ledermöbeln gefüllte Wohnzimmer und ich lehnte mich entspannt zurück.

Mami hatte mir immer gesagt, dass Krystal mit dem ganzen Geld ihres Vaters privilegiert sein könnte, aber sie hatte nicht den Reichtum, den wir hatten, die unendliche Liebe einer Mutter, die mich so sein ließ, wie ich war. Ihre Eltern wollten eine Puppe, also hatten sie eine aus ihr gemacht, und das machte sie zu einer Gefangenen. Ich hatte nicht dieselben Mauern, in denen ich gefangen war. Ich sollte sie bemitleiden und nicht hassen.

Diese Worte waren mir immer in Erinnerung geblieben, und ich dachte jetzt an sie. Nando wollte sie verführen, um ihr die Jahre der Bösartigkeit heimzuzahlen. Um sie auf unser Niveau zu bringen. Aber unser Niveau war nicht das unterste. Und das war es, was Fernando wollte, Krystal auf den Grund zu bringen, sie zu zerstören.

Konnte ich dem zustimmen? Ich glaubte nicht, aber ich wäre bereit, das Mädchen zu verführen. Ich hatte vorher gelogen, als ich mir überlegt hatte, wie wir die Schule bezahlen könnten, wenn ihr Vater die Finanzierung zurückziehen würde. Weil ich sie nämlich wollte, das wollte ich schon immer. Auch wenn ich es nicht zugeben wollte.

Ich wollte sie schon mein ganzes Leben lang.

Vielleicht gab es einen Weg, das zu erreichen, ohne sie zu demütigen. Das wollte ich nämlich auf keinen Fall.

Vorerst musste ich mich aber auf mein Studium konzentrieren und nicht auf eine Frau, die mir kein Wasser geben würde, wenn ich am Verdursten war. Vielleicht könnte ich dann, wenn wir alle in die Winterferien nach Hause fuhren, darüber nachdenken, einen Plan aufstellen.

Aber vorher nicht, versprach ich mir.

Vielleicht könnte ich Fernando bis dahin überzeugen, dass er nicht so bösartig sein musste, wenn es um Krystal ging. Ich wollte nicht, dass sie gebrochen wird, ich liebte ihren Geist, wie sie selbst in dem Käfig gedieh, von dem sie nicht wusste, dass sie sich in ihm befand. Wenn wir ihre Illusionen zerbrächen, wenn wir sie so tief verletzten, dass sie die Welt nicht mehr verstand, würde ich mir das nie verzeihen.

Ich wollte nicht die Art von Tyrann sein, in die sie sich verwandelt hatte. Ich wollte sie nicht zu Depressionen oder Schlimmerem treiben. Ich ... wollte sie einfach nur.

Ich ging in mein Schlafzimmer und holte die Flasche heraus, die ich zu Hause im Schrank unserer Wohnung gefunden hatte. Bourbon half mir zu schlafen, und im Moment wollte ich schlafen, um nicht mehr an all das zu denken und die Gedanken aus meinem Kopf zu bekommen.

Ich ging in die Küche, fand ein kleines Glas und füllte es halb voll. Mit einem großen Schluck trank ich den Bourbon aus und versuchte, nicht zu keuchen, da er mir den Atem verschlug. Als der Bourbon mir die Kehle hinabbrann, lief mir ein langsames Brennen über die Brust und direkt in den Magen. Noch ein doppelter Schnaps, und ich wusste, ich wäre soweit.

Ich trank dann noch einen Schluck Orangensaft hinterher, ging duschen, bevor der Bourbon anfing zu wirken, und ging dann zu Bett. Als ich meinen Schlafanzug angezogen hatte und in die Laken schlüpfte, war der Bourbon so stark, dass mir der Kopf schwirrte. Ich machte es mir im Bett gemütlich, das viel größer als mein Doppelbett zu Hause war, und ließ den Bourbon seine Wirkung tun.

Mein Gehirn wurde ruhig, aber kurz vor dem Einschlafen kam die Erinnerung an Krystal zurück, die barfuß und lachend durch den Obstgarten rannte. Sie hatte mehrmals zurückgeblickt, nicht aus Angst, erwischt zu werden, sondern weil sie mich herausforderte, sie zu erwischen. Dann dieser Moment, ein paar Jahre später, als sie versucht hatte, mich zu küssen.

In der Nacht, in der Mami gestorben war, hatte ich gedacht, sie sei nichts weiter als ein Miststück, denn Trauer und Wut hatten mich dazu getrieben, die Nacht durchzufahren. Aber tief im Inneren wusste ich schon in dieser Nacht, dass Krystal geliebt werden musste. Wirkliche Liebe erfahren musste.

Ich war mir nicht sicher, ob ich ihr das geben konnte, oder ob ich ihr das Leben geben konnte, das man ihr beigebracht hatte und das sie sich wünschte, aber ich konnte ihr geben, was ich hatte. Freundschaft, Freundlichkeit und eine gute Dosis Zuneigung. Ich war noch nie verliebt gewesen, hatte keine Ahnung, wie sich das anfühlte, also wusste ich nicht, ob ich ihr das geben konnte. Aber es wäre schön, ihr zumindest etwas anderes zu geben. Mein Atem wurde ruhiger, und ich schloss die Augen, als der Bourbon seinen Zauber wirkte. Ich stellte die Flasche zurück in meinen Schrank, wo sie versteckt war, bevor ich endgültig ins Bett ging. Ich wollte nicht, dass Fernando wusste, dass dies für mich die einzige Möglichkeit war, einzuschlafen, seit unsere Mutter gestorben war. Wir hatten beide genug um die Ohren.

Kapitel Acht

Krystal

„Ich habe gehört, dass reiche Mädchen, wie die kleine Barbie da vorn, schlecht im Bett sind. Sie schauen weiter auf ihr Handy, während man sie fickt, und posten währenddessen auf Instagram, wie toll ihr Leben ist."

Gelächter machte sich breit und jemand rief: „Stimmt es, Barbie, sind reiche Mädchen wirklich innerlich so abgestumpft, dass sie ihr Handy nicht mal für einen guten Fick weglegen?"

Ich drehte mich an meinem Platz im Speisesaal um und starrte die Gruppe von Mädchen am Tisch hinter mir an. Gerade als ich den Kopf drehte, traf mich eine Pommes direkt auf die Wange.

„Wir wissen zumindest, wie man sich wie Erwachsene benimmt", spottete ich über das Mädchen, das die Pommes geworfen hatte. „Und wir müssen nicht wie manche Leute unsere Vibratoren oder die Batterien dafür stehlen."

Ich holte meine Tasche, ließ mein Tablett stehen und verließ den Speisesaal. Ich sah Santiago am Tisch neben der Gruppe der Gothic-Mädchen und das Mitleid in seinen Augen, und das machte mich aus irgendeinem Grund wütend. Ich stampfte aus dem Speisesaal und ging hinaus zu meinem Auto. Ich hatte heute Nachmittag keinen Unterricht, also beschloss ich, nach Hause zu gehen und etwas zu tun, was mir im letzten Monat Spaß gemacht hatte ... meine eigene Wäsche zu waschen. Es hatte etwas Angenehmes und gab mir ein gutes Gefühl, die heiße, duftende Kleidung aus dem Trockner zu nehmen.

Auch das Zusammenlegen oder Aufhängen der Wäsche entspannte mich, und ich genoss den ganzen Vorgang.

Eines dieser Gothic-Mädchen wohnte in meinem Gebäude, ich hatte sie ein paar Mal unten in der Waschküche gesehen. Nach meinem ersten Tag hatte ich mich entschlossen, einen neuen Zugang zu den Menschen zu finden, aber das Gothic-Mädchen hatte offenbar von mir gehört, und als ich ihr unten im Keller ein freundliches Lächeln schenkte, hatte das Mädchen mir den Stinkefinger gezeigt.

Der letzte Monat war nicht leicht gewesen, aber ich hatte Trost in der seltsamsten Art und Weise gefunden, indem ich meine Wohnung putzte und meine eigenen Hausarbeiten erledigte. Als die Studentenverbindung mich abgelehnt hatte, hatte ich mein Badezimmer geschrubbt. Als ich in meiner Literaturklasse eine Partnerin bekam, die mit mir an einem Projekt arbeiten sollte, hatte sie mir gesagt, ich solle es selbst machen, weil sie nicht meine Partnerin sein wollte. Ich hatte an diesem Abend die Küchenwände und Schränke geschrubbt.

Ich wurde geächtet, und das war etwas Neues für mich. Ich mochte es nicht, kein bisschen, aber ich fand Trost in der Hausarbeit, seltsamerweise. Ich hatte nicht eine einzige Freundin gefunden, und das Leben war beschissen.

Mein Vater rief mich nicht an, und wenn meine Mutter anrief, war sie betrunken und beschimpfte mich nur, weil ich nicht in eine gute Studentenverbindung gekommen war, wie sie es mir gesagt hatte.

Ich wollte mit jemandem reden, mit irgendjemandem, und als ich mich auf den Weg zurück in meine Wohnung machte, nahm ich mein Tablet und starrte die beiden Namen auf meiner WhatsApp an, die ich eine Weile nicht angerufen hatte. Johanna und Suzanna.

Würden sie überhaupt zum Telefonhörer greifen, wenn sie meine Nummer auf der Anrufer-ID sehen würden? Oder würden sie mich ignorieren, wie sie es in den letzten Wochen getan hatten? Ich warf mich zurück auf die Kissen meines Bettes und starrte an die Decke. Alles war ein Wrack, aber meine Wohnung war sauber. Ich hatte sogar ein paar schöne Kerzen gekauft, damit alles gut roch. Ich hatte nichts mehr mit der Wohnung anzufangen.

Ich dachte daran, den weißen Teppich im Wohnzimmer noch einmal abzusaugen, aber das hatte ich schon am Vorabend getan. Dann fiel mir ein, ich hatte noch eine Ladung Wäsche, die ich waschen konnte. Mit einem glücklichen Lächeln im Gesicht ging ich ins Badezimmer und nahm den Wäschekorb in die Hand. Er war voll mit Kleidern, die ich im Einkaufszentrum gekauft hatte, Dinge, die mir halfen, mich unter die anderen Studenten zu mischen, auch wenn mein Schmuck mich verriet.

Ich schnappte mir die Flasche mit Waschmittel und eine Schachtel mit Trocknertüchern und ging nach unten. Es waren hauptsächlich einfarbige weiße Blusen aus T-Shirt-Material, ein paar gelbe und ein hellblaues Hemd. Ich warf zwei Paar Jeans hinein und startete dann die Waschmaschine. Die Waschmaschine dauerte fünfundvierzig Minuten, also ging ich zurück in meine Wohnung, um meine Hausaufgaben zu machen.

Ich war schnell mit den Matheaufgaben fertig und machte mich an den Aufsatz, den ich gerade schrieb. Es war die Arbeit, bei der meine Partnerin sich weigerte, mit mir zusammenzuarbeiten, sodass ich eine Menge Arbeit zu erledigen hatte, Recherchen anstellen, eine Outline erstellen und dann weitere Artikel finden musste, die meine Position dazu untermauerten, warum Jane Austen überbewertet, aber immer noch eine Pionierin ihrer Zeit war. Ich hatte es gehasst, Jane Austen in der Schule zu lesen, und jetzt war sie wieder da und quälte mich.

Eine Stunde war vergangen, bevor ich wieder in die Waschküche ging, denn ich hatte mich so in meine Arbeit vertieft. Ich summte gerade eines meiner Lieblingslieder, als ich hereinkam, bereit für den nächsten Schritt in diesem Prozess. Das Gothic-Mädchen trottete heraus, als ich hereinkam, ein höhnisches Grinsen im Gesicht, einen Lolli im Mund. Ich hörte sie lachen, als sie den Wäschebereich verließ und die Stufen zum ersten Stock hinaufging.

Verrücktes Miststück, dachte ich, als ich die Waschmaschine öffnete und nach dem Wäschekorb griff, ohne darauf zu achten, was ich hineinwarf, bis ich meinen Kopf wieder zur Waschmaschine drehte.

Ich betrachtete die lilafarbene Bluse in meiner Hand. Ich hatte kein lilafarbenes Hemd. Ich sah verwirrt nach unten in die Waschmaschine. Hatte ich die falsche Waschmaschine geöffnet?

Im Wäschekorb lagen rosa und lila und einige seltsame braune Kleidungsstücke zusammen mit einer leicht rosa getönten Jeans. Da war ein dunkelrotes Oberteil drin, das viel zu groß für mich war und das meine Kleidung völlig verfärbt hatte. Ich hätte mich fast erschreckt, als die Wut durch mich hindurch raste. Das Hemd würde dem Gothic-Mädchen passen, obwohl ich sie noch nie mit roten Hemden gesehen hatte. Das hatte nichts zu bedeuten.

Sie musste es gewesen sein.

Das war offensichtlich mit Absicht geschehen – es gab nur ein einziges unpassendes Kleidungsstück in dem ganzen Durcheinander. Ich versuchte, dem Video über Beruhigungstechniken zu folgen, das ich mir online angesehen hatte, aber ich war so wütend, dass ich dem Gothic-Mädchen ins Gesicht schlagen wollte. Jedes einzelne Kleidungsstück, das ich gekauft hatte, war ruiniert. Resigniert legte ich die Wäsche in den Trockner, in der Hoffnung, dass die ehemals weißen Hemden gut in rosa aussehen würden.

Meine Jeans müssten einfach ausbleichen, ich wollte nicht noch mehr von meinen Ersparnisse für neue Kleidung ausgeben, als ich bereits hatte. Nicht, wenn dies nur wieder passieren würde. Eine Träne lief mir über die Wange, aber ich wischte sie wütend weg.

Ich war allein, völlig allein, und zum ersten Mal dachte ich, dass es vielleicht meine eigene Schuld war. Ich war in der Highschool nicht besonders nett gewesen, und jetzt erfuhr ich am eigenen Leib, wie es ist, schikaniert zu werden. Es war scheiße, hart.

Anstatt wieder an die Arbeit zu gehen und mehr Hausaufgaben zu machen, setzte ich mich in die Waschküche und spielte ein Spiel auf meinem Telefon, bis der Trockner piepte. Ich faltete die Wäsche zusammen und beschloss, dass die jetzt lila und rosa Tops nicht allzu schlimm waren, aber die hässlichen braunen, würde ich nur im Haus tragen können. Die Farbe war einfach zu hässlich und sah aus wie das, was es war, ein Hemd, das mit roter Farbe ruiniert worden war.

Ich dachte darüber nach, in die Wohnung des Mädchens zu gehen und zu verlangen, dass sie für die ruinierten Kleider bezahlte, aber ich wusste, dass nichts dabei herauskommen würde. Ich konnte nicht beweisen, dass das Mädchen es getan hatte, und das würde die Sache wahrscheinlich nur noch schlimmer machen.

So hatte ich reagiert, als jemand, den ich schikaniert hatte, versuchte, mich zu konfrontieren, und ich verdoppelte meine Anstrengungen so lange, bis die Person zusammenbrach.

Ich kannte dieses Spiel von der anderen Seite und wusste, dass es das Beste war, es vorerst ruhen zu lassen. Selbst wenn ich der Schlampe eigentlich nur ins Gesicht schlagen wollte.

Es gab nichts, was man dagegen tun konnte, also ging ich zurück in meine Wohnung und begann etwas zum Abendessen zu machen. Ich hatte sogar Lebensmittel eingekauft, als ich meine Liebe zum Backen entdeckte. Ich hatte online Tausende von Rezepten gefunden und in den letzten Wochen einige davon ausprobiert. Einige meiner Bemühungen waren katastrophal gewesen, aber einige waren wirklich gut geworden.

Die heutige Wahl war ein Rezept für Jambalaya, und die Zubereitung würde nicht allzu lange dauern. Den Rest könnte ich morgen zum Mittagessen essen, und dann müsste ich nicht mehr im Speisesaal essen. Eine Win-Win-Situation für mich. Ich hatte nur zweimal in der Woche Unterricht am Nachmittag, also sollte ich vielleicht anfangen, Mahlzeiten zu planen, die gleich für zwei Portionen reichen würden.

Ich erinnerte mich an einige der Mahlzeiten, die Ana gewöhnlich zubereitete, und zum ersten Mal fiel mir auf, dass die Frau, die vom ersten Tag an Teil meines Lebens gewesen war, nicht mehr da war. Ich würde nie wieder die freundlichen Worte der Frau hören, wenn meine Mutter besonders schlimm war, ich würde nie die besonderen Gerichte kosten, die sie mir als Belohnung gab, oder sie leise auf Spanisch singen hören, wenn sie ihren Pflichten nachging.

Ana war verschwunden, Lungenkrebs hatte sie getötet, und ich war so in mein eigenes Leben vertieft, dass ich es bis jetzt noch nicht einmal registriert hatte. Wie konnten die Jungs das verkraften? Ana war ein freundlicher, warmer Mensch gewesen, der Zuneigung zeigte, als würde sie sie automatisch verströmen. Ich hatte den Söhnen von Ana nicht einmal mein Beileid ausgesprochen, ich hatte sie nur ignoriert, wütend darüber, dass Papa sich mit ihnen getroffen hatte, bevor sie abreisten, aber nicht mit mir.

In Wahrheit war ich eifersüchtig gewesen, nicht wütend. Ich war gerade an einem Punkt angelangt, an dem ich keinen Unterschied mehr erkennen konnte. Eifersucht machte mich wütend. Wut war mir vertraut, ein Ort, an dem ich zu leben gewohnt war. Ich erinnerte mich an die Tage, bevor Mom beschlossen hatte, dass es Zeit für mich war, eine Kopie von ihr zu werden, und noch schlimmer, als sie beschlossen hatte, dass sie mich für immer aus dem Haus haben wollte. Sie wollte dafür sorgen, dass ich mich auf die Universität vorbereitete und nicht mit dem Kind irgendeines Verlierers schwanger wurde.

Ich hatte immer mit den Jungen gespielt, ich hatte sie beide geliebt und wollte, dass unsere Freundschaft ewig hielt. Ich war sogar in beide verknallt, zumindest bis Santiago mit dreizehn Jahren meine Gefühle zunichtemachte. Mit elf Jahren hatte Mom begonnen, mich zu kultivieren, und ich war den beiden gegenüber ein wenig hochnäsig geworden. Das war meine eigene Schuld. Ich hatte mein Hohngelächter zu oft an ihnen geübt.

Mom hatte mir gesagt, dass die Jungen einen schlechten Einfluss auf mich hätten, dass sie Abschaum seien, weil ihre Mutter arm war. Alles, was in der Welt meiner Eltern zählte, war ein bestimmtes Image, und sie hatten diese Idee in meinen jungen Verstand eingepflanzt, bis sie in meinem Gehirn einen bleibenden Eindruck hinterlassen hatte, der nach dem Muster jedes Etiketts geformt war, das sie mir anerzogen hatten.

Das war in Ordnung, als ich mich nach ihrer Liebe sehnte, aber dann, als ich älter wurde, war ich zu sehr damit beschäftigt, mich zu fragen, warum sie mich so sehr hasste, und Angst schlich sich in meinen Kopf, dass Daddy eines Tages genauso für mich empfinden würde.

Das Schlimmste daran war, dass meine schlimmste Angst nun Wirklichkeit geworden war.

Nun saß ich in meiner Wohnung, allein und ohne jemanden, mit dem ich reden konnte. Ich hatte viel Zeit zum Nachdenken gehabt, und ich konnte jetzt sehen, dass ich nicht nur ein gemeines, sondern auch ein bösartiges Mädchen gewesen war. Grausam zu Menschen, die es nicht verdient hatten.

Charlotte hatte gewusst, dass Ryder eine Freundin hatte, aber sie war betrunken gewesen. Diese Tatsache hatte für mich keine Rolle gespielt, als ich zum ersten Mal davon hörte. Als ich das Video online veröffentlichte, ging es mir nur darum, mein Ansehen zu wahren, mein Gesicht zu wahren, koste es, was es wolle.

Charlotte war zu einer Einsiedlerin geworden, und das Letzte, was ich hörte, war, dass sie zu einer Tante geschickt worden war, um den Leuten in der Stadt zu entkommen, die das Video gesehen hatten. Ich konnte es ihr nicht verübeln, ich hatte einige der Dinge gesehen, die die Leute kommentierten.

Dinge wie: „Sie kann auf meinem Schwanz reiten, wenn er zu dumm ist, sie seinen reiten zu lassen", und „Was für eine Hure, sie sollte in Brand gesteckt werden", Dinge, die grausam, unsensibel und gemein waren. Genauso wie ich gewesen war. Irgendwann würde ich mich bei Charlotte entschuldigen müssen, das war mir jetzt irgendwie klar. Vor einem Monat hätte ich jeden, der das vorgeschlagen hätte, abblitzen lassen, aber jetzt, da ich meine eigene Medizin gekostet hatte, nun, jetzt verstand ich es.

Worte taten weh, ebenso wie Taten, und das Internet war für die Ewigkeit. Was ich getan hatte, würde mich noch lange Zeit verfolgen, und zwar auf mehr als eine Weise. Schuldgefühle hielten sich in meinem Innersten, und ich wusste, dass ich im Moment nicht viel dagegen tun konnte. Vielleicht würde ich eines Tages einen Weg finden, es wieder gutzumachen.

Ich wünschte mir, ich könnte mir Flügel wachsen lassen und weit weg fliegen, irgendwo, wo niemand wusste, wer ich war oder was ich getan hatte. Ein Ort, an dem meine Eltern sich nicht für mich schämen und mein Vater wieder mit mir sprechen würde. Nicht dieser einsame Ort, an dem ich endlich erwachsen wurde, aber es tat weh.

Die Realität tat weh, und ich hatte keine Möglichkeit, diesen Schmerz zu ertränken, weil ich ihn durch meine Handlungen verursacht hatte. Vielleicht revanchierte ich mich auf diese Weise bei der Welt, indem ich mich meine eigenen Schikanen am eigenen Leib spürte. Oder vielleicht sollte ich ausgehen, weg von den Lügen und den Tyrannen?

Es gab viele Orte in L.A., an denen ich mich entspannen konnte. Nicht heute Abend, aber vielleicht fände ich dieses Wochenende etwas, das ich tun könnte. Ich könnte den Aufsatz für meinen Literaturkurs früher fertig machen und etwas Lustiges unternehmen. Der Campus war nicht der einzige Ort, um Freunde zu finden.

Ich packte meine Kleider weg, öffnete dann meinen Laptop und fing an, nach Orten zu suchen, wo ich hingehen konnte. Ich hasste die Idee, irgendwo alleine hinzugehen, aber ich hatte keine andere Wahl. Es gab alles unter der Sonne zu sehen und zu tun, also habe ich es auf Orte eingegrenzt, an denen ich Leute meines Alters finden konnte. Klubs, die ein jüngeres Publikum ansprachen.

Ich probierte einige der Klubs aus, die die Art von Musik spielten, die ich mochte, und lächelte, trotz der Art, wie mein Abend verlaufen war. Ich brauchte keine Freunde in der Schule zu finden, ich konnte sie woanders finden.

Als ich mein Tablet einschaltete, fand ich das Rezept, das ich für das heutige Abendessen brauchte, und bereitete die Zutaten vor. Als ich alles fertig hatte, schaltete ich den Fernseher ein und fand eine neue Sendung, die ich mir für den Rest des Abends ansehen konnte. Ich aß allein, aber jetzt glücklich in dieser Einsamkeit.

Mom nörgelte nicht an mir herum, dass ich mir die Haare nach der neuesten Mode aus Europa schneiden lassen sollte, meine Freunde redeten nicht über ihre blöden arrangierten Hochzeiten oder noch blöderen festen Freunde.

Sie saßen nicht herum, um Leute zu verurteilen oder sie zu schikanieren. Ich war einfach nur da, ruhig und friedlich, und lernte endlich, was es bedeutet, ein Teil der menschlichen Rasse zu sein.

Im Leben ging es nicht darum, ganz oben zu sein, sondern etwas zu finden, das einem Trost spendete, und um neue Dinge zu lernen. Vielleicht später, so dachte ich, nehme ich meinen Laptop heraus und versuche, noch etwas mehr digital zu malen. Ich war ziemlich gut darin, etwas, das ich vor meinen Freunden versteckt hatte, weil sie mich gehänselt hätten. Es spielte keine Rolle mehr, ich war jetzt auf mich allein gestellt, und ich konnte tun und lassen, was immer ich wollte, ohne dass sie mich verurteilten. Und das fühlte sich wirklich verdammt gut an.

Kapitel Neun

Krystal

Die Einsamkeit war noch nicht vorbei. Ein weiterer Monat war vergangen, und bald würde ich für die Thanksgiving-Ferien nach Hause zurückkehren. Wenn ich überhaupt nach Hause fahren würde. Ich hatte meine eigene Wohnung, in der ich einfach bleiben konnte. Es war ein flüchtiger Gedanke, den ich mir nicht ausreden konnte.

Es gab zwei gute Gründe, zum Erntedankfest in meiner Wohnung zu bleiben. Ich müsste Mom nicht besoffen sehen und ich würde mich nicht lächerlich machen, indem ich von Dad verlangte, mit mir zu reden. Es war ein Schmerz, der mich nie wirklich verließ, und ich wusste, dass etwas passiert war, das ihn wirklich dazu gebracht hatte, mich zu hassen.

Es ging dabei auch um mehr als die Geschichte mit Charlotte. Er wollte meine Anrufe immer noch nicht entgegennehmen oder meine SMS beantworten. Er tat so, als gäbe es mich nicht, und ich hatte keine Ahnung, warum. Ich verbarg meinen Schmerz, meine Gefühle, indem ich mich zurückzog und zum Unterricht ging. Das half bei den Gothic-Kids, die sich in letzter Zeit auch mit mir langweilten, es war fast wie eine Epidemie. Je mehr ich versuchte, mich irgendwo, ganz egal wo, einzufügen, desto mehr scheiterte ich. Es war, als ob mir meine Verzweiflung ins Gesicht geschrieben stand. Ich hatte geglaubt, mein neues Schicksal bestünde darin, auf dem College meinen Zufluchtsort zu finden. Als ob ich meine Vergangenheit hinter mir lassen und einfach weitermachen könnte.

Ich hatte mich geirrt.

Ich hielt die steinerne Mauer aufrecht, die ich zwischen der Welt und mir selbst errichtet hatte. Ich ging in den Unterricht, ich machte meine Hausaufgaben, und an den Wochenenden ging ich manchmal allein in die Stadt, um mir eine Band anzusehen oder ins Kino. Das war meine einzige Wahl. Ich hasste es, allein in Clubs zu gehen, und das eine Mal, als ich es versucht hatte, war mir ein Mann nach Hause gefolgt. Ich musste meilenweit herumfahren, bis er schließlich zu begreifen schien, dass ich nur im Kreis fuhr.

Das war beängstigend gewesen, aber wenn er nicht aufgehört hätte, wäre ich zur Polizeiwache gefahren. Das hätte ihn dazu gebracht, mich in Ruhe zu lassen, da war ich mir sicher.

Ich ging in die Schulbibliothek, fest entschlossen, ein Buch zu finden, das ich für eine Forschungsarbeit brauchte. Ich hätte online recherchieren können, aber dieses Buch schien alle Informationen, die ich brauchte, an einem Ort zu enthalten, und ich wollte es haben.

Die Bibliothek war leer, also ließ ich meinen Laptop auf einem Tisch stehen und ging durch die Gänge, bis ich das Buch fand.

Es dauerte viel zu lange, aber es war nicht dort gewesen, wo es hätte stehen sollen oder wo ich es vermutet hatte. Ich hörte jemanden hereinkommen und eilte mit dem Buch in der Hand durch die Gänge, und sah die Gothic-Kids, die kichernd die Bibliothek verließen.

„Daddy kauft dir einen neuen, Barbie", rief eines der Mädchen, das Mädchen, das im gleichen Haus wohnte.

Ich runzelte die Stirn, nicht sicher, was das zu bedeuten hatte, aber ich war mir sicher, dass sie etwas vorhatten, als Santiago hereinkam, gerade als sie gingen, also wandte ich mich ab. Er war der letzte Mensch, den ich jetzt sehen wollte.

Der Tisch, den ich benutzt hatte, stand zu meiner Rechten, also drehte ich mich um, um zu meinem Platz zurückzukehren. Meine Augen wurden weit, und ich erstarrte, als ich sah, dass mein Laptop geschlossen war. Ich hatte ihn offen gelassen, ich wusste, dass ich ihn offen gelassen hatte. Mit einem schnellen Schritt ging ich auf den Laptop zu und versuchte, ihn zu öffnen. Er rührte sich nicht.

„Was zum Teufel", schrie ich so laut, dass die Bibliothekarin von ihrem Schreibtisch auf der anderen Seite des Raumes kam, um mir einen strengen Blick zuzuwerfen.

Als ich es noch einmal sagte, murmelte ich die Worte, anstatt sie herauszuschreien. Ich nahm den teuren Laptop in die Hand und schaute ihn an. An allen Rändern war etwas deutlich zu erkennen, etwas sehr Hartes, das nach ... Superkleber roch. Mit einem Stöhnen der Niederlage setzte ich mich hin, legte meinen Kopf in die Hände und begann leise zu weinen.

Sie hatten meinen Laptop zusammengeklebt. Wie konnte ich das reparieren? Ich könnte mir einen neuen besorgen, aber mein Vater hatte mein Konto schon lange nicht mehr aufgefüllt, und ich wollte nicht wieder an meine Ersparnisse gehen. Ein leichter Schlag auf die Schulter veranlasste mich, mich umzudrehen und gleichzeitig erschrak ich.

„Was haben sie jetzt schon wieder gemacht?", fragte Santiago, die Augenbrauen besorgt zusammengezogen.

„Sie haben meinen Laptop zusammengeklebt. Ich bekomme ihn nicht auf." Ich wischte mir übers Gesicht und zog ein Taschentuch aus meiner Tasche, um mir die Nase zu putzen. „Ich habe meine ganze Arbeit drauf, meine vorläufigen Entwürfe für unsere Abschlussprojekte, es ist alles hier drauf, aber es lässt sich nicht öffnen."

Ich war mir nicht sicher, warum ich mit ihm sprach. Vielleicht lag es daran, dass er der erste Mensch war, der tatsächlich mit mir sprach, der das nicht musste, weil er mich unterrichtete oder mich bediente, und das seit sehr langer Zeit. Vielleicht erinnerte mich die Besorgnis, die er mir zeigte, an den kleinen Jungen, der mir immer Pflaster auf die Kratzer klebte, wenn ich beim Klettern von einem Baum gefallen war, oder der mir die Hand verbunden hatte, als wir versucht hatten, unser eigenes Baumhaus zu bauen, und ich mir mit einer Säge in die Handfläche geschnitten hatte. Vielleicht lag es auch daran, dass er einfach so gut aussah und so gut roch, in seiner dunklen

Jeans und dem schwarzen Pullover, dass mein Herz einfach einen Schlag aussetzte.

„Naja, jedenfalls haben sie recht, und dein Vater kann dir einfach einen neuen kaufen, und in den können wir dann deine alte Festplatte einbauen."

„Ja, ich glaube nicht, dass er das macht", murmelte ich leise, doch er hörte es trotzdem.

„Was? Warum nicht?" Er zog die Augenbrauen zusammen und sah hinunter auf den Laptop.

„Ja, also, er hatte in der letzten Zeit recht viel zu tun", stotterte ich, da ich nicht zugeben wollte, dass mein eigener Daddy nicht mehr mit mir sprach.

„Er hat zu viel zu tun, um sicherzustellen, dass du deine Aufgaben erledigen kannst? Hmm. Also, wenn das so ist, könnten wir versuchen, eine dünne Klinge unterzuschieben. Du weißt schon, sowas wie ein Teppichschneider?"

Ich sah ihn mit leerem Blick an. Ich hatte keine Ahnung, was das war.

„Ich habe einen davon zu Hause. Wenn du möchtest, komme ich zu dir rüber und wir sehen, ob wir nicht wenigstens ein wenig von dem Kleber aufschneiden können, um deinen Laptop zu öffnen?"

Ich starrte ihn an. Ich hatte ihn viele Jahre so schlecht behandelt, dass ich jetzt kaum glauben konnte, was er mir da anbot. Als er mich anstarrte, als wäre ich verrückt, fiel mir wieder ein, dass ich ihm etwas auf seine Frage antworten musste.

„Oh, äh, ja klar, das wäre toll." Ich gab ihm die Adresse und nahm meine Sachen. „Wenn du das tun könntest, würdest du mir damit wirklich einen riesigen Gefallen tun."

„Kein Problem. Ich bin so in einer Stunde bei dir, wenn dir das recht ist?"

„Ja, klar. Ich muss nur dieses Buch ausleihen und dann bin ich schon fertig hier." Ich dachte darüber nach, ihn zum Abendessen einzuladen, das ich selbst gekocht hatte, aber dann sähe es vielleicht aus wie eine Verabredung. Ich würde ihn fragen, wenn er da war, dann käme es nicht so merkwürdig rüber.

„Super, bis gleich." Er nickte mir zu und ging dann seiner Wege.

Ich nickte auch mit dem Kopf und nahm meine Sachen. Er ging los, um das zu tun, wozu er gekommen war, und ich schaute in mein Buch. Bevor ich ging, suchte ich nach ihm, aber ich sah ihn nicht.

Er war immer so klug und wissbegierig gewesen, dass es mich nicht überraschte, ihn hier zu treffen.

Was mich überraschte, war sein Hilfsangebot. Das überraschte mich wirklich, und jedes Mal, wenn ich in den Rückspiegel blickte, ertappte ich mich dabei, wie ich lächelte. Ich ignorierte es, genau wie das kleine Mädchen tief in meinem Innern, das sich freute, dass ihr alter Freund wieder... ihr Freund war.

Nun, zumindest vielleicht, das blieb abzuwarten. Er hatte mir angeboten, mir beim Öffnen meines Laptops zu helfen, das war alles. Es war kein Angebot, die Freundschaft, die wir einmal hatten, wieder aufleben zu lassen. Wenn ich mich zu sehr darüber freute und er mich sitzen ließ, ohne je wieder mit mir zu sprechen, könnte das wehtun, und davon hatte ich in letzter Zeit genug gehabt.

Ich ging in die Wohnung, sorgte dafür, dass sie aufgeräumt war, und begann mit dem Abendessen, das ich geplant hatte. Heute Abend gab es Lasagne, eine kleine Lasagne, weil ich gelernt hatte, Rezepte auf die Hälfte oder sogar ein Drittel der erforderlichen Maße zu reduzieren. Da ich vorhatte, ihn als Dankeschön zum Essen einzuladen, mehr nicht, hatte ich das Rezept nur auf die Hälfte reduziert.

Ich hatte die Soße fertig, die Nudeln gekocht und hatte begonnen, die Zutaten in die Schale zu schichten, als es an meiner Tür klingelte.

Ich wischte mir die Hände ab und ging zur Tür, vor der Santiago und Fernando beide standen.

„Oh, ihr seid beide gekommen. Hi." Ich lächelte zaghaft und ließ sie rein. „Möchtet ihr etwas trinken?"

„Gerne, Wasser, wenn du welches hast", erwiderte Santiago und sah hinüber zu Fernando.

„Für mich das Gleiche bitte." Er nickte mir kurz zu und schenkte mir ein kleines Lächeln. „Dann wollen wir uns mal deinen Laptop ansehen, von dem Santiago mir erzählt hat. Hast du einen Föhn?"

„Ja, warum?" Ich kam mit den beiden Flaschen mit Wasser zurück und starrte die Jungs an, die beide das Gleiche anhatten: dunkle Jeans und schwarze Pullis.

Normalerweise waren sie nicht gleich gekleidet, aber manchmal war es ähnlich wie jetzt. Fernandos Pullover hatte einen V-Ausschnitt und Santiagos einen Rundhalsausschnitt. Es war schön zu sehen, dass sie mich zur Abwechslung mal nicht böse anstarrten oder verspotteten. Obwohl es meine eigene Schuld war, dass sie mich verabscheuten.

„Ich glaube, dass der Kleber sich leichter durchschneiden lässt, wenn wir ihn erhitzen. Entweder das oder wir könnten ihn einfrieren. Ich bin mir nicht ganz sicher, was besser wäre."

„Okay. Ich hole den Föhn." Ich ging in mein Badezimmer, zog ihn unter dem Waschbecken hervor und ging wieder ins Wohnzimmer. „Hier, bitte schön."

„Danke." Santiago nahm ihn und steckte ihn dort in die Steckdose, wo ich normalerweise meinen Laptop einsteckte, hinter dem Esstisch. Es war nur ein kleiner Tisch mit vier Stühlen, aber für mich war er groß genug.

„Äh, ich habe gerade Abendessen gemacht.

Lasagne, falls ihr zum Essen bleiben wollt, wenn ihr fertig seid? Und vielen Dank. Wenn ihr möchtet, kann ich euch bezahlen."

„Du brauchst es nicht zu bezahlen, aber Abendessen hört sich gut an, Krystal. Ich wusste gar nicht, dass du kochen kannst?" Fernando sah mich an, als würde er mich zum ersten Mal sehen.

„Seit ich hergekommen bin, habe ich ziemlich viel gelernt. Ich kann kochen, putzen und den Haushalt schmeißen und mich eigentlich allein um alles kümmern, was ich brauche." Ich zuckte mit den Achseln und widmete mich wieder der Lasagne. Sie würde sicher für drei reichen, besonders weil ich später noch Knoblauchbrot dazu machen würde.

„Cool. Manchmal tut es gut, seinen Horizont zu erweitern." Er setzte sich neben seinen Bruder und sie weichten den Klebstoff auf. „Vielleicht wird das Plastik beschädigt, aber ich glaube, dass wir ihn aufbekommen."

„Solange er aufgeht und ich daran arbeiten kann, ist mir das egal." Ich streute Mozzarella oben auf die Lasagne und tat sie in den Ofen. Dann stellte ich den Timer an und ging zum Tisch, um dabei zuzusehen, wie die Jungs zusammenarbeiteten. Fernando hielt mit dem Föhn drauf, während Santiago mit dem Messer arbeitete.

Die Hitze brachte den Klebstoff nicht zum Schmelzen, aber immerhin ließ er sich mit dem Teppichmesser leichter schneiden und schon bald darauf öffnete sich der Laptop mit einem Geräusch, bei dem sie alle zusammenschraken. Es war nicht das Geräusch, wie etwas zerbrach, aber gut hörte es sich trotzdem nicht an.

„Oh je, da ist ein ziemlicher Schaden entstanden." Santiago verzog das Gesicht, als er den Laptop ansah. Am Rahmen des Laptops befanden sich noch die Überreste des Klebstoffs und teilweise war das Plastik an manchen Stellen abgesprungen. Es sah nicht schön aus, aber der Bildschirm funktionierte und als er die Tastatur betätigte, funktionierte auch diese. „Der Laptop scheint zu funktionieren, und die Beschädigungen sind nur äußerlich. Oh, und ich würde sagen, deine Kamera ist auch hinüber."

„Die benutze ich sowieso nicht." Ich sagte es, als würde es keine Rolle spielen, aber beide Jungs wussten, dass es das sehr wohl tat. So wie es aussah, hatte ich niemanden, mit dem ich reden konnte.

„Dann ist ja wieder alles in Ordnung. Hey, hör zu, wir müssen nicht zum Essen bleiben, wenn es dir lieber ist, dass wir gehen. Wir wissen, dass du ein vielbeschäftigtes Mädchen bist", begann Fernando, doch ich winkte ab.

„Nein, ist schon in Ordnung. Ich verbringe momentan sehr viel Zeit alleine, also gefällt es mir, Gesellschaft zu haben." Ich trug meine rosafarbene Jeans und eine meiner rosa Blusen, nichts Ausgefallenes, aber die dunkelblaue Strickjacke, die ich darüber trug, war teuer. Ich hatte sogar ein paar billige, aber süße und kuschelige rosa Socken an.

„Wenn du dir sicher bist", sagte er und sah hinüber zu Santiago.

„Ich hätte gern etwas Gesellschaft, wenn ich ehrlich zu euch beiden sein kann. Ich weiß, dass ich mich wirklich wie eine blöde Schlampe benommen habe, als wir aufwuchsen, aber ich habe in letzter Zeit festgestellt, wie falsch mein Verhalten war." Ich strich mir mein langes, blondes Haar hinter die Ohren und sah sie mit bemitleidenswertem Hundeblick meiner blauen Augen an. Und es stimmte wirklich, ich fühlte mich verdammt einsam.

„Cool. Danke." Fernando lehnte sich wieder in seinem Stuhl zurück.

Ich lächelte. „Möchtet ihr vielleicht einen Salat dazu? Ich kann schnell einen machen."

„Das hört sich gut an", entgegnete Santiago.

„Seht euch ruhig um, wenn ihr wollt. Ich habe *Netflix,* falls ihr euch einen Film ansehen wollt, während ich alles vorbereite."

„Okay." Die Brüder gingen ins Wohnzimmer und suchten einen Film aus, den ich schon gesehen hatte.

Ich summte leise vor mich hin und bereitete einen Salat mit Kopfsalat, Tomaten, dünnen Karottenscheiben und Gurken zu.

Am Morgen hatte ich zu meinem Salat ein Caesar-Dressing gemacht und es im Kühlschrank marinieren lassen. Ich nahm das Dressing aus dem Kühlschrank und stellte alles auf den Tisch, als die Lasagne fertig war. „Essen ist fertig."

Ich stellte die drei Teller, die ich vorbereitet hatte, auf den Tisch. Die Jungs saßen an den Seiten und ich an dem einen Ende. „Lasst es euch schmecken."

Ich ließ sie sich nehmen, was sie wollten, und bediente mich dann selbst. Ich war gespannt, wie sie reagieren würden, ob ihnen mein Essen so gut schmeckte wie mir. Sie warteten, bis ich meinen eigenen Teller gefüllt hatte, bevor sie von der Lasagne aßen.

Die Überraschung, die sich in ihren Gesichtern abzeichnete, verwandelte sich beim Kauen in Vergnügen, und Freude erfüllte mich.

Ich hatte das Abendessen schon so oft mit meinen eigenen Händen zubereitet und es immer genossen, aber ich wusste nicht, ob es daran lag, dass ich hungrig war. Als ich jetzt ihre Gesichter sah, wusste ich, dass ich im Kochen gar nicht so schlecht war.

„Das ist wirklich lecker", erklärte Santiago und nahm sich ein Stück von dem Knoblauchbrot. „Ich glaube, ich habe noch nie zuvor so gute Lasagne gegessen. Und das meine ich ernst."

„Danke." Ich wurde ganz rot und schob mir eine Haarsträhne hinters Haar und senkte den Blick auf meinen Teller.

„Es ist wirklich ausgesprochen lecker, Krystal. Danke, dass du für uns gekocht hast", fügte Fernando hinzu, doch er war zu sehr mit Essen beschäftigt, um noch viel mehr zu sagen.

„Nächstes Mal mache ich mehr." Ich hatte die Worte ausgesprochen, bevor ich sie aufhalten konnte. Ich erstarrte und sah dabei zu, wie die beiden einander ansahen, bevor sie wieder zu mir blickten.

„Das solltest du. Das war wirklich ausgesprochen lecker und das hast du toll gemacht. Vielen Dank." Santiago widmete sich wieder seinem Essen.

Ich konnte nur dasitzen und mich freuen, wie ich mich noch nie gefreut hatte.

Vielleicht war dies ein Neuanfang. Vielleicht konnte ich wieder mit ihnen befreundet sein. Verflucht sei mein Herz, das ausnahmsweise statt meines Gehirns die Führung übernommen hatte.

Ich hoffte, dass es kein großer Fehler war. Und tief in mir, in diesem dunklen Teil von mir, der all das Gute um mich herum zerstören wollte, dachte ich, dass dies der erste Schritt sei, um sie zurückzuholen. Ich würde sie verführen, meinem Vater Beweise liefern, und er würde sehen, dass sie nicht besser waren als ich. Er würde wieder mein Vater sein. Er wäre kein Ersatzvater mehr für sie. Aber das wollte ich mir nicht eingestehen, noch nicht.

Kapitel Zehn

Fernando

Dieser erste Abend bei Krystal war für mich etwas seltsam. Wir hatten uns schon so lange gehasst, und ich wusste nie, warum. Eines Tages war ich einfach nicht mehr gut genug für sie gewesen, und Santiago auch nicht. Das hatte mich viel mehr verärgert als wie sie mich behandelt hatte. Es war mir egal, ob sie sich mir gegenüber beschissen verhielt, aber Santiago so zu behandeln, war eine andere Sache gewesen.

Santiago hatte mich wochenlang damit genervt, wie sie in der Schule behandelt worden war. Es geschah ihr recht, dachte ich. Die Schlampe hatte jedes Bisschen davon verdient. Aber Santiago erinnerte sich an das Mädchen aus unserer Kindheit und hasste es, dass sie ausgegrenzt wurde. Als er nach Hause kam und sagte, er wolle Krystal helfen, ihren Laptop zu öffnen, weigerte ich mich, ihn allein gehen zu lassen.

Ich hatte ihre Wohnung gesehen, wie makellos sie war, und nahm an, sie hätte eine Putzfrau. Aber dann hatte ich sie beim Kochen gesehen, und wie sie aufräumte und nebenher die Wohnung sauber hielt und wusste, dass sie es ganz allein getan hatte. Ich war erstaunt über ihre Veränderung, über ihre neue Einstellung. Sie war fast das Mädchen, das im Regen tanzte, als ihre Mutter nicht mehr hinsah.

Ihre Mutter, das brachte mir bittere Erinnerungen zurück. Deliah war ein Stück Scheiße. Sie betrog Mr. Dynton, wenn dieser weg war, um irgendwo einen Film zu drehen und das seit Jahren. Eines Abends hatte sie sich sogar an mich rangemacht, aber ich hatte ihr einen Korb gegeben.

Ich hatte angenommen, dass ihre Tochter genauso sein würde, untreu und eine in Fell und Perlen gehüllte Schlange. Aber an diesem Abend war sie nicht so gewesen.

Sie war mir in den letzten Wochen irgendwie ans Herz gewachsen. Es half natürlich auch, dass ihr Essen erstaunlich lecker war, was mich auch überrascht hatte. Ich hatte etwas Ekliges erwartet, als sie uns bat, zum Abendessen zu bleiben. Sie hatte mir das Gegenteil bewiesen, und das tat sie auch weiterhin.

Weg war das sarkastische Biest, das ständig spottete, und an seiner Stelle war ein junges Mädchen, das lächeln und sich an den einfachen Dingen erfreuen konnte, wie Filme mit Freunden anzusehen und darüber zu debattieren, welcher Film der beste war. Statt der Reklametafeln für Firmen, die sie Kleider nannte, trug sie nun einfache Dinge, keine billigen, aber auch keine teuren Kleider. Und sie konnte ein Gespräch führen.

Sie hatte viele Meinungen zu Dingen, von denen wir nicht einmal dachten, dass sie davon wusste. Politik, Musik, Kunst, eine Unzahl von Dingen, von denen wir nie gedacht hätten, dass sie in ihrer Plastikwelt davon wusste.

Sie war nicht ein Ding wie ihre Mutter, nicht mehr, nachdem man ihr all die Dinge genommen hatte, in die ihre Mutter sie verwandelt und in denen sie gefangen war. So hatte Santiago es formuliert, als wir allein über sie sprachen. Dass sie in einem Käfig war, von dem sie nicht wusste, dass sie daraus entkommen konnte. Aber sie begann zu erkennen, dass es einen Ausweg gab, und sie begann, sich umzusehen.

Ich hatte das Haus, in dem sie mit ihrer Familie lebte, als eine Proklamation von Macht und Reichtum gesehen, die ich nie haben konnte. Aber unsere Wohnung hier war besser als ihre, ihr Vater hatte uns einen viel schöneren Ort zum Wohnen gegeben. Er hatte Krystal keine Putzfrau zur Verfügung gestellt, und im Laufe der Wochen lernten wir etwas, das uns beide schnell faszinierte.

Ihr Vater sprach nicht mehr mit ihr.

Wir hatten zusammen ein paar Flaschen Wein getrunken, die ihre Mutter ihr als ein Abschiedsgeschenk gegeben hatte, und sie hatte zugegeben, wie hart das Leben in den letzten Monaten gewesen war. Es war nicht schön gewesen, und sie gab freimütig zu, dass es ihre eigene Schuld war.

Sie hatte das Video von Charlotte gepostet und das Mädchen beinahe ruiniert. Ihr Vater hatte sehr lange nicht mehr mit ihr gesprochen, weil er so wütend auf sie war. Es war besser geworden, als sie für eine Woche nach Cabo gefahren war, aber als sie zurückkam, hatten sich ihre Eltern verändert. Ihre Mutter, die immer gerne etwas getrunken hatte, aber keine Trinkerin war, war plötzlich eine traurige Säuferin, und ihr Vater wollte nicht mehr im selben Raum mit ihr sein.

Ich hatte mir hart auf die Lippe gebissen, um alles, was ich wusste, für mich zu behalten. Es war nicht viel, aber es war genug, um ihre Welt zu verändern. Ich wollte sie nicht noch weiter herunterziehen, als sie bereits war. Es war schwer, allein zu sein, und sie war nun schon seit Monaten allein. Vielleicht war es die Tatsache, dass sie sich so nach Freunden sehnte, die dafür sorgte, dass sie plötzlich so freundlich war, ich wusste es nicht, aber ich begann, sie in einem neuen Licht zu sehen.

Deshalb musste ich heute Abend allein mit Santiago sprechen. Ich hatte Krystal vorhin fast geküsst, als wir in der Schule zusammen zu Mittag gegessen hatten. Ich wusste, dass Santiago sie ebenfalls mochte, und wollte mir meine Beziehung zu ihm nicht wegen eines Mädchens versauen. „Hey, Bruderherz, was ist los? Ich dachte wir gehen zum Abendessen zu Krystal?", fragte Santiago, als er hereinkam.

Ich hatte ihm eine SMS geschrieben und ihn gebeten, erst bei unserer Wohnung vorbeizukommen.

„Tun wir auch, ich will nur erst mit dir reden, Bruderherz." Mein Gesicht war finster vor Sorge, also setzte sich Santiago hin, bereit mir zuzuhören. „Was ist los?"

„Es geht um Krystal. Ich glaube, dass du sie magst", ich zögerte, „sie vielleicht sogar liebst."

„Ich weiß nicht, ob ich sie liebe, aber ja, ich mag sie sehr."

„Genau wie ich." Ich sah meinem Bruder in die Augen und sah, wie verwirrt er war, und dann belustigt.

„Also teilen wir, so wie wir alles teilen." Santiago zuckte mit den Achseln. „Wo ist das Problem?"

„Im Ernst? Als ich das damals gesagt habe, habe ich nur Spaß gemacht", platzte ich überrascht heraus.

„Das weiß ich doch, aber jetzt macht es echt Sinn. Wir *mögen* sie beide und wir wollen sie beide. Warum sollten wir also nicht teilen?" Erneut zuckte Santiago mit den Achseln.

„Ich kann nicht glauben, dass du das Ernst meinst." Ich sah ihn an und dachte mir dann ... okay. „Bist du sicher?"

„Ich denke jetzt schon eine Weile darüber nach. Ich bin sicher, sie steht auf uns beide. Es wäre etwas Neues, nicht wahr? Etwas zum Ausprobieren."

Ich nickte. „Äh, schon."

„Also, können wir dann jetzt gehen?" Santiago stand auf. Er trug Jeans und einen hellblauen Pulli, passend fürs Abendessen.

„Okay, gehen wir. Sie wartet sicher schon auf uns." Ich schnappte mir meine Schlüssel, und wir stiegen in Mamis Auto ein. Die Fahrt zu ihr wurde durch ein Gewitter erschwert, aber es dauerte nicht lange, und als wir bei Krystal ankamen, hatte es schon aufgehört.

„Was sie wohl heute gekocht hat?", fragte Santiago als wir mit dem Aufzug zu ihrer Wohnung hochfuhren.

„Irgendwas wie Cajun, das hat sie mir vorhin erzählt, aber ich hatte noch nie davon gehört", erklärte ich, während ich die Klingel drückte.

„Hört sich lecker an." Wir rochen den herrlichen Geruch von Rindfleisch-Etouffee und grinsten. „Ich bin so froh, dass wir ein wenig von unserem Haushaltsgeld zusammengelegt haben, damit du mehr kochen kannst.

Du bist so eine gute Köchin, Krystal."

„Danke, 'Nando", rief sie, während sie den Reis in eine Tasse maß und abspülte, bevor sie ihn in einen Reiskocher schüttete. Sie hatte in einem Second-Hand-Laden, den sie vor einem Jahr nicht mal über ihre Leiche betreten hätte, ein paar Haushaltsgeräte gefunden, und mittlerweile fand sie es aufregend, Dinge so billig zu finden, und die meisten davon waren kaum benutzt, wenn überhaupt.

„Ich liebe diesen Song", erklärte Santiago, als er die Musik hörte. „Die Lumineers sind immer eine gute Wahl."

„Dir gefallen sie auch?" Sie lächelte das zufriedene Lächeln, das bedeutete, dass sie mit der Welt zufrieden und bereit war, sich ihr endlich zu stellen. „Ich finde sie toll."

„Ja, ich auch." Ich ging zum Kühlschrank und nahm zwei Flaschen Wasser heraus, während Santiago den Tisch deckte. „Ich habe gute Sachen über diesen deutschen Film gehört, und dachte mir, dass ihr beiden ihn vielleicht auch sehen wollt. Ich habe den Link auf meinem Telefon, damit wir den Film auf deinem Fernseher sehen können, Krystal."

„Hört sich toll an. Vielleicht sollten wir da eines Tages alle zusammen hinreisen. Dort geht es wild zu!" Krystal grinste, als sie sich ganz offensichtlich an ihre Zeit dort erinnerte. „Als ich sechzehn war, haben meine Eltern mich dort mit hingenommen, weil Dad dort einen Dreh hatte."

„Ich habe gehört, dass es dort toll ist", sagte ich, und konnte meinen Blick nicht von dem glücklichen Ausdruck auf ihrem Gesicht abwenden. Sie war immer ein schönes Mädchen, aber wenn sie so lächelte, schmolz mein Herz. Und brachte meinen Verstand dazu, an Orte zu gehen, an denen er im Moment nichts zu suchen hatte. Nicht, während ich noch damit fertig zu werden versuchte, was Santiago gesagt hatte.

Könnten wir sie teilen? Wir hatten uns in der Vergangenheit nie um unser Spielzeug gestritten, wäre das jetzt anders? Aber sie war ein Mensch, war es ihr gegenüber fair? Ich war nicht der Typ für lange

Beziehungen, aber ich wusste, dass Santiago sensibel ist, dass er ein Gehirn hatte, das die Art von Beziehung braucht, bei der eine Zukunft möglich ist. Das brauchte ich nicht.

Aber ich konnte sehen, dass mit Krystal etwas passierte. Sie war jetzt ein anderer Mensch. Vielleicht war es an der Zeit, über mehr nachzudenken, als so viele Frauen wie möglich zu ficken, bevor ich zu alt wurde, um meinen Schwanz zu benutzen. Vielleicht könnte Krystal viel mehr wert sein als meine üblichen One oder Two Night Stands.

Ich beobachtete sie den ganzen Abend lang, wie sie mit uns beiden lachte, wie sie uns immer berührte und ich fragte mich, ob sie dafür offen war. Viele meiner früheren Beziehungen hatten es mir sogar vorgeschlagen und es sich gewünscht, aber es war nichts, was ich jemals gewollt hatte. Ich war mir nicht einmal sicher, ob ich sie mit Santiago zur selben Zeit teilen wollte. Sicherlich zu verschiedenen Zeiten, aber zusammen? Ich musste darüber nachdenken. Das könnte selbst für mich zu seltsam sein.

Ich hatte schon früher mit anderen Jungs Mädchen gevögelt, aber das war mein Bruder. Vielleicht wäre es zu merkwürdig. Später ließ ich meine Gedanken schweifen, saß vor ihrer Couch, mit ihr hinter mir, ihre Finger in meinen Haaren, während wir den Film sahen. Er war mit Untertiteln versehen, sodass wir genau aufpassen mussten, sonst würden wir etwas verpassen, aber es war fesselnd, sodass es mir nichts ausmachte.

Dann glitt ihr Finger über mein Ohr und mein Körper reagierte sofort. Meine Haut begann sich zu erwärmen, und mein Schwanz war sofort hart wie ein Stein. Zum Glück war es im Raum dunkel, sonst hätte sie das gemerkt. Ich hatte mich seit meinem fünfzehnten Lebensjahr und nach meinem ersten Mädchen nicht mehr so sehr nach einer Frau gesehnt. Da war ich nun, mein Schwanz steinhart und bereit, ihr die Kleider vom Leib zu reißen.

Statt irgendetwas zu tun, ließ ich sie über mein seidiges Haar streicheln, das zwar etwas lang war, aber für einen Haarschnitt war ich in der letzten Zeit zu beschäftigt gewesen, und dann strich sie über mein Ohr. Ich ließ es zu, dass sie mir die Kopfhaut massierte, aber als sie neckisch daran zog, hätte ich mich fast umgedreht, wäre auf sie geklettert, um sie besinnungslos zu küssen.

Ein Seufzer meines Bruders ließ mich den Kopf drehen. Santiago war am anderen Ende der Couch, mit ihrem Fuß auf seinem Schoß. Hatte sich diese Nacht plötzlich in etwas mehr verwandelt? Ich sah zu, wie sich Krystals Fuß auf Santiagos Schoß bewegte, sanft, aber mit einem bestimmten Ziel. *Scheiße, war es soweit?*

Ihre Finger glitten meinen Kopf hinunter, bis in meinen Nacken. Sie drückte die Muskeln dort einen Moment lang, bevor sie mit ihrer Hand auf meiner Brust herumglitt. Das war weit mehr als ihre normale freundliche, vertraute Berührung, war das vielleicht ... Verführung?

„Krystal?", fragte ich, weil ich einfach wissen musste, was sie vorhatte.

„Ja, Fernando?" Ihre Stimme war träumerisch, als hätte sie einen Joint geraucht, und sie war jetzt total tiefenentspannt.

„Hattest du vor, deinen Arm um mich zu legen?"

„Macht es dir was aus?", fragte sie mit ein klein wenig Herausforderung in der Stimme.

„Ich bin mir nicht sicher." Aber ich nahm ihn auch nicht weg.

Wir beendeten den Film und es wurde nichts mehr über die Dinge gesagt oder unternommen, die sie getan hatte, während der Raum dunkel war und wir nichts weiter waren als drei erwachsene Menschen, allein und ohne die Welt, die sich einmischte. Ich hätte fast der Versuchung nachgegeben; ich hatte fast jede Kontrolle verloren. Ich war mir nicht sicher, ob das eine gute Sache war. Das war überhaupt nicht gut.

Kapitel Elf

Santiago

Fernando fuhr uns nach Hause, ruhig, so versunken in seine eigenen Gedanken wie ich.

Krystal hatte mich erstaunt, weil sie nicht nur ihren Fuß über meinen Schwanz geschoben und ihn massiert hatte, sondern gleichzeitig Fernando gestreichelt hatte. Sie wollte uns beide.

Vor all den Wochen war es nur eine Idee, über die man spotten konnte, aber seitdem hatte ich jede Nacht darüber nachgedacht. Ich wollte sie, ich träumte von ihr, fantasierte jeden Tag unter der Dusche von ihr. Meine Sehnsucht nach ihr wuchs, sie ließ keineswegs nach. Ich hatte gewartet, ihr Zeit gegeben, um ihr wahres Gesicht zu zeigen, um herauszufinden, was sie tatsächlich vorhatte, aber sie war nur das Mädchen, das sie uns schon seit einer Weile zeigte.

Dann gab es da noch die Tyrannen, mit denen sie zu kämpfen hatte. Einer von ihnen hatte ihr Auto mit einem Schlüssel zerkratzt und ein anderer hatte ihr eines Tages im Unterricht irgendeine Art von Farbe ins Haar geschüttet. Sie hatte ein Vermögen ausgeben müssen, um den Lack reparieren zu lassen und die Farbe aus ihren Haaren zu bekommen. Sie beklagte sich jedoch nicht, sie kam einfach damit klar und machte mit ihrem Leben weiter.

Sie war stark und das beeindruckte mich. Wir waren jetzt in eine Routine verfallen. Meistens gingen wir abends zu ihr rüber, wir erledigten alle unsere Hausaufgaben, und dann kochte entweder ich oder Krystal. Fernando machte den Abwasch, und dann sahen wir uns einen Film oder andere Videos online an.

Aber vielleicht war es an der Zeit, die Sache auf die nächste Stufe zu bringen. Zuerst dachte ich, es sei ein Versehen, als sie ihren Fuß auf mich legte. Aber dann war sie heruntergerutscht und hatte ihren Fuß bewusst in die richtige Stellung gebracht, was definitiv kein Unfall war.

Sie streichelte mich sanft durch meine Hose, spürte, wie hart mein Schwanz war, und ich wollte mich bewegen, sie unter mich ziehen und ihr die Kleider vom Leib reißen, aber ich hatte mich zurückgehalten. Genau wie Fernando.

„Wir könnten uns Ärger einhandeln", sagte ich, als wir endlich in unserer eigenen Wohnung angekommen waren.

„Schon. Und ist es das wert?", fragte Fernando.

„Ich glaube schon. Wenn es uns gelingt, es vor ihrem Vater geheim zu halten, bevor das nächste Semester anfängt, können wir für den Rest des Studiums finanzielle Hilfe beantragen und wenn wir uns anstrengen, können wir vielleicht sogar ein Stipendium bekommen. Wir brauchen sein Geld dann nicht mehr. Wahrscheinlich können wir die Wohnung nicht halten, aber wenn es sein muss, können wir ins Studentenwohnheim ziehen."

„Oder mit ihr zusammen leben", erklärte Fernando lachend. „Allerdings nur, wenn wir erwischt werden, und ich wüsste nicht, warum das der Fall sein sollte."

„Ich bezweifle stark, dass sie ihren Vater darüber informiert, mit wem sie schläft." Ich lachte kopfschüttelnd. „Also kommen wir vielleicht damit davon."

„Wir sind uns also einig?", fragte Fernando und sah mir fest in die Augen.

„Ja, Mann, ich wäre fast über sie hergefallen, als sie ihren Fuß auf meinen Schwanz gelegt und angefangen hat, ihn zu reiben." Ich setzte mich in einen Sessel und legte den Kopf zurück. „Das hat noch kein Mädchen vorher getan."

„Bei mir schon, und es fühlt sich sogar noch besser an, wenn man keine Kleidung anhat und sie ihre Füße einölt." Fernando setzte sich in den anderen Sessel und grinste mich teuflisch an. „Dann sind ihre Füße ganz glitschig und es rutscht so wunderbar."

„Also manchmal mache ich mir Sorgen um dich ...", entgegnete ich lachend, aber ich machte mir wirklich manchmal Sorgen.

„Das liegt daran, dass du Sex immer noch für etwas Heiliges hältst. Dabei sollte es Spaß machen, Bruderherz, es sollte eine Entdeckungsreise sein, um deinen eigenen Körper besser kennenzulernen und festzustellen, was wir anderen schenken können. Und nicht nur eine Technik, dank der man sich für immer mit jemandem verbindet."

„Ich weiß, ich hatte auch schon eine Menge Sex, ich bin einfach nur nicht so experimentierfreudig wie du, das ist alles."

„So wie sich unsere kleine Prinzessin heute Abend verhalten hat, musst du aber experimentierfreudiger werden. Sie will es mit uns beiden krachen lassen."

„Das ist mir aufgefallen." Ich musste grinsen, denn Krystal hatte mich berührt, und nicht irgendwo. Sondern meinen Schwanz, und zwar nicht aus Versehen. Und verdammt, ich hatte es gewollt, so sehr.

„Oder vielleicht ist es auch eine Falle. Wir müssen uns eingehend darüber unterhalten, Santiago." Fernando sah zu mir herüber. „Ich halte das nicht für eines ihrer Spielchen, aber wir dürfen nicht vergessen, wie sie früher war."

„Ich weiß, ich habe mir darüber auch schon Gedanken gemacht. Vielleicht geht es nur darum, uns in die Pfanne zu hauen. Aber würde sie nur wegen eines Spieles so weit gehen?" Ich lehnte meinen Kopf zurück. „Vielleicht, aber ich bezweifle es. Ich habe sie auf dem Campus gesehen. Sie hat nur uns. Selbst die Lehrer versuchen, sie zu meiden." „Es hat sich schnell herumgesprochen, was sie Charlotte angetan hat. Schließlich sind auf dieser Schule noch tausend andere Kinder reicher Eltern. Wir wissen alle, dass sie wegen des Videos ausgeschlossen wird."

„Sie geht ganz gut damit um", erklärte ich und verschränkte die Hände hinter dem Kopf. „Sie ist daran nicht zerbrochen und macht einfach weiter. Und sie ist auch nicht davongelaufen. Das halte ich ihr zugute."

„Es ist wirklich erstaunlich. Sie hat sich überhaupt nicht reizen lassen. Und ich glaube, die Tatsache, dass sie auf sich selbst gestellt war, hat sie verändert. Aber ich bin mir nicht sicher. Ich mache mir darüber immer noch Gedanken. Außerdem ist sie eine Ablenkung, die wir eigentlich nicht brauchen. Es ist toll, einen Freund in ihr zu haben, aber das was sie uns anbietet?" Fernando zog eine Augenbraue hoch, seufzte und schüttelte den Kopf. „Ich weiß nicht so recht. Ich mache mir Sorgen."

Ich machte mir eher Sorgen darüber, dass es nicht passieren würde. Oder darüber, dass es passieren würde, und sie uns nicht mehr wollte, wenn sie uns erst einmal gehabt hatte. Dass ihre Neugier befriedigt war und alles zu Ende wäre.

Davor hatte ich richtiggehend Angst.

„Die reichen jungen Leute ticken alle nicht ganz richtig, und das gilt auch für Krystal", erinnerte Fernando mich. „Sie sind nicht wie die normalen Leute, wie wir. Sie haben keine Gefühle. Zumindest keine netten."

„Aber sie ist jetzt anders, 'Nando. Das habe ich festgestellt. Sie ist nicht mehr das gleiche Mädchen, das sie noch vor einem Jahr war. Sie hat es jetzt mal aus einer anderen Perspektive gesehen. Sie muss jetzt sogar Geld sparen, weil ihr Vater ihr keines schickt."

„Das wusste ich nicht." Fernando drehte den Kopf zu mir um. „Zahlt er ihr wenigstens die Miete?"

„Ja, warum?" Ich betrachtete ihn genau. „Was verheimlichst du mir, 'Nando?"

„Der Streit, den sie hatten, kurz bevor sie aus dem Urlaub in Cabo zurückgekommen ist? Edward hat Deliah mit einem anderen Mann erwischt. Schon wieder."

„Verdammt. Und Edward lässt seine Wut jetzt an Krystal aus?"

„Ich weiß es nicht, aber in jener Nacht haben sie sich ein paar ziemlich schlimme Dinge an den Kopf geworfen." Fernando erinnerte sich daran zurück. „Deliah hat irgendwas davon geredet, wie er sie zuerst betrogen hat und dass sie es nur für gerecht hielt, wenn sie nahm, was sie kriegen konnte."

„Was? Wann soll das denn gewesen sein?", fragte ich.

„Bevor sie geheiratet haben oder irgend so eine Scheiße, direkt davor, ein paar Monate vor der Hochzeit."

Er zuckte mit den Achseln. „Ich hörte nichts mehr, weil sie in Tränen ausbrach und den Scheiß machte, den die Leute machen, wenn sie wirklich aufgebracht sind.

Edward hat etwas kaputt gemacht, und ich nahm es zum Anlass, mich zu verpissen. Ich habe mich vom Pool weggeschlichen, so schnell ich konnte.

Du weißt, wie sehr sie es hasst, dass wir ihren Pool benutzen. Edward hat sich nie darum gekümmert, aber sie schon. Schlampe."

„Für sie sind wir nur brauner Abschaum", murmelte ich und es tat mir immer weh, wenn ich daran dachte, wie die Frau, für die Mami fast zwei Jahrzehnte lang gearbeitet hatte, die Kinder ihrer Haushaltshilfe behandelte.

„Sie tut immer so, als könne sie kein Wässerchen trüben, aber das ist alles nur Show. Soviel steht fest."

„Ganz offensichtlich, wenn sie in all dieser Zeit Edward betrogen hat", entgegnete ich. „Mir war immer klar, dass sie nicht das war, was sie zu sein vorgab."

„Ja, aber er hat sie auch betrogen. Er verbringt einen Haufen Zeit in der Gesellschaft wunderschöner Schauspielerinnen. Wer sagt denn, dass er sie nicht betrügt, jedes Mal, wenn er irgendwo anders einen Film dreht?" Fernando richtete sich auf und gähnte. „Ich gehe jetzt zu Bett. Ich bin total hinüber."

„Ich gehe auch gleich", erwiderte ich, denn mir fielen schon die Augen zu. „Ich glaube nicht, dass ich heute noch viel aushalte, nachdem sie mir fast einen Herzinfarkt verpasst hat."

„Für mich gilt das Gleiche. Gute Nacht, Santiago." Fernando schlurfte den Flur hinunter zu seinem Zimmer und schloss die Tür.

Ich rollte mich aus dem Sessel, doch anstatt in mein Zimmer zu gehen, ging ich zu den Glastüren und ging nach draußen, um frische Luft zu schnappen. Wie konnte ich das Mädchen aus meinen Gedanken vertreiben?, fragte ich mich. Sie bedeutete Ärger, und ich wusste es. Selbst wenn sie aufrichtig war, wenn sie eine Beziehung zu uns beiden wollte und nicht nur irgendein Spiel spielte, um uns Versager zu ködern, dann könnte es sein, dass ihr Vater uns Probleme bereitet.

Ich wollte eine Ausbildung erhalten, ich wollte raus aus dem Leben, auf das wir zusteuerten, und ich erinnerte mich daran, wie Chávez uns dazu ermutigt hatte. Der Anführer unserer Bande hatte eine Gelegenheit für Fernando und mich gesehen, einen anderen Weg einzuschlagen.

„Ich habe immer versucht, euch Jungs aus den härteren Sachen herauszuhalten. Ich wollte nicht, dass ihr bei der Polizei landet. Und jetzt habt ihr eine Chance. Nehmt sie wahr, und schaut nicht zurück. Wir sind hier, wenn ihr uns braucht, aber wenn nicht, geht weiter vorwärts. Verstanden?"

Ich hatte zugestimmt und das auch Mami versprochen. Wenn wir das mit Krystal machen würden, wenn ihr Vater es herausfindet und uns nicht mehr das Studium bezahlt, wären wir am Arsch, wir müssten finanzielle Hilfe und den ganzen Scheiß beantragen, aber wir könnten es schaffen. Ich wusste, dass wir es schaffen könnten.

Es blieb also die Frage, ob sie es wert war, den Freifahrtschein für ein besseres Leben aufzugeben. Vielleicht, vielleicht war sie es wert.

Ich beschloss, dass es an der Zeit war, einen Ausflug zu machen, meinen Kopf freizubekommen, damit ich schlafen konnte, und ging hinein, um meine Schlüssel zu holen. Ich konnte hören, dass Fernando bereits schlief, also machte ich mir nicht die Mühe, ihm mitzuteilen, dass ich ausgehen wollte. Ich fuhr durch die Stadt, hielt aber an, als ich mich immer wieder vor Krystals Wohnung wiederfand.

Das war wirklich alles, was ich wissen musste. Ich wollte dort sein, bei ihr sein, einfach in ihrer Gegenwart. Ich starrte in die Wohnung und merkte dann, wie unheimlich das wahrscheinlich war, also fuhr ich nach Hause und ging ins Bett. Dort, in den kühlen, frischen Laken meines Bettes, starrte ich nach oben an die Decke. Ich konnte nicht aufhören, an Krystal zu denken, daran, wie ihr Fuß über mein Bein gerutscht war, und dann an die Stelle, die mich zum Keuchen brachte.

Sie hatte mich berührt, absichtlich und mit der klaren Absicht, mich zu erregen.

Immer wieder spielte sich die Szene in meinem Kopf ab und ich konnte nicht schlafen. Ich drehte mich um, aber ich war zu erregt, um auf meinem Bauch zu liegen. Ich hätte mir einfach einen runterholen können, aber das war nicht das, was ich wollte. Ich wollte sie.

Nichts anderes würde genügen. Ich wusste, dass ich die Schmerzen in meiner Leiste für ein paar Minuten lindern konnte, aber sie würden gleich wiederkommen. Ich drehte mich um, schnappte mein Tablet, steckte meine Kopfhörer ein und legte ein Hörbuch auf. Es war das Einzige, das mein Gehirn soweit ablenken konnte, dass ich einschlafen konnte.

Es dauerte nicht lange, bis ich eingeschlafen war, aber selbst im Traum konnte ich Krystal nicht entkommen. Sie quälte mich die ganze Nacht auf verschiedenste Weise. Oh, auf so viele Arten, dass ich nicht mehr mitzählen konnte.

Als ich am nächsten Morgen aufstand, war ich müde und wollte am liebsten nicht zur Uni gehen, aber das würde bedeuten, dass ich Krystal stundenlang nicht mehr sehen würde. Selbst die fünfzehn Minuten, die ich morgens mit ihr verbrachte, oder die Mittagspausen, waren es wert, dass ich trotz meiner Müdigkeit hinging.

Ich fuhr mit Fernando im Auto zur Schule, und wir warteten eine Weile, aber Krystal kam nicht. Wir beschlossen, zum Unterricht zu gehen und auf eine SMS zu warten. Vielleicht fühlte sie sich einfach nicht gut. Ich ging ins Auditorium, enttäuscht, dass ich sie nicht gesehen hatte.

Der Tag ging ohne ein Zeichen von Krystal weiter, und als unsere letzten Kurse beendet waren, beschlossen wir, zu ihrer Wohnung zu fahren. Ihr Auto war da, aber sie war es nicht. Wir hatten keine Ahnung, wo sie sein könnte, also fuhren wir zu unserer eigenen Wohnung.

„Was glaubst du, ist da los?", stellte Fernando die Frage, die auch mir durch den Kopf ging.

„Schwer zu sagen." Wir hatten gar nichts von ihr gehört und das war in der letzten Zeit ziemlich untypisch. „Vielleicht ist ihr das, was passiert ist, peinlich?"

„Vielleicht, aber dann wäre sie doch sicher zu Hause, oder?", gab Fernando zu bedenken.

„Oder sie versteckt sich irgendwo. Vielleicht hatte sie auch einfach nur irgendetwas anderes zu tun", entschied ich schließlich. „Sie wird uns schon anrufen, wenn sie bereit ist."

„Wahrscheinlich hast du recht."

„Ich mach uns jetzt etwas zum Abendessen, was hättest du denn gerne?" Ich blickte ins Gefrierfach. „Lass es mich anders ausdrücken, Hühnchen oder Rindfleisch?"

„Rindfleisch, würde ich sagen." Er hörte sich nicht allzu begeistert an, aber daraus konnte ich ihm keinen Vorwurf machen. Auch ich machte mir Sorgen um Krystal. Wo steckte sie bloß?

Als wir uns zum Essen hinsetzten, kam endlich der erwartete Anruf. Also eigentlich rief sie mich an, aber ich schaltete den Lautsprecher ein.

„Hi Jungs, entschuldigt, dass ich mich den ganzen Tag nicht gemeldet habe. Ich bin gestern Abend mit einer Migräne aufgewacht und sie wurde so schlimm, dass ich ins Krankenhaus gegangen bin. Dort haben sie ein paar Tests mit mir gemacht, weil ich noch nie zuvor

Migräne hatte." Ihre Stimme klang heiser, müde, aber sie war da, und das war das Wichtigste.

„Und was ist dabei herausgekommen", fragte Fernando, und an der Art, wie er sich nach vorne lehnte um ins Telefon zu sprechen, zeigte mir, wie besorgt er war.

„Dass die Migräne wahrscheinlich vom Stress ausgelöst wurde und ich keine weiteren Probleme damit haben sollte. Ich bin um fünf Uhr morgens aufgewacht und hatte diese stechenden Kopfschmerzen. Und ich konnte nicht aufhören, mich zu übergeben. Als ich lang genug von der Toilette wegkam, habe ich mir ein Uber gerufen und mich zum Krankenhaus fahren lassen. Ich habe den ganzen Tag damit verbracht, auf Ärzte und Testergebnisse zu warten."

„Haben sie dir etwas gegen die Migräne gegeben?", wollte ich wissen.

„Ja, ich habe im Krankenhaus ein paar Spritzen bekommen und ein paar Medikamente, die ich zu Hause nehmen kann, falls ich noch mal Migräne bekomme." Sie seufzte tief. „Unglaublich, dass ich früher schon Kopfschmerzen für schlimm hielt. Diese Sache heute Morgen war unerträglich."

Ich sah zu Fernando rüber und er schüttelte den Kopf. „Okay, unsere Mutter hatte auch oft Migräneanfälle, also wissen wir, was du jetzt brauchst. Wenn du möchtest, können wir in ein paar Minuten bei dir sein?"

„Das wäre schön, ich kann die Gesellschaft gut gebrauchen. Ich habe mich einsam gefühlt, so ganz allein im Krankenhaus. Und sie wollten nicht, dass ich das Handy einschalte, und dann habe ich vergessen, dass ich es ausgeschaltet hatte, bis ich wieder zu Hause war." Sie seufzte erneut und wir wussten beide, dass sie sich immer noch nicht gut fühlte. „Ein wenig Gesellschaft wäre schön."

„Wir sind bald bei dir", versprach ich ihr und wenig später saßen wir im Auto und waren auf dem Weg zum Supermarkt. Wir kauften Eis, Ginger Ale und Salzcracker, die ihren Magen nicht belasten würden. Als wir wieder im Auto saßen, sagte ich: „Glaubst du, dass die Migräne von dem ausgelöst wurde, was gestern Abend passiert ist?"

„Vielleicht. Migräneanfälle sind ziemlich merkwürdig, hat Mami immer gesagt. Erinnerst du dich daran, dass sie auch nie wusste, warum sie sie bekam?"

„Ja, daran erinnere ich mich", erwiderte ich. „Ich frage mich mittlerweile, ob diese Migräneanfälle vielleicht ein Symptom ihres Krebses waren?"

„Vielleicht, aber ich weiß auch nicht." Fernando rieb sich die Stirn, als würde er ebenfalls Migräne bekommen. „Sehen wir mal nach, wie es ihr geht."

Er fuhr auf einen Parkplatz für Besucher des Wohnhauses und sammelte die mitgebrachten Vorräte für sie ein. Sie kam uns an der Tür entgegen, blass, völlig ungeschminkt und mit Jogginganzug bekleidet. Wir hatten sie noch nie in Jogginghose und T-Shirt gesehen, sie trug vielleicht etwas Legeres, wie Leggings, aber nie eine Jogginghose. Sie musste wirklich krank sein.

„Hi Jungs, vielen Dank, dass ihr hergekommen seid." Ihre Stimme klang schwach, müde und war noch immer genauso heiser, wie vorhin am Telefon. „Ich bin so froh, dass ihr da seid."

„Kein Problem, Krystal. Es ist wirklich schlimm, allein zu sein, wenn man krank ist." Ich trug die Einkaufstaschen in die Küche und machte ihr ein Glas Ginger Ale mit Eis und brachte ihr eine Tüte Cracker. „Hier, das hilft dir, wenn dir immer noch schlecht ist."

„Danke." Sie nahm das Glas mit echter Dankbarkeit im Blick entgegen. Sie hatte sich wirklich geändert. „Ich habe Wasser getrunken, aber das hat mir nicht geholfen. Und die Schmerztabletten haben die Übelkeit sogar noch stärker gemacht."

Sie hielt eine Spritze ohne Nadel hoch und zeigte ihnen das Medikament. „Das soll gegen die Übelkeit helfen. Es handelt sich um eine Creme, die ich auf meine Handgelenke reiben muss."

„Gut, ja, Mami hat das Zeug auch immer bekommen. Es funktioniert gut, wenn es zu wirken anfängt." Fernando setzte sich auf den Boden und sah zu ihr auf. „Hast du immer noch Schmerzen?"

„Nein, jetzt bin ich nur noch müde. Könntet ihr beiden, ich weiß auch nicht, vielleicht heute Nacht hierbleiben? Es war gestern Abend so schrecklich, krank zu werden und ganz allein zu sein." Dabei sah sie so mitleiderregend aus, dass er alles für sie getan hätte.

„Natürlich, ich bleibe gern." Ich blickte zu Fernando hinüber, der zustimmend nickte. „Wie du siehst, musst du heute Abend nicht allein sein."

Und Gott sei Dank war sie krank, sonst hätte sich eine Übernachtung in ihrer Wohnung vielleicht als zu große Versuchung herausgestellt. Aber wir würden durchhalten, schließlich waren wir erwachsen und hatten unsere körperlichen Bedürfnisse unter Kontrolle. Wir würden es schaffen. Hoffte ich.

Kapitel Zwölf

Fernando

„Und, wie geht's?", fragte ich, als mein Bruder zwei Tage nach Krystals Migräne in die Wohnung kam. Wir hatten dort geschlafen, und es hatte uns gequält, sie in unserer Nähe zu haben, da wir beide Dinge tun wollten, die wir nicht tun sollten, von denen wir geschworen hatten, dass wir sie nicht tun würden.

„Ziemlich schwer", erwiderte Santiago und krümmte sich fast vor Lachen. „Die ganze Geschichte nervt wirklich, 'Nando."

„Ich weiß, aber wir haben doch darüber gesprochen und waren uns einig." Ich konnte sehen, wie sein Gesicht einen angespannten Ausdruck annahm, obwohl er gerade noch gelacht hatte. Jetzt war er ernst.

Santiago nickte. „Ja, das haben wir. Aber ich mache mir immer noch darüber Sorgen, dass es nur ein Spiel ist." Er ließ seine linke Hand den rechten Arm hinuntergleiten, über die Rosentätowierung, die sich zu einem kreischenden Adler auf seinem Arm verband. Er und ich waren beide mit Tätowierungen bedeckt, etwas, das Mami gehasst, aber gut verkraftet hatte.

Unter unseren Hemden hatten wir weitere Tätowierungen, eine, auf der „La vida loca" stand, ein Rosenkranz mit einem Kreuz, das direkt an unseren Brustbeinen hing, eine Hommage an Mami. Wir hatten beide ganz genau die gleichen Tätowierungen, was Menschen, die versuchten, uns zu unterscheiden, ohne uns zu kennen, nicht gerade hilfreich war.

Anstatt mich darüber zu ärgern, dass Santiago zögerte, musste ich ihm zustimmen.

Das war ein gefährliches Spiel, und wir mussten uns alle sicher sein. Ich wollte schon seit geraumer Zeit mit Santiago das Thema besprechen, wie wir das Ganze angehen wollten. Krystal schien interessiert zu sein, es zu wollen und jetzt brauchte ich nur noch die Zustimmung meines Bruders.

Das Problem war, dass wir uns die ganze Sache immer wieder gegenseitig ausredeten. Wir hatten ihrem Daddy ein Versprechen gegeben, konnten wir es brechen?

„Ich glaube, es ist unvermeidlich, 'Nando. Ich glaube, sie ist für uns wie Heroin. Wir können einfach nicht Nein sagen." Santiago lehnte sich an die Wand, als ob er endlich wieder locker werden könnte, nachdem er es zugegeben hatte.

Von dem Moment an, als wir in unserer Küche darüber redeten, wusste ich, dass es passieren würde. Keiner von uns konnte ihr widerstehen, und wir wussten es.

Ich wartete, bis Santiago mir in die Augen schaute.

„Sieh mal, Fernando", begann Santiago, aber ich ließ ihn nicht ausreden.

„Santiago, wir wollen sie beide. Wir wissen beide, dass wir Krystal nicht widerstehen können, sie ist viel zu schön und eine zu große Versuchung." Ich hatte beschlossen, sein größtes Problem direkt anzusprechen, da ich es für das Beste hielt, es offen auszusprechen.

„Das stimmt allerdings." Santiago sah auf seine gefalteten Hände hinab.

Dann fielen mir wieder all die Worte ein, die ich ihm gesagt hatte.

„Und was machen wir jetzt? Ich weiß, dass wir uns einig geworden sind, es zu tun, aber ich mache mir immer noch darüber Gedanken, dass alles schiefgehen könnte."

Ich nickte, ich sah die Besorgnis gemischt mit Hoffnung in Santiagos Augen und musste mein Lächeln verbergen.

„Sieh mal, Bruder, ich denke, wir sollten uns wirklich überlegen, wie wir das machen wollen. Ich meine, ich weiß, dass sie sich in letzter Zeit zur perfekten kleinen Hausfrau entwickelt hat, aber sie hat sich auch in ein verführerisches kleines Kätzchen verwandelt. Sie will das, was es da draußen gibt, erforschen. Ich meine, soweit wir wissen, hatte sie immer nur den Schwanz dieses kiffenden Footballspielers, und wir beide wissen, dass er ein lausiger Fick war. Alle seine vergangenen Eroberungen haben das gesagt. Wir könnten ihre Welt wirklich auf den Kopf stellen. Wir beide." Ich sprach leise, fast als hätte ich Angst, dass es ihn vor den Kopf stoßen würde, dass ich diese Worte laut aussprach, aber ich konnte sehen, dass Santiago die Worte gehört hatte.

„Gleichzeitig?" Santiago schaute weg und dachte offensichtlich darüber nach, er hatte nur gefragt, um etwas Zeit zu gewinnen.

Ich beobachtete, wie sich Santiagos Augen weiteten und er schneller atmete.

Oh ja, Santiago war voll dabei.

Es wäre nichts Homosexuelles, aber wir würden es ihr beide besorgen? Zusammen? Das könnte uns umhauen und sie erst recht.

„Wir beide?" Santiago änderte die Frage, aber es war die gleiche, er wollte sich darüber klar werden, was ich wollte. Santiago schluckte, nachdem er es ausgesprochen hatte, und schaute auf, um sicherzugehen, dass ich es ernst meinte.

„Ja, wir beide. Wir können das machen, wenn du mitmachst."

Santiago nickte langsam und biss sich konzentriert auf die Unterlippe. Und ich wusste, ich würde meine Antwort bekommen.

„Ich kann nicht Nein sagen, das weißt du. Aber ich mache mir Sorgen darüber, wie die ganze Geschichte ausgeht, wenn ihr Vater es herausfindet, aber die Logik ist schon vor langer Zeit flöten gegangen, nicht wahr? Du weißt doch, dass sie mir viel bedeutet, oder?" Santiago sah zu mir hoch und ich konnte in seinen braunen Augen einen Sturm der Emotionen aus Gold und Honig ablesen.

„Ich glaube, das ist schon lange so, richtig? Seit unserer Kindheit. Damals war ich schon heiß auf sie, ich wollte sie, aber du hattest sie wirklich lieb gewonnen." Ich sagte es sanft mit leiser Stimme. Ich wollte nicht, dass Santiago das Gefühl hatte, ich würde mich über ihn lustig machen.

„Ich weiß. Und ich weiß nicht, ob diese ganze Sache das ändern wird, oder dass ich sie hinterher einfach nur noch mehr mag, aber ich kann nicht Nein sagen. Egal, wie es passiert. Und ich glaube, dass sie mit uns beiden zusammen sein will, gleichzeitig, zumindest hat sie uns Andeutungen diesbezüglich gemacht." Santiago sah mich weiterhin an, mich, die einzige Person, die jemals die Wahrheit über Santiagos Emotionen erfahren würde.

Mir ging es genauso. Santiago war der einzige Mensch auf diesem Planeten, dem ich vertrauen konnte. Es gab niemanden sonst, mit dem ich diese Erfahrung geteilt hätte. Mein Bruder war mein bester Freund, mein Vertrauter und die einzige Person, der ich alles anvertrauen konnte.

Würde das, was wir vorhatten, diese Tatsache ändern? Ich wollte nicht, dass es so kam, aber ich hoffte, dass es uns einander nur noch näher bringen würde.

„Ich weiß es. Und solange wir es unter Kontrolle halten, miteinander kommunizieren und uns nicht so sehr in sie verlieben, dass wir den anderen Bruder raus haben wollen, sollte es keine Probleme geben. Dann können wir sie beide zusammen haben, Santiago, und ich muss zugeben, dass ich überzeugt bin, dass man so eine Chance nur einmal im Leben hat." Ich vertraute Santiago und wusste, dass die Möglichkeit bestand, aber ich wusste auch, dass Santiago niemals versuchen würde, Krystal für sich allein zu beanspruchen.

„Das wird toll, Fernando. Davon bin ich überzeugt. Ist ja auch logisch, wenn wir beide dabei sind."

„Dann sind wir uns also einig. Pass auf, sie möchte, dass wir zu Thanksgiving zu ihr kommen. Sie fährt nicht nach Hause und ich weiß auch keinen Grund, warum wir nach Hause fahren sollten. Das wird der Tag werden, an dem wir es angehen. Ich glaube, dass Krystal jene Nacht mit einem von uns, wenn nicht uns beiden, verbringen wird. Schließlich hat sie uns schon zum Übernachten eingeladen. Wir müssen nur dafür sorgen, dass sie es nicht ausplaudert, richtig?" Ich sah meinen Bruder fragend an, bevor ich weiter sprach. „Und dabei machen wir es so stressfrei wie möglich, sorgen dafür, dass wir alle Spaß haben, wir helfen ihr dabei, sich zu entspannen und ganz sie selbst zu sein. Und dann sehen wir einfach, was passiert."

Santiago nickte, denn er war zu hundert Prozent mit meinem Plan einverstanden. Die meisten Studenten fuhren über die Ferien nach Hause, selbst die Gothics, die Krystal immer noch tyrannisierten. Santiago und ich hatten vor, dem Ganzen ein Ende zu setzen. Wenn sie nach den Winterferien nicht aufhörten, würden wir unseren Plan in die Tat umsetzen, aber mittlerweile war es nicht mehr ganz so schlimm wie am Anfang. Anscheinend blieb es nicht unbemerkt, dass die beiden hart aussehenden Zwillinge über sie wachten.

Anschließend hatten wir uns ein paar Stunden lang darüber unterhalten, was wir tun würden und was nicht, wenn es tatsächlich zu einem Dreier mit Krystal kommen sollte, und was passieren könnte und was nicht, wenn wir mit ihr allein waren. Wir wollten beide ein wenig Zeit mit ihr allein verbringen.

Außerdem machten wir ab, dass wir so tun würden, als wäre nichts, falls wir alles komplett falsch verstanden hatten, aber eigentlich waren wir beide davon überzeugt, dass Krystal uns beide wollte. Aber falls nicht, würden wir sie natürlich in Ruhe lassen.

„Gut, dann ist es abgemacht. In ein paar Tagen ist diese ganze Sache entweder vorbei, und wir reden nicht mehr davon, oder wir haben eine fantastische Zeit. Du bist bereit, richtig?" Ich streckte meinem Bruder die Hand hin und lächelte zufrieden, als Santiago sie schüttelte.

„Ich bin bereit, Fernando. Das Ganze könnte uns für immer verändern, aber es ist mit Sicherheit etwas, das wir nie wieder vergessen werden."

„Ich weiß nicht", erwiderte ich und dachte bereits an das Abendessen zu Thanksgiving.

„Ich zieh los und hole mir etwas zu essen. Ich melde mich später bei dir, okay?" Santiago löste sich von der Mauer, als hätte er es eilig, das Gespräch zu beenden.

Ich zuckte mit einem verständnisvollen Lächeln mit den Achseln. Wir hatten gerade ein sehr unangenehmes Gespräch geführt. Santiago würde Zeit brauchen, um das zu verarbeiten. Er war die Art von Mann, der manchmal seinen Freiraum brauchte. Ich wusste, dass er über alles nachdenken würde, was ihm durch den Kopf ging und sich damit abfinden, um dann mit der anstehenden Aufgabe fortzufahren.

Ich war bereits mit Gedanken an das kommende Ereignis beschäftigt. Ich wusste nicht, wie ich die nächsten Tage überstehen sollte, ohne verrückt zu werden.

Ich ging zurück zu Krystal und stellte fest, dass sie von ihrem Einkaufsbummel zurück war. Sie war ausgegangen, um alles einzukaufen, was sie für ihr Abendessen brauchte, bevor die Zeit dafür gekommen war. In ihrer neuen Denkweise hasste sie die Idee, Menschen an Thanksgiving arbeiten zu lassen, und weigerte sich, an diesem Tag irgendwo hinzugehen. Das war eine neue Seite von ihr, eine, die ich... faszinierend fand.

„Aber mach dir nicht zu viel Mühe, Krystal", sagte ich, als sie damit anfing, ihre Einkäufe in den Kühlschrank und die Küchenschränke zu räumen. „Treib es nicht zu weit, sonst bekommst du vielleicht wieder Migräne."

Sie lächelte über meine Besorgnis. „Mach dir keine Sorgen, Fernando, ich gehe nur so weit, wie du es zulässt." Ihre großen, unschuldigen Augen sahen vertrauensvoll zu mir auf. Sie ging auf mich zu und legte ihre Hand auf meinen Arm. Mit diesen großen, blauen Augen, so vertrauensvoll und voller Unschuld, mit einem schelmischen Touch, wurde mein Schwanz sofort steinhart.

Zu meinem Glück tänzelte sie davon, dieser Moment der Verheißung, der süßen Versuchung war vorbei, als sie begann, das Abendessen für diesen Abend zuzubereiten. Ich beobachtete sie, fasziniert von der Sicherheit, die sie beim Kochen an den Tag legte. Ich hätte nie gedacht, dass ich Krystal jemals etwas so ... Hausfrauliches tun sehen würde. Und doch stand sie da, zerkleinerte Gemüse, zerschnitt Fleisch und schmeckte das Gericht, das sie gerade zubereitete, perfekt mit Gewürzen ab.

„Ich fasse es immer noch nicht, dass du kochen kannst", erklärte ich und lachte leise.

„Ich weiß, das ist es normalerweise nicht, was die Königin des Abschlussballs tut, nicht wahr? Eigentlich sollte ich mir einen Arzt zum Heiraten suchen, richtig?" Sie grinste herausfordernd, aber auch flirtend. „Möchtest du mal probieren?"

Sie hatte die Augenbraue so hochgezogen, dass mir klar war, dass sie mir mehr anbot als nur einen Löffel ihres Essen.

„Ich glaube, ich warte lieber, bis alles bereit ist ...", ich sah sie von oben bis unten an und leckte mir dann langsam über die Lippen, „... zum Genießen."

„Oh, so ist das also, was?" Sie wandte sich wieder der Soße zu, die sie gerade machte, und biss sich mit den Zähnen auf die Unterlippe, bevor sie sie wieder losließ. „Ich würde sagen, dass ist durchaus sinnvoll. Schließlich willst du dir nicht den Appetit verderben."

„Schätzchen, ich habe genug Appetit für drei, aber ich kann warten."

„Gut, du musst nämlich ziemlich viel Appetit mitbringen, wenn du mit alldem fertig werden willst."

Sie sah mir direkt in die Augen als sie sprach, und nur für einen Augenblick wanderte mein Blick zu ihrem Dekolleté, das von einem Oberteil mit V-Ausschnitt perfekt in Szene gesetzt wurde.

„Wir werden sehen." Ich wollte aufstehen, um den Tisch zu decken, doch mein Telefon summte.

‚Wenn du heute die Gelegenheit haben möchtest, mit ihr zu alleine zu sein, kann ich zu Hause bleiben.' Santiago gab mir die Gelegenheit, etwas zu tun, dass ich wirklich tun wollte.

‚Bist du dir sicher?' Und als Santiago nicht direkt antwortete, schrieb ich ihm schnell: ‚Nein, das geht nicht, ich will, dass wir es zusammen tun.'

Hätte Santiago sofort mit ja geantwortet, hätte ich es vielleicht gemacht, aber Santiago hatte gezögert. Er hatte mehrmals angesetzt, etwas zu schreiben. Das bedeutete, dass er sich nicht sicher war und ich wollte ihn nicht unter Druck setzen. Ich würde warten. Das war es wert.

‚Okay. Ich bleibe heute zu Hause, ich fühle mich nicht so gut. Viel Spaß.>

‚Möchtest du, dass ich nach Hause komme?'

>Nein, alles in Ordnung, wirklich. Ich brauch nur ein wenig Zeit zum Nachdenken. Du kennst mich doch.'

‚Das tue ich. Aber treib es nicht zu weit, sonst komme ich und lenke dich ab.'

>Ich weiß. Bis später. Ich will noch ein wenig in meinem Buch lesen.'

Ich wusste, dass Santiago nicht zum Lesen zu Hause blieb. Er wollte alles noch einmal durchdenken, und das respektierte ich. „Heute Abend sind wir nur zu zweit; Santiago hat ein wenig Kopfschmerzen."

„Oh, ich hoffe, es ist nicht allzu schlimm. Falls er sie braucht, hätte ich auch noch Kopfschmerztabletten da?" Sie ging zu einem Medizinschränkchen und zog ein Fläschchen heraus. „Braucht er die?"

„Nein, so schlimm ist es nicht. Es ist nur Verspannungskopfschmerz." Ich sagte ihr nicht, woher die Verspannung stammte, aber die Tatsache, dass ich ein wenig grinste, sagte ihr wahrscheinlich schon genug.

„Na gut." Sie hatte ein schmutziges, kleines Lächeln im Gesicht, als sie unter ihren langen Wimpern zu mir aufblickte. Sie hatte lange, dunkle Wimpern, die ohne all das Make-up, dass sie sonst immer trug, nur noch verlockender waren.

„Weißt du eigentlich, wie schön du bist?" Das hatte ich eigentlich nicht sagen wollen, aber es kam einfach aus meinem Mund.

„Das hat man mir schon ein oder zweimal gesagt, aber mit dem richtigen Make-up kann man jede Frau wie eine Göttin aussehen lassen." Sie zog ein wenig ihre Augenbrauen zusammen und brachte mich damit zum Lachen. „Ich gefalle mir besser so ohne Make-up. Meine Haut ist auch besser geworden."

Sie hatte seit Wochen kein Make-up mehr aufgelegt und ihre Haut war ohne all den Müll auf ihrem Gesicht aufgeblüht. Ihre Poren waren kleiner geworden, ihre klare Haut sah gesünder aus, und sie sah einfach … gut aus. Das stand ihr ausgezeichnet.

„Mir gefällt es auch besser", erwiderte ich und atmete tief durch. Allein mit ihr zu sein, wäre eine große Versuchung, aber ich würde durchhalten. Ich wusste, dass es mir gelingen würde. Solange sie nicht zu sehr mit mir flirtete.

Ich schuldete es Santiago abzuwarten.

Kapitel Dreizehn

Krystal

Sie kamen früh am Morgen von Thanksgiving zu mir und halfen mir, alles vorzubereiten. Es war eine große Aufgabe, aber sie hatten ihrer Mutter mehr als einmal geholfen, als sie aufwuchsen, und es machte ihnen nichts aus, zu helfen, wie sie mir sagten.

Ich wusste nicht, was genau heute passieren würde, wir alle redeten um den heißen Brei herum, aber ich wusste, dass etwas passieren würde. Ich wollte, dass es langsam, sexy und sinnlich werden würde, aber ich wollte auch, dass sie mich beide an die Küchenwand nageln und mir einer nach dem anderen den Schädel rausvögeln würden, bis ich nicht mehr stehen konnte. Ich war so aufgeregt, dass ich Zucker in den Kaffee tat, den ich für Santiago gemacht hatte. Er trank ihn nicht mit Zucker. Mit einem Seufzer der Verzweiflung über meine Zerstreuung machte ich eine frische Tasse für ihn. Mit einem Lächeln brachte ich die Tasse zu ihm rüber.

„Alles in Ordnung?", fragte er, seine sanften Augen voller Sorge.

„Oh, es geht mir gut, ich habe nur zu viele Sachen im Kopf." Zum Beispiel *,Was wird wohl in Zukunft passieren?',* und: *,Was passiert morgen'?*

Ich wusste, dass ich wollte, dass es weitergeht, aber es war weit mehr als nur aus den offensichtlichen Gründen. Ich fühlte mich schuldig, weil ich einen Plan hatte, sie dafür bezahlen zu lassen, dass sie mir meinen Vater weggenommen hatten, den mein Verstand einfach nicht mehr loslassen konnte, aber ich hatte auch begonnen, sie wirklich zu mögen. Beide.

Das war es, was meine Migräne verursacht hatte, der Stress, diese beiden Ideen gleichzeitig im Kopf zu haben. Rache und Liebe, und beides wollte ich von den Brüdern, denen ich nicht widerstehen konnte. Ich würde sie haben, aber dann würde ich sie bezahlen lassen.

Wenn ich diesen Plan nicht hätte, würde ich mich vielleicht sogar in diese beiden Männer verlieben, denn sie waren mit Sicherheit keine Jungen. Ich freute mich darauf, es endlich zu tun, ich würde es gern noch weitertreiben und sehen, wie sehr wir uns wirklich verlieben könnten, ich würde gern alles haben, aber das lag nicht in meiner Zukunft. Das Vertrauen meines Vaters in sie zu zerstören, war meine Zukunft.

Ich wusste von dem Versprechen, das sie geben mussten, und ich wusste, wenn mein Vater das herausfinden würde, würde er an die Decke gehen. Dann könnte ich vielleicht seine Liebe zurückgewinnen. Es hatte so sehr wehgetan, es tat immer noch so sehr weh, dass keines der Gefühle, die ich für die Jungen hatte, meine Pläne ändern konnte. Ich würde seine Liebe zurückgewinnen, und vielleicht könnte ich mit der Hilfe meines Vaters sogar das, was mit Mom nicht stimmte, wieder in Ordnung bringen.

Ich machte mir Sorgen um Mom, sehr große sogar. Wenn sie es schaffte, an ihr Handy zu gehen, war es offensichtlich, dass sie betrunken war, sogar früh am Morgen. Das war nicht fair. Mom wollte ihren Mann nur wieder für sich allein haben, sie wollte wieder dieses Gefühl haben, frisch verliebt zu sein, und aus welchem Grund auch immer hatte mein Vater bei uns beiden einfach dicht gemacht. Er zerstörte alles, wofür wir alle so hart gearbeitet hatten, und das Einzige, was ich sehen konnte, war, dass Daddy sich Anas Zwillingen zugewandt hatte, und weg von seiner eigenen Familie.

Hatte Anas Krankheit ihn verändert, hatte ich mich tausendmal gefragt. Ich hatte ihre Güte gesehen, wie intelligent sie waren, wie sie immer noch diese rauen und ungestümen Jungen waren, mit denen ich früher gespielt hatte, und ich wusste, dass es sein konnte, dass Papa ihrem Charme nicht widerstehen konnte, besonders als bei ihrer Mutter Krebs diagnostiziert wurde.

Ich war mir nicht sicher, und in diesem Moment hasste ich mich selbst. Ich war gerade dabei, diese beiden wirklich netten Jungs zu verführen und sie dann zu vernichten. Aber jedes Mal, wenn ich versuchte, meinen Vater anzurufen, und er nicht abnahm, wuchs meine Wut. Mein Groll kam zurück, und ich hatte Angst, weil mein Vater mich zu weit getrieben hatte. Wenigstens hätten sie Spaß dabei.

Fernando brach mit einer sanften Frage in meine Gedanken.

„Alles in Ordnung, Krystal?"

„Ja, es geht mir wirklich gut." Ich wollte nur dieses Abendessen überstehen und dann zum guten Teil kommen, zu dem Teil, wo wir alle etwas Spaß haben würden.

Ich wusste, wenn wir alle wollten, dass dies geschieht, dann würde es auch geschehen, und von dem, was ich gesehen hatte, wusste ich, dass es heute Abend geschehen würde. Ich hatte die Signale, die Andeutungen aufgefangen und wusste, dass sie mich wollten.

Das Essen war am Nachmittag fertig, und ich war erstaunt, dass alles perfekt geklappt hatte. Nun, fast perfekt.

Ich hatte die Süßkartoffeln ein wenig angebrannt, aber es fügte einen Hauch von Rauchgeschmack hinzu, den ich mochte. Danach gingen wir alle ins Wohnzimmer mit etwas Kürbiskuchen und Schlagsahne, um eine neue Serie zu sehen, und ehe ich mich versah, waren wir alle schon eingeschlafen. Als ich aufwachte, war es schon dunkel. Ich hatte spezielle Dessous für diese Nacht gekauft, in der Hoffnung, dass es die Nacht der Nächte sein würde. Es war nichts weiter als ein schwarzes Satin-Negligé und eine schwarze Robe, die zusammenpassten. Die Jungen schliefen noch, also ging ich mich umziehen, legte etwas Lipgloss auf, bürstete mir die Haare aus und ging dann zurück ins Wohnzimmer.

Sie waren beide aufgewacht, als ich wieder hereinkam, und ich konnte mir das zufriedene Lächeln nicht verkneifen, weil den beiden der Mund offen stehen blieb, als sie mich als Verführerin vor sich sahen.

Ich war bereit, wegzulaufen, wenn sie mich falsch ansahen oder Geräusche von sich gaben, was bedeutete, dass ich einen großen Fehler gemacht hatte. Aber stattdessen waren sie ... wie in Trance.

Santiago bewegte sich als Erster, von Fernando gestupst, um von der Couch aufzustehen, und ich starrte ihn an, mein Puls raste, als mein Atem in schnellem, aber unhörbarem Keuchen kam.

Mein Körper schwankte, als er sich mir näherte, und ich öffnete meine Lippen, als er die Finger hob, um mir die Robe von den Schultern zu streifen. „Ich will dich sehen. Ich habe schon so lange darauf gewartet." Seine Worte waren kaum mehr als ein Hauchen, als meine Robe zu Boden fiel.

Das Negligé tat wenig, um meinen Körper vor seinem Blick zu verbergen, aber ich stand aufrecht und ließ ihn mich ansehen. Die Finger von Santiago bewegten sich, über die nackte Haut, die durch die dünnen Bänder meines Kleides freigelegt wurde. Die Träger waren kaum mehr als Bänder, die sich sehr leicht auseinanderziehen ließen. Seine Finger bewegten sich zum ersten Band und zogen daran. Dann bewegte er sich zum anderen. Einen Moment lang trafen sich unsere Blicke, und er hielt inne, als wollte er uns allen einen Moment Zeit geben, damit aufzuhören.

Ich schaute nicht weg, stattdessen neigte ich meinen Kopf von seinen Fingern weg, und meine Augen forderten ihn auf, an der Schnur zu ziehen, um meinen Körper für beide freizulegen.

Ich wollte ihn, ich wollte seinen Bruder, und heute Abend würde ich sie beide haben.

Mit einem sehr großspurigen Grinsen, einem Grinsen, das ich von Fernando erwartet hätte, aber nicht von ihm, zog er an der Schnur. Meine Knie schmolzen bei diesem Grinsen, als der Satin wegrutschte. Ich fühlte, wie er an meinem Körper herunterrutschte, ein ganz neues Gefühl, etwas, dem ich noch nie zuvor Aufmerksamkeit geschenkt hatte.

Der Raum wurde nur vom Fernseher beleuchtet, ein weiß-blaues Licht, das meine Haut eiskalt aussehen ließ, aber sowohl Santiago als auch Fernando waren gefesselt. Meine nackten Brüste waren schön, voll und rund, und ich war stolz auf meinen Körper, als sie mich im künstlichen Licht ansahen.

Ich wartete darauf, dass er mich berührte, mich liebkoste, mich küsste, aber er war erstarrt. Als er sich nicht bewegte, trat ich auf ihn zu, weil ich ihn berühren wollte, so sehr wie ich von ihm berührt werden wollte. Ich fühlte seine Muskeln durch die Baumwolle seines schwarzen Pullovers hindurch und ließ meine Hände an seinem Körper entlang gleiten, beeindruckt davon, wie hart seine Muskeln waren. Ich schaute zu ihm auf, bereit für mehr, und zum ersten Mal, seit ich versucht hatte, ihn zu küssen, als wir dreizehn waren, streiften sich unsere Lippen.

Zuerst küssten wir uns sanft, während wir uns gegenseitig erkundeten, während wir uns an diesen neuen Aspekt unserer Beziehung gewöhnten. Wir waren uns beide bewusst, dass Fernando uns beobachtete, und irgendwie machte das die Sache noch heißer. Ich hatte gedacht, es würde erotisch werden, aber ich wusste nicht, wie erotisch es sein würde.

Ich brach den Kuss ab und wandte mich von Santiago ab, um seinen Bruder anzuschauen.

Er streckte mir seine Hand entgegen, und ich ging zu ihm auf die Couch, mit der Hand zog ich Santiago mit mir. Wir saßen alle drei da, als Fernando mich zu sich zog, seine Lippen genau wie die von Santiago, aber mit einer raueren Berührung, einer Berührung, die mir genauso gut gefiel wie die von Santiago. Der eine Bruder war sanft, süß, erregend, der andere war etwas rauer, genauso aufregend und ebenso erregend.

Ich saß nackt zwischen ihnen und ich lehnte mich an Fernando, der Kuss wurde tiefer, während meine Erregung wuchs.

Santiago zog an mir und ich ließ mich zu ihm ziehen und statt Fernandos Lippen spürte ich jetzt Santiagos Mund auf meinem. Ich stöhnte in seinen Mund, als er mit seiner Zunge an meiner entlang glitt und seine Hände zu meinen Hüften wanderten. Seine Berührung erregte mich, und als ich fühlte, wie Fernandos Hände sich zu seinen gesellten, stöhnte ich, und ich verdrehte genussvoll die Augen.

„Ich glaube, wir haben alle schon sehr lange darauf gewartet", ich hauchte diese Worte gegen Santiagos Lippen und bewegte mich dann so, dass ich meine Beine um seine Hüfte gleiten lassen konnte.

Ich konnte mir nicht helfen, ich brauchte ihn. Ich wollte ihn jetzt. Ich hatte das nicht geplant, aber wir hatten so lange gewartet, dass ich, als ich auf seinen Schwanz sank, nicht mehr zurückwich. Ich öffnete den Reißverschluss seiner Hose und zog seinen Schwanz heraus, begierig darauf, ihn zu spüren, bereit, ihn in meiner Hand zu halten. Ich hatte ein Vorspiel geplant, wollte diesen Aufbau bis zum großen Moment, aber jetzt rutschte ich auf ihm herunter, er war in mir, und es spielte keine Rolle, denn es war das perfekteste Gefühl, das ich je empfunden hatte.

Ich keuchte, als ich spürte, wie sein dicker Schaft in mich glitt, und ich ließ seine Schultern los und bewegte mich zu dem Mann neben uns.

Meine Beine blieben um Santiagos Taille, während Fernandos Lippen zu meiner linken Brust gingen und Santiagos irgendwie zu meiner rechten.

Ich beschloss, dass ich sie dieses erste Mal nehmen und mich von ihnen nehmen lassen würde, da die Monate der Vorfreude und der Begierde vorbei waren, als wir übereinander herfielen.

Später konnten wir immer noch all die langsamen, sanften Sachen machen, das süße Zeug, denn jetzt wollte ich meinen ersten Orgasmus beim Ficken haben und nicht nur von einem Vibrator oder meinen eigenen Fingern, und ich wusste, verdammt, wie sehr ich es wusste, dass diese beiden Männer mir genau das geben würden, was ich wollte.

Santiago ließ von meiner Brustwarze ab, als ich mich auf ihm niederließ. Er musste das tun, weil er stöhnen musste.

„Verdammt, du bist so eng, Krystal."

Es war großartig und ich fühlte mich voller Macht, als ich ihn in mir spürte.

Fernando fing an mit den Lippen an meiner straffen Brustwarze noch stärker zu saugen und es fühlte sich an, als zöge er die Lust direkt von meiner Klitoris bis zu meiner Brustwarze. Es war so gut, dass etwas in mir vor Lust zuckte. Ich schaute nach unten, um sein Gesicht auf meiner Brust zu sehen, aber sein Blick hing an meinem Gesicht.

Es war ein Wahnsinnsgefühl.

Seine Augen waren auf mich gerichtet, aber ich war zu überwältigt, um den beiden Männern etwas zu sagen. Der eine Mann trieb mich mit seinem Schwanz in die Höhen des Genusses, der andere lutschte meine Brustwarze auf eine magische Weise, wie ich es noch nie zuvor empfunden hatte.

Die Fantasie war überwältigend gewesen, doch die Realität ließ meinen ganzen Körper erzittern, als mein erster Orgasmus durch mich hindurchjagte. Sie hatten noch kaum etwas mit mir gemacht, aber ich war bereit, um Santiagos harten Schwanz herum zu pulsieren, als hätte ich noch nie einen richtigen Schwanz gespürt.

Sie hörten nicht auf, mich zu berühren, und sie hörten nicht auf, mich zu ficken. Alles, was ich tun konnte, war, immer und immer wieder zum Orgasmus zu kommen, mein Körper wand sich auf Santiagos hartem Körper. Ich sank in ihn hinein, und er protestierte nicht, er hielt mich nur fest, während ich Luft holte.

Santiago stand mit mir in seinen Armen auf, meine Beine um seine Taille und trug mich in mein Schlafzimmer. Als er sich zurückzog, wollte ich nach ihm greifen, ihn anflehen, zurückzukommen, aber stattdessen begannen sie, sich auszuziehen.

Ich sah zu, wie sie ihre Kleider auszogen, gierig darauf, ihre perfekten Körper zu sehen. Sie waren zwei perfekte Exemplare dessen, was ein Mann sein sollte, genau gleich und beide bereit, mich dumm und dämlich zu ficken.

Ich grinste meine beiden Männer an, während ich ihnen die Hand entgegenstreckte. Als sie zu mir kamen, füllten sie meine Hände mit ihren heißen, harten Schwänzen und ich spürte das bekannte Pochen tief in meinem Inneren. Sie waren sogar identisch, wenn es um ihre Schwänze ging, sah ich in dem weichen Licht von meiner Nachttischlampe.

Ich hörte, wie sie zusammen keuchten, als ich sie sanft mit den Händen streichelte, das Tempo langsam und aufreizend. Das Geräusch, das sie als Nächstes machten, ging direkt zu meiner Klitoris und ließ die winzige rosa Knospe pulsieren. Ich kannte Verlangen, kannte Lust, aber das war mehr, viel mehr.

Fernandos Zunge erkundete meinen Mund, und ich ließ ihn hinein. Sie beschlossen, den Spieß umzudrehen, und jeder ergriff eine Brustwarze mit genau dem richtigen Druck, der mich stöhnen und vergessen ließ, was ich mit meinen Händen tat.

„Verdammt." Ich konnte an nichts anderes denken als das Vergnügen, das durch meinen Körper schoss.

Ich beschloss, mich von ihnen mitreißen zu lassen, und ließ mich auf das Bett sinken, damit sie mich erkunden konnten. Sie bewegten sich zusammen, und glitten nach oben, einer auf jeder Seite von mir.

Meine Augen waren weit geöffnet, als ich zusah, wie sie zu mir kamen. Ihre Lippen öffneten sich, um meine Brustwarzen in die feuchte Hitze ihrer Münder zu nehmen. Es war so intensiv, dass ich begann, meine Hüften auf dem Bett zu winden und meine Hände in ihren Haare wühlten.

Ich zitterte vor unkontrollierter Lust, vor unkontrollierter Erwartung, als sich ihre Hände an meinen Oberschenkeln trafen. Ich spreizte meine Beine, um sie hereinzulassen und mich von ihnen erforschen zu lassen, aber stattdessen schoben sie beide einen Finger in mich hinein.

„Oh!" Ich konnte den Lustschrei nicht aufhalten, der kam, als sie an meinen geheimsten Ort schlüpften und mich auf intimste Weise gemeinsam berührten.

Die Empfindung war nicht so anders als vorhin, als Santiago mich mit seinem Schwanz aufgespießt hatte, aber jetzt fühlte ich zwei Finger, die sich unabhängig voneinander in mir bewegten, und es war erstaunlich.

Ich schloss meine Augen, als sie mit ihren Fingern in mich fuhren, und einer von ihnen drückte einen Daumen auf meine bereits sensibilisierte Klitoris. Die Lust raste durch mich hindurch, und ich fühlte, wie es wieder passierte, wie sich die Lust in mir aufbaute, bis ich es nicht mehr aushielt. Ich hatte schon vorher Orgasmen gehabt, aber nicht mit dieser gesteigerten Erregung, nicht mit der Spannung, dem Bedürfnis und dem Gefühl der Begierde, das sich so verdammt gut anfühlte, dass es fast so gut war wie der Orgasmus selbst.

Meine Hüften bewegten sich im Takt mit ihren Fingern, ich konnte mich nicht zurückhalten, und meine Schreie waren auf die Bewegung ihrer Hände und Lippen abgestimmt. Als der Daumen auf meine Klitoris drückte und sich genau richtig bewegte, war ich sicher, gestorben zu sein. Wie konnte sich ein Körper von innen nach außen drehen, wieder in sich zusammenbrechen, immer und immer wieder explodieren und immer noch am Leben sein? Ich war mir sicher, dass ich vergessen hatte zu atmen, und vielleicht war ich erstickt, vielleicht war ich deshalb tot, aber dann lief mir die Lust wieder durch den Körper und ich wusste, dass ich völlig lebendig war.

„Verdammt!" Ich rief das Wort noch einmal aus, als ich fühlte, wie sie sich immer noch in mir bewegten, entschlossen, mir alles zu geben, was sie mich fühlen lassen konnten.

Und ich liebte jede Sekunde davon.

Ich musste sie anflehen, aufzuhören, mich zu Atem kommen zu lassen, und sie gaben mir ein Zeichen, einen kurzen Moment, bevor Fernando sich auf das Bett setzte, mich auf die Knie zog und mich so positionierte, dass ich seinem Schwanz zugewandt war, während Santiago hinter mich trat.

Da mein Körper noch immer von den Dingen, die sie mit mir gemacht hatten, high war, wollte ich mich unbedingt revanchieren. Ich sah Fernando in die Augen, als ich seinen Schwanz in meine Hand nahm. Da sprach Fernando zu mir, und ich dachte, mein Verstand würde wieder dahinschmelzen. „Santiago wird dich jetzt ficken, Krystal. Und ich will, dass du mir einen bläst, während er das tut. Ist das okay für dich, Prinzessin?"

„Ich will unbedingt, dass er mich fickt, Fernando. Ich kann es nicht erwarten zu spüren, wie er in mir kommt." Ich nahm die Pille, und ich wusste, dass sie sauber waren. Wir hatten eines Abends alle darüber gesprochen, ganz beiläufig, als wir einen Film über eine Prostituierte in Brasilien sahen und wie sie damit ein Vermögen verdient hatte.

Ich sah ihn an, als ich seinen Schwanz in den Mund nahm, als Santiago in meine durchweichte Muschi eindrang. Ich war so hart gekommen, dass ich immer noch von meinen eigenen Säften durchnässt war. Wir stöhnten alle zusammen, verloren in unseren Empfindungen.

„Verdammt, du machst das so toll", keuchte Fernando als ich meine Zunge benutzte und genau die richtige Saugkraft hatte, um ein Vakuum um seinen steinharten Schwanz zu schaffen. Ich öffnete meine Augen, um zu sehen, dass er mich ansah, mich beobachtete, wie ich ihn immer wieder in den Mund nahm.

Ich versuchte, mich zu konzentrieren, aber es fiel mir schwer, als der normalerweise empfindliche und sanfte Santiago auf eine raue Art und Weise immer wieder zustieß, worauf mein Körper mit völliger Ekstase reagierte.

Es war schwer, ihr Tempo beizubehalten, da ich versuchte, sowohl Nando als auch Santiago im gleichen Rhythmus zu halten. Es war, als ob unsere Körper Musik machten, während Santiagos raue Stöße mich dazu brachten, hart zu saugen, während Santiago mich fickte. Ich war mir sicher, dass Fernando kurz davor stand zu kommen, also wartete ich und erwartete diesen Moment voller Aufregung.

Das war so falsch, ich wusste es, aber es war mir egal, jetzt mit ihren Schwänzen in mir, wie ich mich fühlte. Fernando hielt meinen Kopf still, während er in meinen Mund stieß, und ich musste mich nicht mehr an die Rhythmen anpassen. Er verkrampfte sich, und ich wusste, dass ich gleich eine Ladung direkt in meine Kehle bekommen würde, aber das war mir egal, ich wollte es sogar.

Mit einem letzten Stoß tief in meine Kehle ließ er los, und ich schluckte jeden einzelnen Tropfen seiner Essenz hinunter. Ich liebte die Art und Weise, wie er meinen Namen stöhnte, als er kam, wie er in meine Kehle stieß und gleichzeitig auf meinen Kopf drückte. Als er fertig war, zog ich mich von Fernando weg und nahm Santiago in meine Arme. Fernando küsste mich, während Santiago in mich hereinglitt und die Welt wieder um mich herum versank.

Diese beiden Männer waren meine Welt, und nichts anderes zählte.

Er trieb mich wieder zu den Gipfeln der Erregung, und noch einmal kam ich, als Santiago sich endlich auch gehen ließ. Ich rief seinen Namen, als er in mir kam.

Ich hatte keine Ahnung, wie lange das andauern würde oder wie es enden würde, aber für den Augenblick brauchte ich die beiden, und ich wollte sie in meiner Welt haben, nicht einen von ihnen, sondern beide.

Kapitel Vierzehn

Krystal

Wir waren alle spät aufgewacht, und Santiago schlug ein Bad vor, um den Muskelkater, den ich zweifellos hatte, zu lindern. Es war eine sehr ereignisreiche Nacht gewesen. Er war losgegangen, um Frühstück zu machen, während Fernando mich bat, mich begleiten zu dürfen. Zuerst dachte ich, es sei eine seltsame Bitte, aber dann dachte ich, es wäre vielleicht ganz nett, und damit hatte ich recht.

„Wie fühlst du dich, Krystal?", fragte Fernando, als er mir am nächsten Morgen in der Badewanne den Nacken massierte, während mein Gewicht auf ihm lastete, als ich mich an ihn lehnte. Ich hatte noch nie zuvor mit einem Mann gebadet und entschied, dass es mir gefiel, sehr sogar.

„Es geht mir gut. Ich bin glücklich. Und Santiago hatte recht, das Bad hilft mir wirklich gegen meinen Muskelkater." Ich drehte mich zu ihm um und küsste ihn, ein glückliches Lächeln auf dem Gesicht. Ich hatte beschlossen, vorläufig die Zeit mit ihnen zu genießen. Letztendlich könnte es sein, dass es eine wirklich schlechte Idee war, aber ich konnte nicht anders.

„Gut, denn du musst bereit für den Rest des Tages sein." Der Rest seiner Worte ging in einem langen, sanften Kuss unter, mit dem er mich erforschte, bevor er wieder von mir abließ.

„Unglaublich, dass wir das getan haben, aber jetzt bin ich darüber froh. Es war die beste Erfahrung meines Lebens." Ich lehnte mich wieder mit dem Rücken an ihn, um das heiße Wasser noch ein wenig länger seine Wirkung tun zu lassen, denn eins hatte ich gestern Abend gelernt: Es war Schwerstarbeit, zwei Männer gleichzeitig zu ficken. Natürlich machte es Spaß, aber es war auch hart. Wir hatten fast die ganze Nacht damit verbracht, uns daran zu gewöhnen. Irgendwann hatte Fernando mich eine Zeit lang mit Santiago allein gelassen, und ein wenig später bekam Fernando seine Zeit mit mir. Jetzt hatte ich endlich das, was ich mir schon so lange gewünscht hatte, die beiden Zwillinge ganz für mich.

Ich hatte die Erfahrung gemacht, dass ich mit ihnen reden konnte, sie um Dinge bitten konnte, um die ich Ryder niemals gebeten hätte, und sie gaben mir alles, worum ich sie bat.

Fernando griff nach der Seife, aber ich hatte mich schon überall gewaschen. Was hatte er vor? Ich stellte fest, dass er sich die Hände einseifte, bis sie ganz schaumig waren, und dann damit begann, meine Brustwarzen zu liebkosen. Und natürlich reagierte mein Körper sofort, erst mit Erregung, dann mit Verlangen. Ich war bereits süchtig danach.

„Ich liebe es, wie du mich berührst", stöhnte ich leise, während ich unter Wasser meine Beine aneinanderrieb.

„Ich liebe es, dich zu berühren. Ich liebe es, dich zum Orgasmus zu bringen, Krystal, und dein Körper reagiert immer sofort, es ist unglaublich." Er drückte mit den Händen sanft meine Brüste, löste Seife ab und zog mich dann ein wenig höher, damit er zwischen meine Beine fassen konnte, und er berührte genau die Stelle, wo ich nach seiner Berührung lechzte.

„Du hast wohl immer noch nicht genug, was?", wollte ich ihn necken, doch die Worte endeten in einem Keuchen, als er mit zwei Fingern in mich eindrang.

„Ich weiß nicht, ob ich jemals genug von dir bekommen kann, Krystal. Ich weiß nicht, was ich tun soll, wenn die Schule wieder anfängt, denn ich will einfach nur hierbleiben und mit dir schlafen ..."

„Dann musst du eben ... oh ... oh verdammt ... oh, bitte hör nicht auf." Ich hörte auf zu reden, als er mich langsam mit seinen langen Fingern fickte, es mir genau richtig besorgte, während er mit der Handfläche meine Klitoris rieb. Ich keuchte leise, bevor ich weitersprach. „Du musst dich eben einfach zwischen den Vorlesungen in der Besenkammer mit mir treffen."

Eigentlich war es mir egal, wo er sich mit mir treffen wollte, solange er dafür sorgte, dass ich mich so wie jetzt fühlte, würde ich hingehen. Und mit Santiago war es das Gleiche. Aber würden wir alle in die Besenkammer passen?

„Mm, das hört sich gut an, wenn auch vielleicht ein bisschen riskant." Fernando zog mich ein bisschen höher, sodass ich mich auf seinen Schwanz setzen konnte und ich stemmte die Hände gegen die Seite der Badewanne, um mich festzuhalten.

Ich war so bereit für ihn, dass sein Schwanz direkt in mich hineinrutschte, und das sanfte Gleiten erweckte meine Nerven tief im Inneren zum Leben.

Er begann, in mich zu stoßen, seine Hände auf meiner Taille, um mich festzuhalten. Wir machten eine riesige Sauerei, als Wasser aus der Wanne spritzte, aber das war mir egal, ich würde es später aufwischen. Fürs Erste hielt ich mich fest, während er mich fickte und mit einer Hand um meine Klitoris kreiste.

„Bring mich zum Orgasmus, Baby." Jetzt war ich begierig auf das, von dem ich so lange nicht gewusst hatte, dass es mir gefehlt hatte. Bis die beiden es mir gegeben hatten.

„Oh, das werde ich, und wenn ich fertig bin, gibt Santiago dir zum Frühstück seinen Schwanz. Und später möchtest du dich vielleicht vor uns knien und uns beiden einen blasen, bis wir dich mit unserem Sperma vollspritzen." Es war, als wäre ihm durchaus bewusst, dass er mich mit seinen Worten nur noch heißer machte, und er sprach weiter und sagte immer schmutzigere Dinge, als mein Atem immer heftiger wurde und er weiter in mich stieß.

„Wir sorgen dafür, dass du dich auf deine hübschen kleinen Knie kniest, Krystal, und dann saugst du abwechselnd an unseren Schwänzen mit deinem süßen kleinen Mund, bis wir alle bereit sind zu explodieren. Und dann kommen wir in dein Gesicht und auf deine wunderschönen Titten", flüsterte er mir ins Ohr während ich keuchte und mein Körper bebte.

Ich spürte die erste Welle meines Orgasmus und meine Muschi zog sich um ihn zusammen, sodass er noch tiefer in mich gedrückt wurde.

„Und dann lecken wir dich am ganzen Körper ab, bis du uns anflehst, dich zu ficken, bis du auf unseren Schwänzen kommst. Und weißt du was, meine kleine Prinzessin? Dafür werden wir sorgen; wir sorgen dafür, dass deine saftige kleine Muschi unsere Schwänze fest umschließt." Er hielt kurz inne und presste seine Finger noch fester auf meine Klitoris, sodass ich aufschrie und dann stieß er mich weiter im perfekten Rhythmus.

Er explodierte, als ich erneut zum Orgasmus kam, und füllte meine hungrigen Tiefen mit seiner heißen Ladung.

Wir schrien gemeinsam auf, völlig ineinander verloren, während wir die Empfindungen genossen, die wir einander beschert hatten.

Ein Klopfen an der Tür brachte uns wieder auf den Boden der Tatsachen zurück, und ich rief mit zittriger Stimme: „Komm rein", denn es konnte nur eine einzige Person sein.

Santiago kam herein und lächelte uns beide an.

„Habt ihr Spaß?"

Er sieht gar nicht eifersüchtig aus, dachte ich und seufzte glücklich. Nur neugierig.

„Das Frühstück ist fertig, wenn ihr bereit seid."

„Du hast sie gehört, was?", fragte Fernando als wir beide aus der Badewanne stiegen.

„Das war ja auch kaum zu überhören." Santiago sah an seiner schwarzen Jogginghose hinab, wo eine große Beule seiner Erektion ganz klar bewies, wie gut er mich hatte hören können.

„Wenn du möchtest, kann ich mich gerne darum kümmern", erklärte ich und starrte gierig auf die Beule in seiner Hose.

Meinst du?", fragte Santiago und zog mich nackt und nass wie ich war, ins Schlafzimmer und zog die Jogginghose aus. Ich setzte mich aufs Bett und er stellte sich direkt vor mich hin.

„Oh ja, das meine ich." Ich nahm seinen Schwanz in die Hand und drückte ein wenig fester zu, sodass er zischte. Mir war aufgefallen, dass es Santiago gefiel, wenn seine Erregung sich am Rande des Schmerzes befand. Nicht zu viel, nur ein kleines bisschen.

„Verdammt." Er stieß den Atem zwischen seinen Zähnen aus, als ich ihn noch ein bisschen härter drückte, über den Nervenkitzel hinaus, an einen Ort, von dem ich wusste, dass er schmerzhaft sein musste, aber er sagte mir nicht, ich solle aufhören, stattdessen drückte er sich tiefer in meine Hand.

Ich zog an ihm, bis er nach vorne trat und auf meinen offenen Mund zielte, während ich hinüberschaute und Fernando sah, ein Handtuch um seine Hüften. Als ich den Schwanz seines Bruders im Mund hatte, ließ er das Handtuch los und begann, sich selbst zu befriedigen und war wieder hart und bereit.

Wasser tropfte von meinem nassen Haar herab, das mir über den Rücken und um meinen Hals hing, sodass sich glitzernde Wasserbahnen auf meinen Brüsten bildeten.

„Du bist wirklich unglaublich", erklärte Fernando.

Ich antwortete nicht, mein Mund war voll, und ich war fest entschlossen, Santiago dazu zu bringen, zu kommen. Ich protestierte nicht, als Nando hinter mir auftauchte, um meine Brüste zu umschließen. Santiago schaute auf mich herab, aber ich verlor den Faden, als ich fühlte, wie sein Schwanz in meine Kehle glitt, tiefer als jeder zuvor. Ich lernte dazu, und das gefiel mir.

Ich liebte die Herausforderung in Santiagos Augen, als sein Bruder meine Brustwarzen liebkoste, sie kräftig kniff und dann noch härter, bis meine Klitoris zu einer pulsierenden Masse aus Nervenenden wurde, die berührt werden wollten, schon wieder.

Nando ließ sich hinter mir nieder, und ich griff herum, um seinen Schwanz in meine Hand zu nehmen, ohne aus dem Takt zu kommen, während ich Santiago weiter einen blies.

„Ich liebe es, wenn du es mir mit der Hand besorgst." Fernando stieß weiter in meine kleine Hand, mein Griff fest und genau richtig, so wie er es mir gezeigt hatte, als er mir ins Ohr geflüstert hatte.

Ich wollte auch zum Orgasmus kommen, aber noch lieber wollte ich, dass sie kamen. Ich sah hinauf in Santiagos Augen und ließ seinen Schwanz aus meinem Mund gleiten. Er war eingehüllt von meinem Speichel und ich begann, seine Eichel zu lecken.

"Verdammt, wenn du so weiter machst, komme ich gleich", stöhnte Santiago und begann sich selbst zu streicheln, als ich mich zu Fernando umdrehte, meinen Hintern hoch erhoben.

Ich befeuchtete Nandos Schwanz mit meiner Zunge, bevor ich ihn tief in meinen Mund zog und ihn dort weiter mit meiner Zunge bearbeitete.

Santiago setzte sich auf den Bettrand und ich folgte ihm und ließ seinen ganzen Schwanz in meinem Mund verschwinden, während ich anfing, es Fernando mit der Hand zu besorgen. Einen Schwanz im Mund, den anderen in der Hand, besorgte ich es ihnen beiden gleichzeitig, bis Santiago mich an den Haaren festhielt, um mich ruhig zu halten.

„Ich komme, Krystal", warnte mich Santiago, seine Stimme rau, als er die Worte hervorpresste.

Ich nahm sanft seine Eier in meine Hand und spürte, wie sie sich zusammenzogen, und wusste, dass er nicht scherzte. Er war bereit zu explodieren.

„Warte", befahl ich ihm, ließ ihn aus meinem Mund gleiten und kümmerte mich wieder um Fernando, und besorgte es ihm hart und schnell mit meinem Mund. Vielleicht zu schnell, aber er beschwerte sich nicht, dann spürte ich, wie sich auch seine Eier zusammenzogen. Sie knieten sich aufs Bett, als ich mich aufrichtete, den nun war ihnen klar, was ich wollte.

„Jetzt verpasst mir euer Zeichen. Macht mich zu der Euren." Ich wartete, mein Gesicht unter ihnen, meine festen Brüste eine

Versuchung, auf die sie sich beide fixiert hatten. Als ich Santiago in die Augen sah, stöhnte er, sein Schwanz pulsierte und ich fühlte etwas Warmes auf meinen Brüsten, dann auf meinem Gesicht.

Fernando fügte bald seine perlmuttfarbenen Verzierungen hinzu, die ich nun auf meinem Gesicht und meiner Brust trug. Ich bewegte meine Hände zum Gesicht, zur Brust, als sie fertig waren, und ließ mich auf das Bett sinken. Sie sahen fasziniert zu, wie ich ihr Sperma in meine Haut massierte. Ich hatte sie in der Hand, und das wusste ich jetzt.

Kapitel Fünfzehn

Santiago

Zwei Tage nach Thanksgiving verließen wir schließlich Krystals Wohnung. Es war ein sonniger Sonntagmorgen, und wir fuhren alle mit dem Auto rüber. Mr. Dynton hatte alles arrangiert, damit wir den Rest von Mamis Besitztümern bekommen konnten. Sie hatte anscheinend auch etwas Land in Guatemala, das in der Familie weitergegeben wurde und dessen Eigentümer wir nun beide waren.

Wir hatten darüber geredet, vielleicht eines Tages mit unseren Motorrädern zu dem Grundstück hinunterzufahren, aber wir waren noch nicht zu einem Ergebnis gekommen. Es stand nicht ganz oben auf unserer Prioritätenliste, nicht mit Krystal in unseren Betten. Ich bekam eine SMS, als ich mich auf der Couch niederließ.

>Ich habe gehört, dass ihr beiden Feiglinge euch aus Chávez' Gang gedrückt habt. Ich wusste doch gleich, dass ihr es nicht bringt und eure Motorräder sind auch scheiße.'

Die SMS stammte von Brett, einem Typen aus einer rivalisierenden Gang, die ständig versuchte, Chávezs Gebiete und Verbindungen zu übernehmen. Ich starrte wütend darauf. Ich zeigte sie Nando, dessen Gesicht rot vor Wut wurde.

„Sag ihm, er soll uns an dieser bestimmten Stelle im Tal treffen", entgegnete Fernando sofort. „Dem zeigen wir, wer hier ein Feigling ist."

„Was ist denn los?", wollte Krystal wissen, ihre Augen voller Sorge. „Wo wollt ihr ihn treffen?"

„Nichts Schlimmes, Baby, wir treffen uns nur mit ihm zuhause bei uns im Tal und veranstalten ein kleines Rennen. Willst du mitkommen?", fragte ich sie, und fragte mich, ob sie wohl zuschauen wollte.

"Ja, warum nicht, das klingt nach Spaß." Sie lächelte glücklich und sah sich zu Nando um. „Wann?"

„Sag ihm in einer Stunde, Santiago, dann haben wir genug Zeit, hinzufahren."

Ich nickte und gab die SMS ein. Wir zogen uns unsere Lederhosen und schwarzen T-Shirts an und streiften unsere Lederjacken über. Als ich aus meinem Zimmer kam, hatte ich einen zweiten Helm in der Hand, den ich Krystal gab. Nando hatte eine Lederjacke in der Hand, die ihm nicht mehr passte, und gab sie ihr.

„Die sollte dir passen, ich bin rausgewachsen, aber ich bringe es nicht übers Herz, sie wegzugeben." Er zwinkerte ihr zu, als ich ihr den Helm aufsetzte und unter ihrem Kinn zumachte.

Sie zog die Lederjacke über ihr UCLA-Sweatshirt und sah auf ihre Jeans hinab. „Ich muss wohl so gehen, nehme ich an."

„Das ist schon in Ordnung, Santiago ist ein wirklich guter Fahrer." Fernando zwinkerte ihr erneut zu, bevor wir alle zur Tür gingen.

Sie kletterte hinter mich aufs Motorrad und es gefiel mir, wie sich ihre Schenkel um mich schlossen, als wären wir füreinander gemacht. Ich hatte immer gewusst, dass es sich so anfühlen würde, sie mit mir auf dem Motorrad zu haben. Ich verdrängte die schmutzigen Gedanken, die mir durch den Kopf gingen, und fuhr stattdessen in die Richtung, in der der Treffpunkt sich befand.

Es dauerte ein wenig, doch nach kurzer Zeit kamen wir zum Eingang des Tals, das fast wie eine Wüste aussah. Der Sand war hart, sodass man auf ihm Rennen fahren konnte, wie ich aus vorheriger Erfahrung wusste. Ich hielt das Motorrad an und freute mich darüber, meine Brüder von den King's Hell zu sehen, die bereits da waren. Chávez kam direkt auf mich zu und reichte mir die Hand.

„Ich habe euch Jungs doch gesagt, ihr sollt nicht zurückkommen." Er sah uns beide verärgert mit geschürzten Lippen an, der Blick seiner dunkelbraunen Augen war hart. Doch dann wurde er freundlicher und seine markanten Gesichtszüge verzogen sich unter der gebräunten Haut zu einem Lächeln. „Aber ich bin froh euch zu sehen."

„Schließlich können wir es doch nicht zulassen, dass irgend so ein dahergelaufener Schwachkopf uns und unsere Brüder beleidigt, nicht wahr?" Fernando schüttelte als nächster Chávez die Hand, denn der große, muskulöse Mann voller Tätowierungen war für uns beide fast wie ein Vater.

Ich zog Krystal zu mir und stellte sie unserem Bandenchef vor. „Das hier ist Chávez, und du legst dich besser nie mit ihm an, niemals, okay?"

„Oh, so schlimm bin ich auch nicht, Süße, hör gar nicht auf ihn. Schön dich kennenzulernen." Er schüttelte ihre Hand, aber vorsichtig, wie ich feststellte.

Der ältere Mann sah uns an und ich wusste, dass wir ihm nichts erklären mussten, mit einem einzigen Blick hatte er die Lage durchschaut. Er schob ein wenig die Unterlippe vor, nickte und zwinkerte mir zu. Ich atmete erleichtert auf; ich hätte nicht gewusst, wie ich unsere Situation jemand anderem erklären sollte. Und außerdem wollte ich das auch gar nicht, denn es ging niemanden etwas an.

„Sie sollten jeden Augenblick hier eintreffen. Seid ihr beiden bereit?", fragte Chávez.

Wir nickten.

„Ja. Bereit, den Typen von Rattlesnake Bite ordentlich in den Hintern zu treten." So hieß die andere Gang. Ich fand den Namen bescheuert, aber egal, schließlich musste ich ihn mir ja nicht auf den Rücken tätowieren lassen, wie es diese Idioten taten.

Eines der anderen Mitglieder brachte einer Frau eine schwarzweiße Fahne, als Brett, der Depp aus der anderen Gang an die Linie kam, die jemand mit dem Fuß im Sand gezeichnet hatte. Es war ein sehr übergewichtiger junger Kerl, mit kupferfarbenem Haar, ungefähr in ihrem Alter, aber ohne Zähne und mit einer üblen Einstellung.

Anstatt uns höflich zu begrüßen, zeigte er uns den Finger und sagte: „Fresst Scheiße."

Ich nickte, schaute zu der Frau mit der Fahne hinüber, dann zu Krystal dort drüben mit Chávez, wo sie in Sicherheit war, und schaute dann wieder zu der Fahnenträgerin. In der Sekunde, in der die Fahne zu Boden ging, trat ich aufs Gaspedal und raste los. Ich ging durch die Gänge und fuhr schneller weiter. Ich hatte 130 Stundenkilometer erreicht, aber das war mir egal. Ich beschleunigte weiter. Hier draußen Rennen zu fahren war gegen das Gesetz, aber das war uns egal. Es war ja nicht so, dass einer von uns die Polizei rufen würde.

Ich hatte mit meinem Bruder zusammengearbeitet, um die Motoren unserer Softails zu tunen, sie so zu modifizieren, dass mehr Geschwindigkeit aus ihnen herauszuholen war und das Motorrad auf knapp zweihundert Kilometer pro Stunde kommen würde, bevor ich langsamer werden musste. Der übergewichtige Junge mit dem schmutzigen Motor seiner Sportster, der wahrscheinlich ein Tuning brauchte, und bei dem schwarzer Rauch aus dem Auspuff kam, konnte nicht mithalten, da das Motorrad mit seinem Gewicht nicht schneller fahren konnte.

Ich erreichte die Ziellinie Sekunden bevor Nando die Ziellinie überquerte, und wir beide kamen siegreich zum Stehen, die Arme triumphierend erhoben. Der Junge war erst auf halbem Weg zur Ziellinie. „Was zum Teufel hat er sich dabei nur gedacht? Er hat nicht mal seinen Motor getuned, bevor er herausgekommen ist. Was für ein Idiot", lachte Fernando als wir uns zu unseren jubelnden Bandenbrüdern umdrehten. Und zu unserer heißen Freundin, die wir uns teilten. Sie sprang vor Aufregung auf und ab und rief etwas, das wir allerdings über das Brummen der Motoren nicht hören konnten.

Nando und ich sahen einander an und freuten uns darüber, dass sie da war, um unseren Sieg mit uns zu feiern. Brett gab schließlich zu, dass er verloren hatte, und fuhr zur Startlinie zurück, während wir dasselbe taten. Beleidigt schloss er sich mit seinen Bandenbrüdern zusammen, doch ihr Anführer Ted kam mit ausgestreckter Hand auf uns zu.

„Es tut mir leid, dass ihr für diese lächerliche Scheiße hier rauskommen musstet, Jungs." Er hatte weiße Haut, weißes Haar und rote Augen und trug einen Hut mit breiter Krempe und eine dunkle Sonnenbrille um seine Augen und seine Haut zu schützen. „Ich würde sagen, es ist jetzt ziemlich klar, wer der Feigling ist."

„Kein Problem, Ted. Es macht Spaß, herauszukommen und wieder mal ein Rennen zu fahren."

„Und das war euer letztes Rennen", erklärte Chávez, der sich hinter uns stellte und Ted verschwand wieder zu seinem eigenen Club. „Ihr Jungs müsst nach L.A. zurückkehren. Wenn ihr mit dem Studium fertig seid, könnt ihr vielleicht zurückkommen, uns helfen, aber ich sage euch jetzt ein letztes Mal: Kommt nicht vorher zurück. Mir ist es egal, ob jede einzelne Gang in L.A. euch herausfordert, ihr werdet nicht darauf eingehen. Lasst es einfach bleiben. Sonst lasse ich euch nicht mehr damit davonkommen. Und nein, ich mache keine Witze."

Nando und ich schüttelten beide augenblicklich den Kopf. Uns war klar, dass er meinte, was er sagte. Chávez wollte etwas anderes für uns, und dieser kleine Streifzug in die Vergangenheit hatte Spaß gemacht, aber er hatte recht. Das Rennen, der Schwarzmarkthandel, all das war nicht unser Ziel.

Wir hatten unserer Mutter versprochen, die Uni abzuschließen, aber wir hatten auch versprochen, dass wir nicht zu Chávez zurückkommen würden.

Und wir hatten Krystals Dad versprochen, dass wir sie nicht ficken würden. Wir hatten schon zwei Versprechen gebrochen. Es war an der Zeit, dieses letzte Versprechen zu halten.

Aber wir würden unsere Beziehung zu Krystal nicht beenden, jedenfalls noch nicht. Sie war zu wertvoll, und ich konnte sie nicht gehen lassen. Wenn sie aussteigen wollte, war das eine Sache, aber sich wegen ihres Vaters zurückziehen? Nein. Das würde nicht passieren.

Aber ich würde dieses Versprechen gegenüber Chávez halten. Irgendwie.

Wir nahmen die Glückwünsche unserer Brüder und ihrer Frauen entgegen, aber dann gingen wir. Chávez hatte deutlich gemacht, dass wir uns fernhalten sollten.

Wir brachten Krystal nach Hause, in unsere eigene Wohnung, und verbrachten den Abend dort. Wir hatten mit dem Rennen eine Flasche Tequila gewonnen, und ich machte echte Tacos, nicht die Tex-Mex-Version.

Krystal hatte eine Tasche mitgebracht und plante, zumindest für heute Nacht zu bleiben.

Morgen würden unsere Vorlesungen wieder beginnen, aber unsere Geschichte würde nicht enden. Das wussten wir. Das wussten wir alle. Wir hatten nicht darüber gesprochen, aber das war die Realität.

Während ich das Abendessen vorbereitete, machte Fernando Limonen-Margaritas mit dem Tequila. Er nahm einen Mixer heraus, um das Eis zu zerkleinern, und begann, jedem von uns ein Glas einzuschenken, gerade als das Abendessen fertig war. Wir saßen um den Tisch herum und sahen zu, wie Krystal sich genauso frei und locker verhielt, wie sie es bei sich zu Hause tat.

Sie fühlte sich in unserer Gesellschaft wohl, und als die Nacht sich hinzog und die Tequilaflasche sich langsam leerte, wurden wir alle etwas albern. Am nächsten Tag hatten wir Vorlesungen, also war unsere vierte Margarita die letzte, aber wir saßen alle auf dem Boden des Wohnzimmers und sprachen über das Rennen heute.

„Es war wirklich heiß, euch heute zuzusehen und zu wissen, dass ihr mir gehört", sagte sie, und brach in Gelächter aus. „Das Gesicht dieses Typen, als er zur Startlinie zurückkam, verdammt das war so witzig!"

„Das hat dir also gefallen, was?", fragte ich und wollte plötzlich ein wenig mehr von ihr. „Es hat dir gefallen zu wissen, dass du uns gehörst?"

„Ja, es gefällt mir, ich finde es wirklich toll." Sie richtete sich wieder auf und schlug die Beine übereinander, die sie vor sich ausgestreckt hatte. Aber dann sah sie den Blick in meinen Augen und grinste. Sie hatte ihre Beine in eine braune Samtdecke gehüllt, aber jetzt, da mein Blick auf ihr ruhte, zog sie ihre Beine hoch und spreizte sie. „Ich bin ganz feucht geworden."

„Und wie ist es jetzt?", fragte ich, biss mir auf die Lippe und sah sie mit zu Schlitzen verengten Augen an.

„Jetzt möchte ich, dass du mich umdrehst und mich hier auf dem Boden fickst, Santiago."

Unglaublicherweise war Nando eingeschlafen und schnarchte leise in seiner Ecke.

„Genau jetzt und hier, Baby? Du willst, dass ich dich nehme, dich zu der Meinen mache?", knurrte ich, während ich auf sie zu kroch.

„Bitte, Santiago. Ich war so ein ungezogenes Mädchen, so eine Schlampe. Lass mich dafür bezahlen." Ihre Augen forderten mich heraus, auch wenn wir ein wenig betrunken waren, aber sie war immer noch schön, immer noch eine Verführerin, der ich nicht widerstehen konnte.

Ich antwortete nicht, ich konnte keine Worte finden, also riss ich stattdessen, als ich sie erreichte, die Decke weg. Mit festem Griff zerriss ich die billigen kleinen Shorts, die sie trug, in Stücke und zog ihr das Sweatshirt aus.

Als sie nackt war, bis auf ein süßes Paar schwarzer Söckchen, rollte ich sie grob herum, drückte ihr Gesicht mit der Hand auf den Boden, holte meinen Schwanz aus der Hose und stieß ihn in sie hinein. Ich hatte ein wenig Widerstand erwartet, aber ich rutschte in sie hinein, als ob sie Honig in ihrer süßen Muschi hätte.

Glitschig, eng und heiß umgab sie mich, und ich konnte nichts anderes tun, als sie zu ficken, um sie bezahlen zu lassen, wie sie es vorgeschlagen hatte. Ich hielt meine Hand auf ihrem Kopf, die andere Hand fest auf ihrer Hüfte in einem Griff, der ihr wahrscheinlich wehtat, aber sie wehrte sich nicht gegen mich. Sie stöhnte in Ekstase.

„So ist es richtig, Baby, fick mich wie die Schlampe, die ich bin." Sie stöhnte und aus irgendeinem Grund wurde mein Schwanz dabei noch härter, als er ohnehin schon war.

Normalerweise war ich nicht besonders dominant, aber jetzt, mit dem Tequila, der durch meinen Körper rauschte und ihren Worten, nahm ich ihren Körper in Beschlag. Ich ließ die Hand, mit der ich ihren Kopf festgehalten hatte, über ihren Rücken gleiten und kratzte mit meinen Nägeln über ihre sensible Haut. Sie hätte fast vor Erregung geschrien, also verursachte ich ihr ein wenig mehr Schmerz. Ich hielt sie jetzt mit beiden Händen an der Hüfte fest und zwang sie, sich nicht zu bewegen.

Doch sie stöhnte nur und flehte mich an, ihr mehr zu geben. „Santiago, mach mich zu der Deinen."

Ein Teil von mir wusste, dass da das verlorene kleine Mädchen aus ihr sprach, das immer nur geliebt werden wollte, aber ich konnte ihren Versuchungen nicht widerstehen. Wenn sie mein sein wollte, dann würde ich sie dazu machen.

Ich stieß härter in sie hinein, zog sie auf die Knie, schob sie aber gleich wieder auf den Boden zurück, als sie versuchte, sich auf den Händen abzustützen. „Bleib unten, Krystal. Bleib auf dem Boden, mit dem Gesicht auf dem Teppich. Wage es ja nicht, dich noch einmal zu bewegen."

Ich war schockiert darüber, wie weit ich gegangen war, doch ich fühlte mich auch machtvoll, ich hatte alles unter Kontrolle und je länger ich sie fickte, meine Hüften ein Trommelfeuer, spürte ich, wie ich es nicht mehr länger aushielt. „Du gehörst mir, Krystal, mir."

Ich knurrte bei jedem Wort, als mich endlich der Drang zu kommen überkam. Ich schoss meine Ladung in sie hinein, und noch bevor ich ganz fertig war, hatte ich meine Finger in ihr und fickte sie mit meiner Hand, bis sie zum Orgasmus kam, auf den Knien das Gesicht nach unten auf den Teppich gepresst.

In der Sekunde, in der meine Finger in sie hineinglitten, bewegte ich meine andere Hand zu ihrer Klitoris. Ich wollte sie kommen lassen, mit dem Gesicht auf dem Boden. Ich war auch nicht gerade sanft. Ich umkreiste ihre kleine Lustknospe in engen, harten Kreisen, meine Finger ein Presslufthammer in ihrer Muschi, bis ich spürte, wie sich ihre Muschi um meine Finger zusammenzog und sie laut meinen Namen herausschrie.

Dort, auf dem Boden meiner Wohnung, kam Krystal hart und schnell, ihr Rücken gewölbt und ihr Körper gehörte mir.

Ganz und gar.

„Bleib wo du bist, Krystal. Beweg dich nicht", sagte da Fernando, der rüber kam und meinen Platz einnahm. „Das wird dir morgen ganz schön wehtun, aber du hast mich geweckt und das war nicht gerade höflich."

„Ich weiß, es tut mir leid", wimmerte sie vom Boden aus, doch ich sah das erregte Glitzern in ihren Augen, das mir bestätigte, dass das genau das war, was sie wollte. Sie wollte, dass ich sie hart und rau nehme, und dafür sorge, dass Fernando aufwacht und das Ganze mit ansieht.

Ich sah zu, wie mein Bruder seinen Platz in der Muschi meiner Frau einnahm. In der Muschi unserer Frau. Ich beobachtete ihr Gesicht, nicht meinen Bruder, aber ich hatte schon vorher bemerkt, dass es manchmal so war, als würde ich mich selbst dabei beobachten, wie ich sie ficke, wenn Fernando es tat. Aber jetzt sah ich ihr zu, wie sie sich hingab und der Tequila sie immer noch anspornte, wie Fernando sie umdrehte und ihre Hüften an seine zog.

„Behalte deine Augen offen. Sieh mir zu, wie ich in dich komme." Fernandos Ton war streng und dominant und Krystal grinste.

„Das werde ich."

Und das tat sie auch, bis zu jenem Moment, als er sie mit seinem Sperma füllte und sie erneut die Kontrolle verlor und zum Orgasmus kam.

Kapitel Sechzehn

Krystal

In den letzten Wochen vor unseren Abschlussprüfungen ging der Unterricht wieder los, und wir waren unglaublich beschäftigt. In vielen Kursen standen Abschlussprojekte an, die wochenlange Recherchen erforderten, zusätzlich zu den Prüfungen, die wir in anderen Kursen hatten. Wir arbeiteten alle zusammen in einer der Wohnungen, schliefen zusammen in meinem Doppelbett, standen auf und gingen zum Unterricht, aber jegliche Romantik war die meiste Zeit über vergessen.

Wir hielten an der Idee fest, dass die Winterferien nicht weit weg waren, und dann konnten wir wieder aufatmen. Wir hätten noch ein paar Wochen Zeit, bis unser nächstes Semester anfing, und dann würden wir uns wieder den Hausarbeiten und Tests widmen. Wir aßen eine Menge Pizza, während wir lernten oder schrieben, wir bestellten sogar zusätzliche Pizza, damit wir später weiteressen konnten, wenn wir sie brauchten, da wir lange aufblieben und uns Informationen in den Kopf paukten.

An Sex dachten wir alle, aber das Höchste, was wir bewältigen konnten, waren schnelle kleine Episoden vor dem Schlafengehen oder zwischen dem Lernen. Die meiste Zeit verbrachten wir damit, uns gegenseitig durch die letzten Wochen zu helfen.

Als alles vorbei war, als wir die Papierstapel und die Bücher, die wir nicht mehr brauchten, wegräumen konnten, brauchten wir ein paar Tage, um uns zu entspannen. Die Jungs gingen zurück in ihre Wohnung, um zu schlafen, und ich tat dasselbe. Ich blieb im Bett und sah mir zwischen den Schlafpausen auf meinem Laptop Filme an. Schließlich, vier Tage nachdem der Unterricht formell beendet war und ich wusste, dass ich alle meine Prüfungen bestanden hatte, ging ich hinaus und kaufte meinen ersten eigenen Weihnachtsbaum und die Dekoration, um ihn zu schmücken.

Ich nahm drei der goldenen Christbaumkugeln aus Glas, die ich gekauft hatte, und schmückte sie mit Weihnachtssymbolen, auf denen jeweils ein Name stand. Eine für jeden von uns drei.

Ich lächelte, als ich den Baum betrachtete. Meine Familie hätte nie einen so kitschigen Baum gehabt, behängt mit bunten Kugeln in allen Weihnachtsfarben und einer Tonne Lametta. Für mich war er perfekt, voller LED-Lichter, die mich wie ein fröhliches Kind grinsen ließen. Meinen Eltern würde dieses knallige Ding niemals gefallen, aber das war mir egal.

Ich hatte an diesem Tag nichts von den Jungen gehört, also ging ich raus, holte etwas zu essen für uns alle und ging zu ihnen rüber. Ich trug ein komplettes Brathähnchenessen mit Beilagen in der Hand, meine Arme waren mit Tüten beladen als ich zur Tür ging, um anzuklopfen. Ich hatte ein Grinsen im Gesicht, als Santiago die Tür öffnete, einen überraschten Ausdruck auf seinem Gesicht.

„Krystal", er sah sich mit Furcht auf dem Gesicht um, die er zu verstecken versuchte, doch ich bemerkte es trotzdem. „Äh, wir hatten gar nicht mit dir gerechnet."

Angst erfüllte mein Herz, dieses kleine schwarze Ding in meiner Brust, das ich davon abhalten wollte, wieder zum Leben zu erwachen.

Hatten sie mich bereits durch jemand anderen ersetzt?

„Was ist los?", presste ich hervor, einen Knoten im Hals.

„Gar nichts, wir haben nur ...". Er beendete den Satz nicht, weil ich mich an ihm vorbei drängte, um herauszufinden, wer die Schlampe war.

Nur, dass es sich gar nicht um irgendeine Frau handelte, sondern um meinen Vater. Er sah mich schuldbewusst an.

"Im Ernst? Du kommst, um sie zu besuchen, aber du kannst nicht einmal den verdammten Hörer abnehmen, wenn ich dich anrufe? Fick dich, fick dich!" Ich warf die Lebensmitteltüten nach ihm, starrte

Santiago und Nando an, als sie versuchten, mich aufzuhalten, als ich aus der Wohnung stürmte.

Was zum Teufel?

Mein Vater war hierhergekommen, wahrscheinlich geschäftlich, und er war gekommen, um die Söhne seiner ehemaligen Haushälterin zu besuchen, aber nicht mich? Schon wieder! Was habe ich ihm je getan?

Ich verstand es nicht, und einem Teil von mir war es egal. Dieser Mann, den ich so sehr verehrte und liebte, der mich geliebt hatte.

Oder hatte er das nicht?

Oder war das auch eine Lüge?

Der Schmerz stach mir ins Herz, das wieder zum Leben erwacht war, trotz meiner Anstrengungen. Sie hatten es aufgeweckt, ihm Leben eingehaucht, aber jetzt?

Alles, was mir einfiel, war, Suzanna und Johanna anzurufen, meine Mutter war betrunken, und ich hatte niemanden außer den Jungs. Was blieb mir anderes übrig, als meine besten Freundinnen anzurufen, mit denen ich früher alles geteilt hatte?

Vielleicht hätten sie mir endlich verziehen, dass ich sie in das Charlotte-Fiasko hineingezogen hatte. Und das, obwohl sie, um fair zu sein, diejenigen waren, die mir überhaupt erst von dem Video erzählt hatten. Das schien aber für sie keine Rolle gespielt zu haben.

Nando und Santiago wussten, dass ich mich geändert hatte, dass ich die Fehler meines Verhaltens erkannt hatte. Sie wussten, dass die Dinge, die meine Mutter mir eingetrichtert hatte, in dem Moment dahinschmolzen, als ich mit der Realität des Alleinlebens konfrontiert wurde. Irgendwie zumindest. Ich fühlte mich schuldig, weil ich immer noch entschlossen war, mich an den Jungs zu rächen. Es war dumm, und ich wusste es, aber ich konnte nicht anders. Der kleine Dämon in meiner Seele wollte diesen verdammten Plan nicht aufgeben.

Als ich zu meiner Wohnung zurückkam, und den Weihnachtsbaum anstarrte, den ich ihnen zeigen wollte, lief mir eine Träne über die

Wange. Hätten sie mir überhaupt gesagt, dass mein Vater zu ihnen gekommen war? Oder hätten sie das vor mir geheim gehalten?

Waren sie derart hinterhältig?

Ich war mir nicht sicher, und das störte mich. Ich hätte mir sicher sein sollen, denn sie mochten mich sehr, das war offensichtlich in der Art, wie sie sich um mich kümmerten, die Art, wie sie mich berührten, bewies das. Aber hätten sie mir das vorenthalten, um mir den Schmerz zu ersparen?

Ich ging zu meinem Laptop, öffnete Skype und begann ein Gruppengespräch mit meinen ehemals besten Freundinnen. Wahrscheinlich hätte ich mir vor dem Anruf etwas Make-up auflegen sollen, denn als sie den Anruf annahmen, sahen sie schockiert aus.

Ich war genauso schockiert, dass sie abgenommen hatten. Sie waren offensichtlich bei Suzanna zu Hause, und beide starrten bestürzt in ihre Handys.

„Verdammt, Krystal, was ist mit dir los? Bist du krank?", fragten sie wie aus einem Mund.

„Was? Nein, warum? Ich bin nur wütend. Mein Vater ist hergekommen, um die Zwillinge zu besuchen. Ich meine, das ergibt doch alles keinen Sinn. Ich bin seine Tochter und er verhält sich mir gegenüber auch nicht besser als sie ..." Mir war plötzlich klar, dass ich ihnen gegenüber zum ersten Mal zugab, dass meine Mutter mich schlecht behandelt hatte, aber ich konnte ihnen am Gesicht ansehen, dass sie die Details nicht wissen wollten. Sie verdrehten die Augen; als sei es ihnen egal.

„Deswegen hast du angerufen? Um dich zu beschweren? Verdammt, jetzt komm schon. Du siehst scheiße aus und hast dich allen gegenüber grauenvoll verhalten, und jetzt wunderst du dich darüber, warum dein Daddy dich nicht besuchen kommt? Aus dem gleichen Grund, aus dem wir nicht mehr mit dir reden. Du bist eigensüchtig, benutzt Leute und wirfst sie dann wie Müll weg, wenn du sie nicht mehr brauchst. Wir sind schon längst mit dir durch, aber du bist so auf dich selbst bezogen, dass du es gar nicht bemerkt hast." Johannas grausame Worte kamen in einem schnellen Schwall heraus.

„Und jetzt siehst du auch noch aus, als würdest du unter einer Brücke hausen, Krystal. Was zum Teufel ist nur mit dir los?" Suzanna lachte mich vom Bildschirm meines Laptops aus verächtlich an. Und ihre Verachtung war offensichtlich. „Geh mal zum Friseur und leg ein bisschen mehr Make-up auf. Verdammt, du siehst krank aus. Oh, und hör bitte auf uns anzurufen!"

„Wie bitte, im Ernst? Das ist das Einzige, was ihr mir nach all der Zeit zu sagen habt? Ihr beiden Schlampen wart es doch, die mir das Video überhaupt gezeigt habt. Ihr habt mich dazu verleitet, es online zu stellen, und seitdem verhaltet ihr euch, als wärt ihr mir moralisch überlegen." Ich konnte mich nicht mal mehr daran erinnern, welche der beiden das Video aufgenommen hatte, aber es war eine von ihnen gewesen. „Während ihr also in euren sauberen, kleinen Elfenbeintürmen sitzt, denkt daran: Euer Tag wird auch noch kommen. Vielleicht nicht jetzt sofort, aber irgendwann werdet ihr zurückblicken, und euch wird bewusst werden, dass ihr eigentlich zu mir hier unten gehört."

Ich beendete das Gespräch, bevor sie mich noch mehr beleidigen konnten. Nun, da der Anruf vorbei war, fragte ich mich, warum ich mir überhaupt die Mühe gemacht hatte. Die Hinweise waren die ganze Zeit offensichtlich gewesen, sie wollten nichts mehr mit mir zu tun haben, nachdem mein Name beschmutzt worden war. Wir waren die besten Freunde, seit wir alle zusammen zur Schule gegangen waren, aber sie waren genau das, was meine Mutter sich von mir gewünscht hatte. Eitel, oberflächlich und grausam.

Ich holte tief Luft, schloss den Laptop, schaltete mein Telefon aus, schloss meine Tür ab und zog mich um. Ich zog die Jogginghose an, in der ich mich am wohlsten fühlte, und flocht mein langes Haar. Danach rollte ich mich auf meiner Couch zusammen und begann eine Serie, die während meiner Klausuren gelaufen war. Ich hatte gewartet, bis die Prüfungen vorbei waren, um sie zu sehen, und jetzt hatte ich Zeit.

Für mich war es seltsam, ich wollte schon so lange Gesellschaft haben, aber jetzt gerade? Ich wollte nichts mehr, als in Ruhe gelassen zu werden. Ich hoffte, dass ich das auch bekam.

Scheiße, ich fühlte mich verloren und allein, als wüsste ich nicht, was ich mit mir anfangen sollte. Ich wollte mich besaufen, mir eine Flasche von irgendwas holen. Irgendwas und mich betrinken, wie meine Mutter. Das war meine erste Verlockung, aber der Gedanke, Alkohol kaufen zu wollen und dabei verhaftet zu werden und dass Daddy keine Kaution für mich stellte, setzte dieser Verlockung schnell ein Ende.

Nach dem Fernsehmarathon beschloss ich, meine Mom anzurufen. Oder es zu versuchen. Ich nahm meinen Laptop und versuchte es über Skype, aber meine Mom antwortete nicht, obwohl die App sagte, sie sei gerade online. Ich seufzte tief und schämte mich dafür, wie sehr mich das alles verletzte. Ja, ich hatte Mist gebaut, aber es war über ein Jahr her, warum konnten die Leute nicht sehen, dass ich mich verändert hatte?

Bei meiner Mutter waren es natürlich die Veränderungen, die sie dazu brachten, sich für mich zu schämen. Sie wollte die perfekte, goldhaarige Schönheit, die auf einem Foto in einem Palast sitzen oder am Arm eines Gouverneurs hängen konnte. Deliah wollte keine Tochter, die aussah wie ein durchschnittliches, gewöhnliches Mädchen, das nicht einmal in eine Studentenverbindung kommen konnte. Das war das Schlimmste, was Deliah passieren konnte.

Das Problem war nur, dass ich es darauf angelegt hatte, die Brüder für die Aufmerksamkeit meines Vaters bezahlen zu lassen, ich war genauso kleinlich wie früher. Dieser Plan ging mir immer noch nicht aus dem Kopf, und als ich meinen Vater vor Kurzem dort sah, wurde ich in meiner Entscheidung noch bestärkt. Ich wollte ihn wissen lassen, dass sie beide ihr Versprechen gebrochen hatten, und dann würde er zu mir zurückkommen.

Ich würde die Chance bekommen, in seinen Augen wieder gut auszusehen, wenn ihm klar wurde, dass ich sein Kind bin und nicht irgendein Monster, für das er mich offensichtlich hält. Mit den Fotos und einem kleinem Video, die ich auf meinem Handy hatte, plante ich, ihm alle Beweise zu liefern, die er brauchte, um zu beweisen, dass die Jungen die eine Sache getan hatten, von der er sie gebeten hatte, sie nicht zu tun.

Mein Vater würde zu mir zurückkommen, ich wusste einfach, dass er es tun würde. Mehr war da nicht zu sagen. Das müsste er einfach.

Es wäre schön gewesen, wenn mir jemand wie meine Mutter erklärt hätte, warum sich mein Vater so sehr von mir distanziert hatte. Es war eine Wunde, die ich einfach nicht verwinden konnte, und gerade als ich anfing zu glauben, dass es vielleicht doch möglich war, tauchte er an dem einzigen Ort auf, an dem ich ihn nicht haben wollte.

Nun, die Jungs hätten jetzt einiges zu erklären, wurde mir klar, als ich aufstand, um Popcorn für den nächsten Film, den ich mir ansehen wollte, zu machen. Ich war dort vor ihrer Tür gewesen, also haben wir offensichtlich miteinander interagiert. Sie konnten es als Freundschaft darstellen, schließlich waren wir zusammen aufgewachsen.

Den ganzen Abend wartete ich in der Erwartung, dass die Brüder vor meiner Tür auftauchen würden. Das taten sie nicht, und ich fragte mich, ob unsere Romanze vorbei sei. Hatten sie sich darüber entsetzt, wie ich meinen Vater behandelt hatte? Waren sie deshalb nicht vorbeigekommen, um zu erklären, warum mein verdammter Vater bei ihnen zu Hause war, aber nicht zu mir gekommen war?

Ich war froh, dass ich beschlossen hatte, Weihnachten in Los Angeles zu bleiben. Ich konnte mir gut vorstellen, wie es zu Hause gewesen wäre. Zu schmerzhaft, um überhaupt daran zu denken.

Als ich mir einen Film über eine Familie ansah, die auseinandergerissen wurde, als ihr Kind starb, dachte ich an die Geschichte meiner Eltern.

Sie hatten sich auf einer Party kennengelernt, die von einem Freund von Mom organisiert worden war, einem Freund, der Verbindungen zu Hollywood hatte. Meine Mutter war aus Connecticut gekommen, um ein Star zu werden, aber das hatte sich nicht ergeben.

Sie hatte meinen Vater kennengelernt, sich verliebt, und das war das Ende der Fahnenstange gewesen. Sie hatten einen Monat nach ihrem ersten Date geheiratet und waren seitdem verheiratet.

Mein Vater war schon damals ein aufstrebender Star in der Welt der Regisseure gewesen, und sie hatten mich von dem Moment an verehrt, als ich zwei Monate zu früh zur Welt kam, vom ersten Tag an. Ich war seine Welt gewesen, sein Ein und Alles, der Grund, warum er so hart gearbeitet hatte, um mir das bestmögliche Leben zu bieten. Jetzt konnte er nicht einmal mehr zum Telefon greifen, um mit mir zu sprechen?

Es ergab keinen Sinn. Ein Fehltritt, und alles war anders geworden? Nein, etwas anderes war passiert, jemand hatte seine Meinung über mich irgendwie geändert.

Das müssen die Jungs gewesen sein.

Er hatte immer gewollt, dass Mom noch ein Kind bekommt, aber sie hatte sich geweigert und gesagt, eine Schwangerschaft sei genug. Sie hatte nicht vor, ihren Körper durch ein weiteres Kind zu ruinieren. Vielleicht sah er sie als die zusätzlichen Kinder an, die er sich immer gewünscht hatte?

Ana war seine Haushälterin gewesen, als er meine Mutter kennenlernte, und die arme Frau war im sechsten Monat schwanger gewesen, die Jungs waren also nur ein paar Monate älter als ich.

Sie waren von Anfang an dabei, noch bevor ich geboren wurde. Vielleicht hatte er das Gefühl, ihnen etwas schuldig zu sein, und sie waren ihm nicht peinlich.

Nun, ich würde dem Scheiß ein Ende setzen.

Es war bösartig, grausam und vielleicht sogar ein bisschen verrückt, einen Komplott zu schmieden, um meinem Vater zu enthüllen, dass ich Anas Söhne gefickt hatte, aber das war der Plan, und ich würde mich auf jeden Fall daran halten. Selbst wenn es bedeutete, dass ich sie verlor.

Die Tatsache, dass es meinen Vater zu mir zurückbringen könnte, war den Schmerz wert, sie zu verlieren. Mir war nicht klar, dass ich angefangen hatte, sie zu mögen, jedenfalls war mir nicht klar gewesen, wie sehr. Es würde mir das Herz brechen, sie zu verlieren, aber wenn es mir meinen Vater zurückbringt, dann soll es so sein. Ich könnte alles tun, wenn Daddys Liebe wieder da wäre, wo sie hingehört, bei mir.

Dann würde ich jemanden finden, der ihren Platz einnimmt. Dieser Gedanke ließ mich erschaudern. Vielleicht war jetzt nicht die Zeit, darüber nachzudenken, beschloss ich. Nicht gerade jetzt.

Ich bemerkte, dass in meinem rechten Auge ein verschwommenes Bild entstand, als die Sonne unterging und das Licht aus dem Fernseher ließ erkennen, dass die Unschärfe nicht nur auf müde Augen zurückzuführen war. Als die Lichtschlieren in diesem verschwommenen Bild zu spielen begannen, wusste ich, was passierte, und ging zum Schrank, um mein Migränemedikament herauszuholen, und nahm die Pille mit etwas Wasser ein.

Der Stress von all dem was geschehen war, machte mich krank, und ich würde bald zum Arzt gehen müssen, wenn die Migräne immer wieder so zurückkäme. Es dauerte eine Weile, bis das Medikament wirkte, aber endlich wirkte es, und ich schlief langsam auf der Couch ein. Es war ein wirklich beschissener Tag gewesen, und Schlaf war eine Zuflucht, die ich verzweifelt brauchte.

Kapitel Siebzehn

Krystal

Die Zwillinge waren nicht schuld daran, dass Dad sich so seltsam benahm, das Problem war er selbst. Grund dafür waren weder ich noch die beiden. Ich wollte diese Liebe wiederhaben. Ich war so verrückt danach, dass ich bereit war, alles dafür zu geben.

Eines Tages werden vielleicht auch Nando und Santiago die Nase voll von mir haben, genau wie Johanna und Suzanna. Sogar Ryder war die Spielchen leid und ließ mich links liegen. Andererseits, um genau zu sein, hat er mich immer wie ein Stück Dreck behandelt.

Ich war nicht gerade begeistert, wenn ich über mein Vorhaben nachdachte, aber hoffentlich würde sich alles zum Guten wenden, und es würde wieder Normalität in unsere Familie einkehren, wenn die Jungs aus unserem Leben verschwunden waren.

Die ganze Sache war etwas riskant, aber ich musste irgendetwas unternehmen. Mom wäre jetzt nicht besoffen in einem Hotel, oder wo sie sich sonst gerade befand. Und sie wäre sicherlich stolz darauf, dass ich mich für die Familie einsetzte und versuchte, diese zu retten.

Es musste einfach funktionieren und deshalb musste ich Opfer bringen. Höchstwahrscheinlich war es gerade das letzte Mal, dass ich die Zwillinge sehen würde, und dieses Wissen war sehr, sehr schmerzhaft für mich. Aber um meine Familie wieder zusammenzubringen, nahm ich es in Kauf.

„Sachte, Krystal, wir haben alle Zeit der Welt", hauchte Fernando in mein Haar, als ich mich auf ihn zubewegte.

Ich hatte mein Handy schließlich doch noch eingeschaltet. Und als ich die schon fast panischen Nachrichten las, bat ich die Jungs, rüberzukommen. Kaum hatte ich die Wohnungstür geöffnet, ergriff Nando meine Wangen mit seinen Händen und drückte seine Lippen fest auf meine. Gleichzeitig schob er mich in die Wohnung, um auch Santiago einzulassen. Letztendlich lagen wir alle drei ausgestreckt auf meinem Sofa. Was sie aber nicht wussten, dass meine Handy-Kamera unser kleines Stelldichein filmte.

Unsere Körper waren eng aneinandergeschmiegt und die Gliedmaßen ineinander verstrickt. Ich war glücklich im Sandwich zwischen meinen beiden Liebhabern, und als Fernando sich an meinem Körper entlang abwärts bewegte, drehte ich meinen Kopf, um Santiago zu küssen.

Kaum war die Eingangstür geschlossen, zog mich Santiago aufs Sofa und Fernando umarmte mich von hinten. Ich roch sein Parfüm und lehnte mich zurück, um den Geruch noch intensiver einatmen zu können, so tief, dass ich ihn auf meiner Zunge schmecken konnte. Die Zwillinge hatten nicht das gleiche Parfüm, was es mir erleichterte, sie auseinanderzuhalten.

Ich liebkoste seinen Nacken zuerst mit meiner Nasenspitze, dann mit meiner Zunge. Ich genoss den Geschmack seiner Haut und seines Parfüms und schaute tief in seine Augen, ein wenig verunsichert, während unsere Lippen sich suchten. Ich hatte Angst. Angst vor meinen eigenen Plänen, und ich fragte mich, warum mein Dad extra herkam, um die Jungs zu sehen, aber nicht mich.

„Nando...", flüsterte ich seinen Namen, als ob ich ihm damit zu verstehen geben wollte, dass er mich von meinem Vorhaben abhalten und mich nicht zerstören lassen sollte, was wir hatten.

Als sie hier aufgekreuzt sind, war ich mir plötzlich nicht mehr sicher, was ich tun, oder ob ich meinen Plan ausführen sollte. Immerhin ist es mir gelungen, sie solange abzulenken, dass ich die Kamera für zwei Minuten einschalten konnte. Mein Dad musste nicht alles sehen, nur so viel, um mitzubekommen, was zwischen uns lief.

Ich wurde nervös, meine Bewegungen weniger elegant und sinnlich, aber keiner der beiden schien es zu bemerken. Fernando umarmte mich mit seinen muskulösen Armen und küsste mich, sodass ich meine Zweifel für einen Moment vergaß. Ich brauchte ihn, sie beide, und nahm mir, was ich brauchte.

Als sich unsere Zungen fanden, waren alle meine Sorgen und Ängste wie weggeblasen. Stattdessen entflammte das Spiel seiner Zunge ein Verlangen nach mehr in mir und ich konnte mich kaum zurückhalten.

In diesem Moment zog mich Santiago weg von seinem Bruder, sodass ich in Reiterstellung auf seinen Hüften landete. Seinen Blick auf mich gerichtet, lehnte er sich auf dem Sofa zurück und legte seine Hände an die Seiten meiner Wangen, um mich ruhig zu halten.

„Ich habe dich vermisst", hauchte er gegen meine Lippen und seine Finger bahnten sich einen Weg in meine Shorts, um meine nackte Haut zu fühlen.

Ich stöhnte, als er sanft über meinen nackten Hintern streichelte und ich presste mich an ihn, weil ich nicht genug von ihm, nein, von ihnen bekommen konnte.

Ich würde mich dann später, von Schuldgefühlen geplagt, fragen können, ob mein Plan nicht ein schrecklicher Fehler war. Aber jetzt war ich dem Verlangen, das in mir loderte, hilflos ausgeliefert.

Seine rechte Hand glitt über meinen Hintern, bis zu meiner feuchten und heiß brennenden Muschi. Als seine Finger in mich hineinglitten, drückte ich mit meinen Hüften gegen seine Hand, sodass ich mich ganz ausgefüllt fühlte, während sein Gesicht im T-Shirt zwischen meinen Brüsten verschwand. Er zog die linke Hand aus meiner Shorts und befreite mich von meinem T-Shirt, um freien Blick auf meine Brüste zu haben.

Sein Blick schweifte von meinem Gesicht zu meinen rosafarbenen Brustwarzen. Ich hob seine Hand und legte sie an meine feste, warme Brust, deren Brustwarzen schon verführerisch in die Höhe standen.

„Es ist so unglaublich schön, dich zu berühren und deine Haut zu spüren." Er war voller Selbstvertrauen und wusste, was ich mochte: Seine Finger verführten mich auf perfekte Art und Weise.

„Ich ...", aber ich brachte den Satz nicht mehr zu Ende, denn in diesem Moment durchströmten mich Wellen intensivster Lust, denen ich mich voll hingab. Es war noch kein Orgasmus, aber es fühlte sich verdammt gut an.

Ich stöhnte lustvoll auf, als seine Fingerspitzen in mein straffes Fleisch kniffen und es drehten.

„Ich kann es kaum erwarten, dir zuzusehen, wie du kommst, Krystal. Du bist so wunderschön", sagte er nur ein paar Zentimeter von meiner Brustwarze entfernt, und fing erneut an, die Finger seiner rechten Hand tief in mir zu bewegen.

Die bloße Vorstellung davon ließ mich erschauern und im Verlangen nach mehr stieß ich meine Hüften gegen seine Hand. Ich war triefend nass und das Gefühl der in mich hineingleitenden Finger war unbeschreiblich schön.

Ich fragte mich, ob Fernando neben uns bleiben, oder sich auf einen Stuhl setzen und zuschauen würde. Beide Optionen machten mich so heiß, dass sich mein Innerstes lustvoll zusammenzog.

Santiago verlangsamte sein Fingerspiel tief in meiner Muschi und lehnte sich langsam zurück, bis meine Brustwarze aus seinem Mund ploppte. Er wusste, dass ich kurz vor dem Orgasmus stand, und wollte ihn noch neckisch herauszögern.

„Du magst das doch, oder?"

Ich nickte und presste noch härter gegen seine Hand, als sich mein Orgasmus immer mehr aufbaute, aber ich wollte mehr als nur seine Finger.

„Santiago, bitte fick mich. Bitte, bitte spann mich nicht weiter auf die Folter, nimm mich!"

Ich wusste, dass es ihn heißmachte, wenn ich um seine Berührungen bettelte, und darum, dass er seinen Schwanz tief in mir versenkte.

„Süße, du musst nur fragen."

Wir hielten kurz inne, dass er sich seiner Kleidung entledigen konnte. Shorts und T-Shirt flogen in die Ecke und wir machten da weiter, wo wir aufgehört hatten.

Genau in dem Moment, als Santiago in mich hineinglitt, hörte ich, wie es sich Fernando auf dem Lehnstuhl bequem machte. So musste ich nur meinen Kopf drehen, um Fernando in die Augen zu sehen. Er war auch nackt und beobachtete genüsslich unser Treiben. Ein kurzer Blick weiter nach unten bestätigte mir, dass er genauso bereit war. Ein Glitzern in seinen Augen ließ mich unwillkürlich lächeln; ich fühlte mich verdorben, aber auf eine äußerst sinnliche Art.

Ich begann mich auf Santiagos Schwanz auf und ab zu bewegen, wohl bewusst, dass Fernando uns zuschaute und darauf wartete, bis er an der Reihe war.

„Krystal", stöhnte er, als mein Innerstes ihn fest umschloss, heiß, weich und feucht.

„Santiago", antwortete ich und lehnte mich zurück, um ihn mit den Spitzen meiner blonden Haare in der Leiste zu kitzeln. Ich wusste, dass Fernando meine langen, blonden Haare liebte und darauf abfahren würde.

Santiagos harter Stoß ließ mich laut aufstöhnen und ich konnte es nicht verhindern, denn er traf genau den richtigen Punkt in mir.

„Krystal? Sieh mich an, ich will dich sehen!", hörte ich Fernando sagen, aber ich war zu nichts anderem imstande, als nochmals zu stöhnen, da Santiago mich gerade in meine Brustwarze gezwickt hatte. „Krystal?"

Ich drehte meinen Kopf, um meinem zweiten Liebhaber in die Augen zu sehen, während ich weiterhin auf Santiagos Schwanz auf und ab ritt.

Ich ließ meinen Gefühlen der Lust freien Lauf, wobei ich Fernando unverwandt ansah.

Wir blickten einander tief in die Augen, seine Lippen waren einen Spalt geöffnet und seine Zungenspitze benetzte seine Lippen. Seine Augen weiteten sich für einen Moment, aber seine Hände blieben auf der Armlehne.

„Komm her", sagte ich und hielt ihm eine Hand hin.

Ich drehte mich, um Fernando willkommen zu heißen und wir ließen uns auf dem Sofa nieder, Santiago hielt mich immer noch im Arm und lehnte jetzt mit dem Rücken gegen das Sofa.

Ich umklammerte Santiago mit meinen feuchten Oberschenkeln und fing an Fernando zu küssen, während Santiago wieder tief in mich eindrang.

„Langsamer, Süße", wies Santiago mich an.

Aber ich konnte einfach nicht. Ich war wie in Trance, berauscht vom Gefühl des Ausgefülltseins mit Fernandos Zunge und Santiagos Schwanz.

Santiago umarmte mich und er fing an, mit den Fingern gekonnt meine Brustwarzen zu bearbeiten, und er stieß weiter in mich hinein. Fernando ließ seine Finger weiter nach unten über meinen Hintern bis zu meiner Hinterpforte wandern, um mir mal wieder zu zeigen, was ich da alles verpasste, aber ich war noch nicht bereit dazu. Ich hatte furchtbare Angst, dass es weh tun würde, aber die Lust, die er mir mit dem Finger dort bereitete, war unbeschreiblich.

Santiago fickte mich weiter und ich gab mich voll und ganz der Lust hin, die mich erfüllte. Die erste Welle war derart heftig, dass sie mir den Atem raubte und mein Körper sich aufbäumte.

Fernandos Küsse wirkten besänftigend auf mich, als mein Körper von weiteren Wellen purer Lust kräftig durchflutet wurde. Ich hielt mich an ihm fest, während Santiago weiter tief in mich hineinstieß. Ich fühlte seinen ersten Schuss und wie sein starker Körper erbebte.

Nachdem auch Santiago gekommen war, sank er zurück ins Sofa und ich drehte mich um zu Fernando.

Ich konnte auf keinen Fall eine zweite Portion purer Lust ausschlagen.

***

Am Tag darauf veranstaltete ich zuhause einen Großputz, entfernte alle Spinnweben und Staubmäuse, die ich bei früheren Bestrebungen, die Wohnung zu putzen, übersehen hatte. Ich war ziemlich nervös. Ich hatte alles, was ich meinem Dad zeigen wollte. Das Video hatte ich bearbeitet und sexuelle Details herausgeschnitten, sodass mein Vater gerade nur das Nötigste mitbekäme.

Wir hatten die Nacht gemeinsam in meinem Riesenbett verbracht und dann sind die Jungs raus zum Motorradfahren; eine ihrer Lieblingsbeschäftigungen, nebst mich zu vögeln natürlich.

Ich grinste verschlagen und dachte über meinen Plan nach.

Heute früh war ich von Schuldgefühlen geplagt aufgewacht, hatte versucht, mich mit allerlei Beschäftigungen, wie dem Frühstück für die Jungs, abzulenken. Ich hatte einen furchtbaren Albtraum gehabt, in welchem ich meinem Vater das Video gab und mich dann alle verließen. *Aber das wird nicht passieren*, versicherte ich mir selbst. Es war doch nur ein Albtraum, nichts weiter.

Ich war hin und her gerissen, nein, total verwirrt. Mir war selbst nicht klar, wieso ich überhaupt so was geplant hatte. War ich so besessen von Daddys Zuwendung, dass ich es in Kauf nahm, den Zwillingen die Möglichkeit einer universitären Laufbahn zu rauben? Falls sie mir vergaben, dann würde ich ihnen helfen, dafür aufzukommen. *Falls* sie mir vergaben.

Sowohl mein Verstand als auch mein Herz sagten mir, dass ich mit dem Blödsinn aufhören sollte, aber tief in mir drin schrie etwas nach der Ausführung meines Plans. So putzte ich zur Ablenkung nochmals die ganze Wohnung.

Als ich gerade die Fenstersimse mit einem trockenen Lappen abwischte, kam mir der Gedanke, den ich die ganze Zeit verdrängt hatte. Was, wenn sie mich danach nicht mehr sehen wollten?

Ich liebte die Art und Weise, wie die Aufmerksamkeit der Zwillinge mein Ego bestärkte, und der Gedanke daran, sie zu verlieren, machte mich nicht gerade glücklich. Nein, mir war eher zum Heulen zumute, danach zu heulen, wie ein kleines Kind.

Eigentlich wollte ich ihre Freundschaft und ihre liebevolle Zuneigung nur wegen meinem Vater nicht verlieren. Aber ich wollte meinen Daddy zurück in meinem Leben haben.

Ich würde tun, was getan werden musste, aber ich war mir nicht sicher, ob sie, wenn alles rauskäme, noch etwas mit mir zu tun haben wollten. Und ich konnte es ihnen nicht verübeln.

Ich starrte auf die Fensterscheibe und fragte mich, wie lange das noch so weitergehen sollte.

Ich setzte mich auf mein mit neuen Erinnerungen behaftetes Sofa und dachte über mein Dilemma nach. Vielleicht sollte ich einfach die Klappe halten. Die Zwillinge ihre akademische Laufbahn verfolgen lassen, ohne dass Dad herausfindet, was wir trieben. Überdies, wer konnte garantieren, dass diese Dreiecksbeziehung Bestand hätte? Jeder von uns könnte plötzlich die Nase voll haben und seine eigenen Wege gehen. Und was, wenn ich alles kaputt machte, sie mich aber sowieso nächste Woche verlassen hätten?

Fernando hatte mich in letzter Zeit immer wieder ermuntert, dass ich loslasse und mein Leben selbst in die Hand nehme. Ihm war bereits aufgefallen, dass ich mich verändert hatte und versuchte, nicht mehr nur eine verwöhnte Teenager-Göre zu sein. Und er hatte angefangen, mich dazu zu bringen, dass ich meine eigenen Grenzen überschritt, Neues kennenlernte und über mich selbst hinauswuchs. Waren das die Merkmale eines Mannes, der einfach wieder davonläuft?

Ich legte den Putzlappen weg, lehnte mich auf dem Sofa zurück und konzentrierte mich auf die Musik, die im Fernsehen spielte.

Erst als Fernando mich wach küsste, merkte ich, dass ich eingeschlafen war.

„Wie war eure Motorradtour?", fragte ich die beiden und schaute von einem zum anderen.

Mein Herz stockte vor Freude, als Santiago mir ein warmes Lächeln schenkte.

Fernando rückte zur Seite, damit auch Santiago mich begrüßen konnte. Seine Lippen verweilten auf den meinen, während er zärtlich über mein Gesicht streichelte, als ob er sich jeden Gesichtszug einprägen wollte.

Als Santiago sich wieder aufrichtete, schaute ich beide mit verschlafenen Augen an.

„Leider müssen wir gleich wieder weg. Chávez kommt zu uns, er will uns aus irgendeinem Grund sprechen. Wir kommen dann morgen wieder, falls du nichts anderes vorhast." Santiagos Lächeln war ganz arglos, so lächelte ich auch zurück.

„Ja, klar, ich werde euch beide vermissen." Ich küsste ihn noch einmal und winkte den beiden zu, als sie gingen.

Ich war zwar enttäuscht, dass sie gleich wieder weg waren, aber Chávez war ihnen wichtig, und da er die Jungs treffen wollte, musste es etwas Wichtiges sein.

Gerade als ich mich wieder hinlegen wollte, läutete mein Telefon. Ich war total geschockt, als ich sah, dass meine Mutter anrief. Ich antwortete mit einem Fragezeichen im Tonfall.

„Mom?" Sie war mir auch ausgewichen und hatte meine Anrufe ignoriert, aber als ich die Tränen in ihrer Stimme hörte, war ich sofort milder gestimmt. „Was ist los mit dir?"

„Dein Vater hat mich einfach rausgeschmissen, stell dir das mal vor, Krystal! Er hat schon die Scheidung beantragt und lässt mich quasi pleite zurück", heulte sie ins Telefon.

Mein Herz machte einen Sprung. Meine Mom hörte sich zur Abwechslung tatsächlich mal wieder nüchtern an.

„Ich weiß nicht, wo ich hin soll ..."

„Komm zu mir", entgegnete ich sofort. Meine Miete ist noch mindestens für die nächsten paar Monate im Voraus bezahlt. Papa hat die Miete für ein ganzes Jahr bezahlt. Mom, zieh bei mir ein."

„Schatz, das kann ich dir nicht antun. Außerdem hast du dein eigenes Leben." Sie beruhigte sich ein bisschen, schniefte, und dann hörte ich, wie sie ihr Auto anließ. „Ich werde mir für den Anfang ein Hotelzimmer nehmen und wenn dein Vater nicht wieder zu Sinnen kommt, dann werde ich dein Angebot annehmen."

„Wie auch immer, ich habe noch ein unbenutztes zweites Schlafzimmer, du bist jederzeit willkommen." Ich war mir nicht sicher, ob ich mit Moms Alkoholproblem zurechtkommen würde, aber ich konnte sie nicht ewig in einem Hotel wohnen lassen, auch wenn sie das wollte. Die ganze Situation war total verrückt. „Mom, was ist passiert? Wieso hat dich Papa rausgeschmissen?"

„Schatz, das ist eine lange und komplizierte Geschichte, und ich muss jetzt wirklich auflegen. Ich werde über dein Angebot nachdenken. Vielleicht beruhigt sich dein Vater bald wieder. Heute ist er mal wieder nach Los Angeles gefahren, um die Jungs von diesem Hausmädchen zu sehen, aber vielleicht bekomme ich morgen die Gelegenheit, mich mit ihm zu treffen. Er fährt da alle zwei Wochen hin. Manchmal kommt es mir vor, als wäre es jede Woche."

„Wie bitte? Dad ist wieder hier in der Gegend? Und dann war er auch das letzte Mal nicht nur zufällig in der Stadt, als er zu Besuch kam?"

„Nein, er besucht sie regelmäßig. Ich dachte, er würde dich auch besuchen... Aber ich habe auch nicht nachgefragt. Er erzählt mir auch nicht alles, aber ich weiß, dass er sie regelmäßig besucht ... Liebes, ich muss jetzt los, ich muss herausfinden, wo ich unterkommen kann. Ich muss ein Hotel finden. Ich rufe dich morgen an."

Was zum Teufel? Sie hatten mich, verdammt nochmal, angelogen.

Kapitel Achtzehn

Krystal

Tags darauf fuhr ich nach Santa Monica, nachdem ich Dads Assistentin angerufen hatte, die mir bestätigte, dass er in der Stadt war. Die Assistentin hatte offensichtlich keinen blassen Schimmer, dass Dad mich nicht mehr sehen wollte, und sagte mir ohne Umschweife, wo er sich befand: Zu Hause. Ich fuhr fast die ganze Strecke mit überhöhter Geschwindigkeit und kam deshalb schon nach fünfunddreißig Minuten in der Auffahrt des Hauses an, in dem ich meine Kindheit verbracht hatte. Überschäumende Wut kontrollierte nicht nur meinen Fahrstil, sondern auch die Art und Weise, wie ich ihn in seinem Büro zur Rede stellte. Es war ein Überraschungsangriff und er konnte nicht entfliehen.

„Weißt du, es ist eine Sache, dass du mich verstoßen hast und mich nicht mehr sehen willst, wegen eines blöden Fehlers, oder weswegen genau? Und du schämst dich für mein Verhalten? So weit, so gut, aber dass du Mom ohne einen Cent auf die Straße setzt? Was zum Teufel ist los mit dir?"

Edward Dynton, sonst immer makellos gekleidet, steckte in einem zerknitterten Pullover und einer ebenso zerknitterten Freizeithose. Sein dichtes, graues Haar war ungekämmt und stand in alle Himmelsrichtungen ab und rasiert hatte er sich auch schon seit Tagen nicht mehr. Er sah mich an, Schuldgefühle und eine drückende Last in seinem Blick. „Krystal, setz dich erst mal hin und beruhige dich."

„Mich beruhigen? Wie soll ich mich beruhigen? Du hast mich wegen den Söhnen eines Hausmädchens verlassen, hast deine Frau rausgeworfen und ich soll mich beruhigen?" Ich warf ihm ein paar der Fotos vor die Füße, die ich ausgedruckt hatte und hielt ihm mein Handy hin. „Sind das deine ach so perfekten Jungs, die Jungs, denen du heimlich verboten hast, mich zu vögeln? Also, ich kann dir sagen, dass sie gar nicht so perfekt sind, wie du denkst."

Er schaute kurz aufs Handy und wendete sich dann ab. „Ist okay, es spielt sowieso keine Rolle mehr."

„Wie bitte?" Ich ließ mich auf den Sessel vor seinem antiken Schreibtisch aus Eichenholz fallen. „Was meinst du mit ‚Es spielt keine Rolle mehr'? Wieso war es überhaupt je von Bedeutung?"

„Weil ich bis vor Kurzem dachte, du wärst meine Tochter, Krystal!" Er haute mit der flachen Hand auf seinen Schreibtisch, aber es war offensichtlich, dass er es nicht aus Wut über mich machte, sondern wegen der Art und Weise, wie er es gesagt hatte.

„Also..., warte mal, wie bitte?" Ich schaute ihn an und mir schossen die Tränen in die Augen. Das kann doch gar nicht wahr sein.

„Damals dachte ich, dass du meine leibliche Tochter wärst. Ich wusste, dass sie meine Söhne sind, und das wäre echt eine Katastrophe gewesen. Ihr Kinder standet euch so nahe, als ihr klein wart. Ich ahnte schon, dass wenn ihr Kinder dann alleine da drüben seid, dass so was passieren könnte. Deshalb wollte ich es unbedingt verhindern."

Mir wurde plötzlich übel. „Also sind sie meine Brüder? Von was zur Hölle redest du?"

„Nein, Krystal, sie sind nicht deine Brüder. Du hörst mir nicht richtig zu. *Du* bist nicht meine leibliche Tochter. Deine Mutter hat mich die ganzen Jahre über angelogen. Sie war schon schwanger, als wir uns kennenlernten. Sie hat gestanden, dass sie mich in der Zeit, wo du in Cabo warst, betrogen hat und obendrein hat sie endlich zugegeben, dass du nicht meine Tochter bist." Mit hängenden Schultern schaute er auf seine Hände, sein Gesicht war eingefallen und seine Stimme schmerzerfüllt. „Krystal, du bist nicht meine Tochter."

„Daddy?", sagte ich mit flehender Stimme. „Das stimmt nicht, du bist mein Vater. Wir machen einen DNS-Test, du wirst schon sehen, ich bin deine Tochter!"

„Nein, dein Vater war ein Filmdirektor, den deine Mutter wegen einer Rolle verführt hatte, die sie schlussendlich sowieso nicht erhalten hat. Du bist nicht mein Kind." Sein Atem ging stoßweise.

„Aber Fernando und Santiago sind deine Söhne?" Ich war total neben mir, als würde ich, wie eine Außenstehende, mich selbst sehen und reden hören. Das alles konnte doch nicht wahr sein, da musste doch ein Fehler vorliegen. Es musste einfach so sein.

„Ja, Ana und ich hatten vor langer Zeit eine Affäre, bevor ich deine Mutter kennengelernt hatte, als Anas Ehemann sich aus dem Staub machte. Damals waren wir beide einsam. Aber als sie dann schwanger wurde, haben wir uns getrennt, weil sie sich schuldig fühlte, dass sie ihren Ehemann betrogen hatte und deshalb wollte sie nicht mehr weitermachen. Ich versprach, dass ich mich um sie und das Kind, beziehungsweise, wie sich später herausstellen sollte, die Zwillinge, kümmern würde, und dass wir es geheim halten würden. Nur für den Fall, dass ihr Ehemann zurückkam. Sie wollte es um jeden Preis geheim halten. Ich hätte sie sogar geheiratet, aber leider war sie schon verheiratet. Und dann habe ich deine Mutter kennengelernt, es war, als hätte ich einen Engel getroffen."

Er verstummte.

„Einen Engel, den du betrogen hast? Ja, ich weiß von der Schauspielerin, die du während der Dreharbeiten von diesem Zweiten Weltkrieg Film gebumst hast. Und all die anderen", sagte ich mit anklagendem Blick. Ich war so wütend, wütend auf alle Beteiligten.

„Und Krystal, deine Mutter war auch nicht gerade treu, auch wenn dies jetzt keine Entschuldigung ist. Aber diese Neuigkeiten bezüglich der Vaterschaft? Ich hätte es nicht an dir auslassen dürfen, du wusstest nichts von all dem, aber es ist passiert und es tut mir schrecklich leid. Und hinsichtlich deiner Mutter, ich werde ihr Alimente zahlen und ich werde für dich und die Jungs aufkommen. Aber ich brauche Zeit für mich, ich muss mit der ganzen Situation erst klarkommen."

„Ja, klar." Ich stand auf, mit Tränen in den Augen. „Und wie soll ich dich jetzt nennen?"

„Ich weiß es nicht, Krystal. Ich weiß es wirklich nicht. Ich weiß, dass die ganze Situation äußerst hart für dich ist, du bist noch ein Kind, aber auch ich habe soeben herausgefunden, dass mein kleines Mädchen nicht meins ist. Ich muss das Ganze erst mal verarbeiten."

„Falls es dir hilft, ich war immer dein kleines Mädchen, und was mich betrifft, ich werde es auch immer bleiben. Aber ich werde jetzt gehen, damit du es dir durch den Kopf gehen lassen kannst. Tschüss."

Als ich das Haus verließ, war ich mir nicht sicher, ob ich jemals dorthin zurückkehren würde.

Ich fuhr mit Tränen in den Augen zurück zu meiner Wohnung. Die Fahrt zurück zu meinem neuen Zuhause dauerte viel länger als die Hinfahrt zu meinem alten Zuhause gedauert hatte. Alles war plötzlich anders und ich taumelte mittendrin herum. Mein Vater war gar nicht mein Vater? Und die Jungs waren meine... was eigentlich? Stiefbrüder?

Ja, sie waren meine Stiefbrüder, denn meine Mom und deren Vater waren immer noch verheiratet. Ich hielt bei der nächsten Tankstelle an und legte meinen Kopf ans Steuerrad und begann zu schluchzen. Alles war total am Arsch und es gab nichts, was ich dagegen tun konnte. Wahrscheinlich hatte ich alles noch schlimmer gemacht.

Als ich zum Haus meines Vaters fuhr, war ich mit selbstgerechtem Zorn erfüllt, entschlossen, die Zuneigung, die er für meine Liebhaber hatte, ein für alle Mal zu zerstören. Aber stattdessen war ich die, die am Boden zerstört nach Hause ging und war nicht mal mehr die, die ich zu sein geglaubt hatte. Ich war nicht Edward Dyntons Tochter, sondern das Resultat eines missratenen Versuchs, eines fremden Mannes, meine Mutter zu verführen ... und ihrer Dummheit. Auch damals wusste doch bereits jeder, dass es sowas wie Verhütungsmittel gab, jedenfalls waren sie vorhanden und leicht erhältlich.

Meine Mom war schon immer ein flatterhafter Snob gewesen. Und als sie, schwanger mit mir, Edward getroffen hatte und ihn glauben ließ, dass ich sein Kind sei, da dachte sie wohl, sie hätte den Sechser im Lotto gewonnen. Was für eine abscheuliche und habgierige Tat.

Ich hatte schon von Frauen gehört, die sich absichtlich schwängern ließen, um ihren Mann an sich zu binden, oder bezüglich der

Vaterschaft ihre Männer anlogen. Aber weder ich noch mein Dad wären je auf die Idee gekommen. Wir sind beide von meiner Mutter hintergangen worden. Diese hinterhältige Schlampe.

Ich wischte mir das Gesicht mit einer Papierserviette ab, die ich im Handschuhfach gefunden hatte, und atmete tief durch. Edward hatte gesagt, er würde mich finanziell unterstützen, so überprüfte ich mein Bankkonto vom Handy aus. Er hatte sein Versprechen gehalten, denn es war ein kleines Vermögen drauf. Danach ging ich in den Tankstellenshop und kaufte mir eine Flasche Wasser.

Ich fuhr ganz langsam nach Hause und schleppte mich komplett erschlagen hinein. Würde Daddy, ähh … Edward, den Jungs erzählen, dass ich gepetzt hatte? Scheiße, ich hoffte nicht.

Ich hatte den ganzen Tag nichts von ihnen gehört, eigentlich schon seitdem ihr Vater – au, das tat weh – sie gestern Abend besuchen kam. Zuhause ließ ich mich aufs Sofa fallen, total erschlagen, was für ein Scheißtag! Schon wieder.

Mein Plan war total fehlgeschlagen, stattdessen hat der Mann, von dem ich dachte, dass er mein Vater ist, meine Welt auf den Kopf gestellt. Er war nicht mein Vater.

Die Wortfetzen unserer Unterhaltung wie ‚Sie sind deine Stiefbrüder' schwirrten immer noch in meinem Kopf herum. Gerade jetzt hasste ich meine Mutter über alles, mein ganzes Leben lang hatte sie mich angelogen. Sie wusste, dass ich nicht Edwards Tochter war, und sie hat ihr Geheimnis die ganze Zeit über gehütet, während sie vorgab, absolut perfekt und integer zu sein. Sie war es überhaupt nicht, nein, sie war viel, viel schlimmer als die hochanständige Frau, die mein ganzes Leben lang jede meiner Launen erdulden musste.

Ana hatte ihrerseits auch ein Geheimnis gewahrt, aber das war etwas anderes. Sie war damals einsam gewesen und war einen Moment lang von ihren Prinzipien abgewichen. Aber Deliah hatte in böser Absicht einen Mann angelogen und ihm ein Kind untergejubelt, nur um ein gesichertes und gemütliches Leben führen zu können. Jetzt wunderte es mich auch nicht mehr, wieso sie so besessen war, mich in ein Internat zu schicken, damit sie der Lüge ihres Lebens nicht jeden Tag ins Gesicht blicken musste.

Ich wollte eigentlich meine Mutter besuchen, aber entschied mich dagegen. Ich hatte genug für heute. Ich wollte die Jungs anrufen, aber sie hatten mir nicht einmal geschrieben. Ich ging davon aus, dass Edward sie doch noch angerufen hatte.

Wussten sie es? Wenn ja, wie lange schon? Hatte er es ihnen erst gestern gesagt, oder hatten sie es auch vor mir geheim gehalten? Falls Edward es ihnen erst gestern gesagt hatte, waren sie so angewidert von der Tatsache, dass wir Stiefgeschwister waren und hatten mich deshalb nicht angerufen?

Ich schrie vor Wut, Enttäuschung und Einsamkeit in mein Kissen. Wie konnte Mom uns das antun? Sie hatte alles kaputt gemacht. Sie hatte mir meinen Vater genommen und ihn mit einem abscheulichen Stecher ersetzt, der ihre Naivität schamlos ausgenutzt hatte. Es war zu viel für mich.

Ich ging zum Wandschrank und holte mir eine Flasche Wodka, welche die Jungs mal mitgebracht hatten, dann ging ich in die Küche, und holte ein Glas, Orangensaft und Eis.

Scheiß drauf, wenn ich mich besaufe, dann kann ich vielleicht wenigstens doch schlafen.

Der erste Drink war ein bisschen zu stark, aber ich machte den zweiten genau so, denn ich wollte betäubt sein und nichts mehr fühlen.

Ich ließ einen Film laufen und nach dem vierten Drink einen weiteren. Der Fernseher lief nur, um Leben in die Bude zu bringen und um mein Kopf-Kino zu übertönen, denn immer wieder gingen die gleichen Satzfragmente ‚Nicht mein Vater‘ und ‚Sie sind meine Stiefbrüder‘ in meinem Kopf herum.

Den fünften Drink schaffte ich nicht mehr, ich wollte ja auch keinen Kater haben, sondern nur schlafen können.

Nachdem ich den Fernseher ausgeschaltet hatte, begannen meine Gedanken sich wieder im Kreis zu drehen. All die Trips meiner Mutter, von denen sie zerzaust zurückkam, und das immer nur, wenn Edward weg an einem Drehort war. Einmal erwischte ich sie sogar mit dem Pooljungen, im Poolhaus an die Wand gedrückt. Damals versuchte sie sich rauszureden, dass sie gestürzt sei und er ihr aufgeholfen hatte. Ein anderes Mal beobachtete ich von meinem Zimmerfenster aus, wie ein Typ sie in aller Herrgottsfrühe heimbrachte, noch in denselben Klamotten vom Vorabend. So viele Hinweise, aber ich war damals wohl blind und naiv gewesen.

Ich wusste auch, dass mein Vater nicht gerade die Ausgeburt von Treue war, aber Deliah hatte immer so getan, als würde sie ihn vergöttern. Vergötterte sie ihn wirklich, oder hatte sie das alles nur vorgespielt? Und wie lange lief das alles schon so?

Nun gut, ich war auch nicht gerade die richtige Person, um über Sittlichkeit zu sprechen, denn ich habe die Nachbarszwillinge gevögelt, nicht nur, um mich an ihnen zu rächen, sondern auch an meinem Dad. Aber zu meiner eigenen Verwunderung habe ich mich in sie verliebt. Schlussendlich habe ich sie und mich selbst betrogen, so war das nun wohl die Quittung für meine bösen Taten, die ich Zeit meines Lebens anderen angetan hatte.

Ich war weder ein reiches Mädchen noch eine Prinzessin, ich war auch nicht das perfekte Mädel von Nebenan, für das die Jungs mich hielten. Wie es sich herausstellte, war ich genauso boshaft wie meine Mutter und ich verdiente diese Bestrafung.

Edward hatte gesagt, dass er für meine Mom aufkommen würde, also hatte sie letztendlich gewonnen. Sie hatte den Mann jahrelang verarscht, aber sie würde trotzdem gewinnen. Ich aber nicht, ich war im Begriff, alles zu verlieren. Edward wusste nicht einmal, ob er weiterhin mit mir Kontakt haben wollte.

Ich konnte es ihm nicht verübeln, ich würde ihn bloß immer an die größte Lebenslüge erinnern, der er je aufgesessen ist. Ich liebte ihn immer noch, für mich war er nach wie vor mein Daddy. Er hatte mir beigebracht, wie man Fahrrad fährt, er hatte mir die Welt gezeigt und er hatte mir immer all seine Zuneigung und Liebe geschenkt. So wie es richtige Väter tun.

Vielleicht würde er mich eines Tages wieder als sein kleines Mädchen betrachten können. Aber wenigstens wusste ich jetzt, wieso er den Kontakt mit mir abgebrochen hatte. Er war wirklich sehr, sehr verletzt.

Er hatte das Geheimnis, dass die Jungs seine Söhne sind, für lange Zeit gewahrt, aus Respekt zu Ana. Betrunken wie ich war, musste ich in der Dunkelheit blinzeln. Wusste meine Mutter davon? Hatte sie deshalb alles darangesetzt, dass die Jungs und ich nicht miteinander spielten? Hatte sie mich deshalb gegen die Jungs aufgehetzt? Edward wusste, dass die Zwillinge seine Söhne waren und dachte damals, dass ich seine Tochter bin. So musste sie jegliche Romantik im Keim ersticken, weil Edward davon ausging, dass wir Geschwister waren.

Was für eine beschissene Situation.

Ich beschloss, dass ich mich morgen mit dieser schwachsinnigen Situation auseinandersetzen würde. Ich würde bei meiner Mom vorbeischauen und ihr die chirurgisch perfektionierte Nase brechen und mich dann darum kümmern, warum sich die Jungs nicht bei mir gemeldet hatten.

Falls sie wussten, was ich getan hatte und mich deshalb nicht mehr sehen wollten, war das eine Sache. Aber falls es wegen der (Stief-)Geschwistersache war, dann konnten wir jetzt rammeln wie die Karnickel und keiner würde auch nur mit der Wimper zucken, außer deswegen vielleicht, dass zwei Brüder mit dem gleichen Mädchen Sex hatten. Aber das ging niemanden etwas an. Ich liebte sie beide, auch wenn ich mit meiner Dummheit vielleicht schon alles kaputt gemacht hatte. Morgen würde ich es herausfinden. Genau, das werde ich machen. Ich bekräftigte meinen Plan mit einem Kopfnicken in der Dunkelheit und wollte darauf nochmals einen trinken, aber ich schlief ein, bevor meine Hand das Glas finden konnte. Der Alkohol hatte ganze Arbeit geleistet.

Kapitel Neunzehn

Krystal

Am nächsten Morgen wachte ich mit dem Gedanken auf, dass ich meine Mutter ausfindig machen musste, um ihre Seite der Geschichte zu erfahren. Der Mann, den ich Dad nannte, hatte eine ungeheuerliche Bombe platzen lassen und ich musste herausfinden, ob meine Mom ihm wirklich die Wahrheit gesagt hatte. Ich kannte meine Mom, also könnte es durchaus sein, dass sie betrunken gewesen ist und ihm diese Worte nur an den Kopf geworfen hat, um ihn zu verletzen.

Ich würde es ihr durchaus zutrauen, denn meine Mutter hatte sich im Laufe der Jahre in eine bösartige Giftspritze verwandelt. Vielleicht war alles eine Lüge. Ich würde es herausfinden, wenn ich sie damit konfrontierte.

Ich duschte, trocknete mein Haar ab und flocht es zu einem Zopf, zog mir ein langes, hochgeschlossenes, blaues Kleid an, das mich warm halten würde, nahm meine Handtasche und die Schlüssel und ging. Ich fuhr nach L.A., wo meine Mom in einem Hotel untergekommen war. Dank meines Handys fand ich es auch auf Anhieb und ehe ich mich versah, stand ich vor ihrer Zimmertüre. Ich klopfte und wartete. Keine Antwort. So klopfte ich noch einmal, aber diesmal lauter.

Meine Mom öffnete die Tür mit einem Schwung, aber die Hoffnung in ihren Augen wandelte sich schnell in Enttäuschung, als sie mich erblickte. Sie sah meinen wütenden Gesichtsausdruck und runzelte die Stirn.

„Ich gehe davon aus, dass du Edward getroffen hast." Sie machte die Tür ganz auf und ließ mich eintreten. Deliah war nur mit einem weißen Seidennegligee bekleidet, das total mit Flecken übersät war. Überall lagen kleine Fläschchen aus der Minibar und Fruchtsaftkartons rum. Im ganzen Zimmer herrschte ein wildes Durcheinander, überall lagen Kleidungsstücke, noch nicht ausgepackte Einkaufstüten, unangerührte

Take-Away Gerichte. Sie war gerade mal zwei Tage da und hatte das Zimmer bereits in eine Müllhalde verwandelt.

„Wenn du den Mann meinst, von dem ich bis vor Kurzem gedacht habe, dass er mein Vater sei, dann ja, ich habe Edward gestern getroffen." Ich schaufelte einen Stuhl frei und vergewisserte mich, dass er sauber war. Ich schaute meine Mutter mit kaltem, leeren Blick, doch gelegentlich aufflackernder Wut an.

„So, er hat es dir also gesagt. Das bewahrt mich davor, es dir selbst sagen zu müssen." Deliah fuhr sich mit den Fingern durchs Haar, das jetzt schon einem Rattennest glich und sah sich im Zimmer um. Sie ging zur Kaffeemaschine, füllte sie und schaltete sie ein. „Was willst du, Krystal?"

„Die Wahrheit, Mom, nichts anderes als die Wahrheit. Ist er mein Vater oder nicht?" Meine Stimme war kaum hörbar, aber ich schaffte es, die Worte auszusprechen.

„Nein, ist er nicht." Deliah schaute mich mit hochmütigem Gesichtsausdruck an. „Wie er dir wahrscheinlich schon erzählt hat, habe ich etwas sehr Dummes getan und habe mit einem Filmdirektor geschlafen, um eine Rolle zu bekommen. Aber ich habe sie leider nicht erhalten. Stattdessen wollte er nichts mehr mit mir zu tun haben und weigerte sich zu glauben, dass du sein Kind bist. Zudem hatte er das Geld und die Anwälte, um mich in die Flucht zu schlagen. So, das ist, was passiert ist. Dann habe ich Edward getroffen und alles hat sich verändert."

Sie hielt inne, als würde sie sich an diese längst vergangenen Tage zurückerinnern und fuhr dann fort. „Ich wollte es ihm sagen, dass ich mit dir schwanger war, aber ich konnte nicht. Als er dann merkte, dass meine Menstruation ausblieb, rutschte es mir heraus, dass ich schwanger bin. Aber ich habe ihm verschwiegen, dass das Kind nicht seins ist. Das war das Problem. Ich wollte es ihm sagen, aber er war so begeistert und fragte mich, ob ich ihn heiraten wollte."

„Und du hast ja gesagt?" Ich starrte sie an und hasste sie dafür, dass sie so hinterhältig war.

„Ja. Er war damals schon reich und berühmt und ich konnte einfach nicht nein sagen. Natürlich musste ich einen Ehevertrag unterschreiben, aber mir war klar, dass ich hier in Kalifornien trotzdem nicht leer ausgehen würde, falls er es herausfinden und die Scheidung einreichen sollte." Sie schürzte ihre Lippen und machte sich daran, den Kaffee einzuschenken.

„Ich habe die ganzen Jahre über die Wahrheit verheimlicht, es machte mir auch nichts aus, dass diese Jungs seine Söhne sind." Sie sagte es wie beiläufig über ihre Schulter und fügte dem Kaffee Milchpulver bei. Sie reichte mir eine Tasse und setzte sich auf die Bettkante. „Es war mir egal, als er anfing, Affären zu haben. Du und ich, wir waren abgesichert und ich gab ihm alles, was er wollte, damit es so blieb."

„Ich glaube, es hatte eher damit zu tun, dich selbst abzusichern. Wie auch immer, Mom. Du wusstest über die Jungs Bescheid. Deshalb hast du immer darauf geachtet, dass wir uns nicht zu nahe kamen."

„Du hattest einen Narren an ihnen gefressen, als du klein warst, du hast sie angehimmelt und Edward dachte, dass du seine Tochter bist. Ich konnte deshalb nicht zulassen, dass du ihnen zu nahekommst, und habe dafür gesorgt, dass du sie hasst." Sie hielt trotzig ihr Kinn hoch, als wollte sie damit sagen, dass sie es genauso wieder machen würde.

„Wieso hat mir damals niemand gesagt, dass sie meine Brüder sind? Wieso habt ihr das vor mir geheim gehalten?" Ich probierte den scheußlichen Kaffee und erschauderte, trank aber trotzdem weiter.

„Ana wollte nicht, dass es jemand erfährt. Einer von euch hätte es ausplaudern können. Damals wartete sie immer noch auf ihren verschollenen Ehemann, aber er kam nicht."

Irgendetwas in der Art, wie sie es sagte, ließ mich aufhorchen. „Was weißt du darüber?"

„Er hat Ana immer furchtbar geschlagen. So hat dein, ähm, Edward ihn bezahlt, dass er sich aus dem Staub macht und nicht wiederkommt.

Dies alles geschah lange vor meiner Zeit. Und er ist auch nie zurückgekommen. Dein Vat ..., Scheiße, ich meine Edward, erfuhr nur noch, dass er von irgendeiner Gang ermordet wurde. Also waren wir sicher, dass er ganz bestimmt nicht zurückkommen würde.

„Ich kann gar nicht glauben, dass ihr alle all diese Geheimnisse für euch behalten habt. Du hast mein Leben ruiniert, ist dir das klar?" Ich konnte die Tränen nicht mehr zurückhalten und fuhr anklagend fort: „Du hast mir meinen Vater genommen und ihn mit einem dahergelaufenen Lackaffen ersetzt. Du hast mir meine Identität gestohlen. Ich weiß nun nicht einmal mehr, wer ich eigentlich bin. Außerdem hast du mich gedemütigt. All die Affären und die Lügen, die ihr beide verbreitet habt, haben meine Welt zerstört. Und all das nur, verdammt nochmal, weil du einen reichen Ehemann haben wolltest?"

Ich stellte den ekelhaften Kaffee hin und stand auf. „Wenigstens kenne ich jetzt die Wahrheit."

„Wohin willst du? Du kannst doch jetzt nicht einfach gehen. Du musst mir helfen, einen Weg finden, ihn dazu zu bringen, dass er mir vergibt und ich wieder nach Hause zurückkehren kann. Ich kann hier nicht ewig bleiben." Sie schaute sich in dem ganzen Durcheinander um, das ihr Leben widerspiegelte. Deliah war verzweifelt, sie kam sogar zu mir und ergriff meine Hand, aber ich entzog sie ihr wieder.

„So, du willst also, dass ich dir helfe, dass du heimkehren kannst? Dir geht es doch gar nicht um Dad, ähm, Edward, du willst doch einfach dein altes Leben wieder zurückhaben, in dem Haus, welches du so toll findest, aber das Problem ist, dass er es nicht ertragen kann, dich zu sehen. Du wirst das Haus nie wieder von innen sehen, also versuche es erst gar nicht. Du hast ihn zerstört und mich genauso. Ich will auch nichts mehr mit dir zu tun haben, zumindest vorläufig nicht. Und ich kann nicht garantieren, dass jemals genug Gras über die Sache wachsen wird."

Noch ehe sie mich aufhalten konnte, packte ich meine Tasche, rannte hinaus und stürmte in meinen flachen Ballerinas fast geräuschlos die Treppe hinunter. Als ich im Laufschritt fluchtartig das Hotel verließ und zu meinem Auto rannte, breitete sich der Schock in meinem Körper aus. Ich wollte hier wegkommen, bevor meine Mom überhaupt versuchen konnte, mich aufzuhalten und mich umzustimmen.

Es war also alles wahr. Auf dem Heimweg sinnierte ich darüber, ob meine Mutter mich je wirklich geliebt hatte, oder ob es auch nur ihre Schauspielkünste waren. Immerhin hatte sich mich zu einem perfekten Snob herangezogen, mich gegen die Zwillinge aufgehetzt und mich gelehrt, andere Leute von oben herab zu behandeln.

Ich erinnerte mich an ihre unzähligen Vorträge, wieso *gewisse* Leute unter mir standen, wie Leute ohne Geld, die Arbeiten wie Ana verrichteten. Sie seien extrem faul, dumm und keineswegs wie unsereins. Außerdem belehrte sie mich immer wieder darüber, wieso es so wichtig war, in ausgerechnet den Kreisen zu verkehren, die sie für mich ausgesucht hatte. Jeden Tag gab es Lektionen über das eine oder das andere Thema, und es gab eine Ohrfeige oder ich wurde ohne Abendessen zu Bett geschickt, wenn ich es nur versuchte, Fragen zu stellen. Und all die wütenden Blicke und das Verdrehen meiner Arme, bis ich anfing zu weinen und mich dem unterordnete, was meine Mutter für richtig hielt.

Das war doch Misshandlung, oder etwa nicht? War ich deshalb immer so gemein zu anderen? Zu den anderen, die mir schwächer vorkamen als ich selbst? Wieso war ich so darauf bedacht, immer perfekt zu sein und über allen anderen zu stehen? Ich wurde damit missbraucht, immer den Platz an der Spitze zu wollen, nur, damit ich meine Mutter zufriedenstellen konnte.

Pech für Deliah, denn ich war nun endlich aufgewacht und zu mir gekommen. Aber leider nicht vor meinem letzten, grausamen Akt der höchstwahrscheinlichen Zerstörung der Zwillinge. Ich musste unbedingt erfahren, ob sie wussten, was ich getan hatte. Aber da ich es nicht auch noch ertragen konnte, dass sie mich mit hasserfüllten Augen ansehen würden, ließ ich es bleiben.

Ich ging nach Hause, zog mir pinke Shorts und ein graues, langärmliges Shirt an und machte meine Haare auf. Ich schaute mich in meiner Wohnung um, die Wohnung, deren Miete von einem Mann bezahlt worden ist, der gar nicht mein Vater war. Nach meiner erbärmlichen Party gestern Abend sah es ziemlich unordentlich aus. So begann ich, alle Schüsseln und Gläser einzusammeln, brachte den Abfall raus und staubsaugte die ganze Wohnung. Dann wusch ich noch das letzte Geschirr und schaffte Ordnung.

Als die Wohnung endlich glänzte, hatte ich das Gefühl, dass ich etwas zustande gebracht hatte.

Dass ich im Stande war, meine Wohnung selbst zu putzen, war für mich ein ausgestreckter Mittelfinger direkt ins Gesicht meiner Mutter. Ich sollte mir ja auf keinen Fall meine Hände mit niederen Tätigkeiten dreckig machen, und hier saß ich, mit Händen, die eigentlich dringend eine Maniküre bräuchten, aber es kümmerte mich einen feuchten Dreck.

Noch vor einem Jahr wäre ich schon beim ersten Abblättern des Nagellacks zur Maniküre gerannt und hätte gleichzeitig getwittert, wie schlecht die ursprüngliche Arbeit gewesen sei. Heutzutage war es mir völlig egal, irgendwann würde ich es dann schon machen lassen.

Es gab andere, wichtigere Dinge, über die ich mir Sorgen machen sollte, aber überhaupt nicht darüber nachdenken wollte. Vor allem wollte ich nicht darüber nachdenken, was als Nächstes passieren würde oder welche Höllenpforten sich noch so öffnen würden. Ich war momentan nicht in der Verfassung, noch mehr zu ertragen.

Ich schluchzte und wischte mir ein paar Tränen aus den Augen. Ein Teil von der ganzen Misere war sicherlich auch mein Fehler, das musste ich zugeben. Aber es waren einfach viel zu viele Lügen, die meine Eltern gestrickt hatten und die sie mir gegenüber nie hätten aussprechen dürfen, und so viele Geheimnisse, in die sie mich hätten einweihen sollen. Nur ein kleines bisschen Aufrichtigkeit von Seiten meiner Mutter hätte das ganze Szenario verändert. Vielleicht hätte Edward meine Mutter dann gar nicht geheiratet. Auf jeden Fall wäre es besser gewesen, als sich mit der jetzigen, total beschissenen Situation auseinandersetzen zu müssen. Wenn Edward und Ana wenigstens bezüglich der Zwillinge die Wahrheit gesagt hätten, dann würde ich alles besser verstehen, aber ich hatte da so eine Vermutung.

Deliah hat höchstwahrscheinlich nicht gewollt, dass es publik wird, dass die Jungs Edwards Söhne sind. Dass ihr Mann Kinder mit seiner Putzfrau hatte. Ich war mir ziemlich sicher, dass die ganze Geheimnistuerei den Ursprung bei meiner Mutter hatte, was mich auf einen neuen Gedanken brachte.

Da Edward damals so ehrlich war, Deliah die Wahrheit über die Zwillinge zu sagen, und bereit war, die Konsequenzen seiner Enthüllung zu tragen, hätte er dann nicht auch Verständnis für die missliche Lage meiner Mutter gehabt?

Es war alles zu viel für mich, um jetzt darüber nachzudenken, denn ich fühlte auch schon, wie sich eine Migräne anbahnte, und bereits als ich dabei war, eine Schmerztablette zu schlucken, verschwamm alles vor meinen Augen in einem Nebel. Ich schreckte auf, als es an die Tür klopfte, genau in dem Moment, als ich die Schranktür schloss.

Waren es die Zwillinge, die gekommen sind, um mich auszuschimpfen? Oder sonst jemand? Nein, es konnten nur sie sein. Edward hatte gesagt, dass er Zeit brauchte. Und ich hatte keine anderen Freunde, die mich besuchen würden. So konnten es nur meine Mom oder die Zwillinge sein.

Mit klopfendem Herzen ging ich zur Tür und schaute durch den Spion. Aber da war niemand zu sehen. Ich fragte mich verwirrt, ob es wieder diese Gothik-Tussi war, die sich mit ihren Streichen zurückmeldete, was ich in diesem Moment aber gar nicht brauchen konnte. Ich riss die Tür auf, um dem Miststück meine Meinung zu sagen, schaute nach links, dann nach rechts. Und genau in diesem Moment stockte mein Herz und die Welt stand still.

„Daddy?", sagte ich, fürchtend, dass meine aufkeimende Hoffnung gleich wieder zunichtegemacht werden würde.

„Krystal, kann ich reinkommen?" Es war ihm anzusehen, dass er Angst hatte, ich könnte Nein sagen.

„Klar, komm rein." Ich ließ ihn ein, schloss die Tür hinter mir und geleitete ihn zum Sofa.

Ich setzte mich ans andere Ende, besann mich dann aber meiner Manieren. „Magst du was trinken? Ich habe Saft und Wasser da." Ich verschwieg ihm die Wodkaflasche, die ich ganz hinten im Schrank versteckt hatte.

„Danke, nein, vielleicht später. Deine Wohnung sieht super aus." Er sah sich um, als wäre er überrascht, dass es hier so sauber ist. „Hast du jemanden, der zum Putzen kommt?"

„Was, nein, ich habe mir online ein paar Videos zum Thema Haushaltsführung angeschaut. Ich mag es sogar, es selbst zu erledigen und überdies ist die Wohnung ja auch nicht so groß wie das Haus, so geht es ruck zuck."

„Ich freue mich, das von dir zu hören." Er machte eine Pause und kaute auf seinen Lippen herum. Ich bemerkte, dass er geduscht hatte. Er trug wieder einen seiner üblichen Anzüge. Wahrscheinlich war ihm etwas klar geworden. „Ich will mit dir reden."

Er hielt abermals inne und ich drehte mich zu ihm um, wieder Hoffnung in meinen Augen, ein wunderschönes Gefühl, das gut tat, aber auch schmerzte, weil es eben so schnell wieder zerschlagen werden könnte. Worüber er wohl mit mir sprechen möchte?

„Du hattest recht, ich bin dein Vater. Ich war dein Vater, Krystal, seit dem Moment, als du zur Welt gekommen bist. Ich habe sogar deinen Namen ausgesucht, auch wenn deine Mutter, aus irgendeinem idiotischen Grund, unbedingt den Anfangsbuchstaben in ein K umgewandelt haben wollte. Ich habe dich nach dem Lied von Stevie

Nick genannt. Als du zur Welt kamst, habe ich erst entdeckt, was wahre Liebe ist. Genau so, wie sie es im Lied beschreibt. Ich wusste, ich würde dich immer lieben."

Die Gefühle in mir drin waren so überwältigend, dass es mir den Atem verschlug. Ich legte, nach Atem ringend, meinen Oberkörper auf meine Knie. „Was hast du eben gesagt?"

Er streckte seine Hand aus, um mir liebevoll übers Haar und die Wange zu streicheln, so wie er es unzählige Male getan hatte. „Ich habe gesagt, dass du meine Tochter bist, Krystal, egal ob leiblich oder nicht. Du bist meine Tochter und ich habe mich dir gegenüber wie ein kompletter Vollidiot verhalten. Du hast es nicht im Geringsten verdient, wie ich dich in letzter Zeit behandelt hatte, vor allem gestern. Ich bin hierhergekommen, um dir mitzuteilen, dass du immer meine Tochter sein wirst, egal, was zwischen deiner Mutter und mir sein wird."

Er zog mich zu sich und umarmte mich. Mir entfuhr ein tiefer Schluchzer, aber diesmal war es nicht aus Sorge, sondern weil ich unendlich erleichtert war.

Kapitel Zwanzig

Krystal

Fernando war so richtig sauer in seiner letzten Nachricht.

,Was hast du dir, verdammt nochmal, dabei gedacht, Edward zu erzählen, dass wir eine Dreiecksbeziehung führen? Verdammt, wie kommst du auf so eine Idee?'

Ich hatte keine gute Erklärung dafür und außerdem war ich auch total angepisst. Sie hatten mich angelogen und mir erzählt, sie würden Chávez treffen, als sie sich mit Edward getroffen haben. Wahrscheinlich haben sie es gemacht, um mich nicht zu verletzen, aber trotzdem, sie haben gelogen. Klar, es war nicht so eine große Sache, wie sie an Dad zu verpetzen, aber für mich schon. Es war eine Lüge und ich bin in meinem Leben genug angelogen worden.

Ich schrieb also nicht zurück und habe mich seit Wochen nicht mehr gemeldet und sie sich auch nicht. Ich wollte es unbedingt wieder einrenken, ich würde ihnen auch die Lüge sofort verzeihen, wenn sie doch nur mit mir sprechen würden. Aber ich wusste immer noch nicht, wie ich auf diese letzte Nachricht antworten sollte.

In all diesen Monaten, seit ich von Zuhause ausgezogen bin, hatte ich viel über mich gelernt, vor allem, wer ich wirklich war. Edward, den Mann, den ich meinen Daddy nenne, war wieder in mein Leben zurückgekehrt. Ich konnte wieder mit ihm über alles reden, nur dass ich nicht den Mut aufbrachte, über meine Beziehung mit den Zwillingen zu sprechen.

Ich ... ich konnte es einfach nicht.

Das neue Semester hatte angefangen und ich begann neue Freundschaften zu knüpfen. Glücklicherweise hatte ich keine gemeinsamen Lektionen mit den Gothic-Kids mehr, und die anderen schienen sich nicht im Geringsten um meine Vergangenheit zu scheren. Vor allem mit einem Mädchen namens Jane verbrachte ich viel Zeit, um fürs Fach Moderne Kunst zu lernen. Dort hatten wir uns auch kennengelernt. Sie hatte wunderschöne graue Augen und tiefschwarzes Haar.

Jane wusste über meine Untaten in der Vergangenheit Bescheid, und dass ich kleine und reiche Tussi, von allen Barbie genannt wurde. Aber zum Glück war es ihr egal. „Wir alle machen Fehler im Leben und vor allem in der Highschool. Wer was anderes behauptet, ist einfach nur doof."

Im Unterrichtsfach Moderne Kunst gab es keine Semesterarbeiten oder Labors, nur die Tests. So lernten wir zusammen und manchmal trafen wir uns während der Pausen in der Mensa, oder wie heute, wo ich auf Jane wartete, damit wir zusammen ins Kino gehen konnten.

Und genau in dem Moment kamen Santiago und Fernando zur Tür rein. Als sie mich sahen, blieben sie wie angewurzelt stehen. Unsere Blicke trafen sich und sie verschlangen mich von Weitem mit gierigen Blicken, genauso hungrig, wie ich.

Der Moment kam mir endlos vor, doch dann kamen sie näher. Kamen sie etwa zu mir?

Ich bekam urplötzlich eine Gänsehaut. Würde das monatelange Schweigen endlich auf die eine oder die andere Art ein Ende nehmen?

„Krystal, wie geht es dir?", fragte Santiago mit echter Besorgnis in der Stimme. Aber mir entging nicht, wie Fernando ihn mit bösem Blick anstarrte.

Ich runzelte die Stirn und biss mir gleichzeitig auf die Lippen. Was sollte ich nun antworten? „Mir geht's gut."

Ich wollte ihnen am liebsten alles sagen, dass ich ohne sie verloren war, dass ich mich mit jemandem angefreundet habe, aber, dass ich trotzdem ohne sie eine stetige Leere in mir empfinden würde. Als würde etwas Wichtiges fehlen, das auch die Freundschaft mit Jane nicht zu ersetzen vermochte. Was ich wirklich brauchte, das waren die beiden, aber ich hatte einen schrecklichen Fehler begangen.

„Ok, gut, bis dann." Er wollte gehen, aber ich ergriff seine Hand. Die Tätowierungen auf seinem Arm erinnerten mich daran, wie oft ich mit meinen Fingern darübergestrichen hatte.

„Es tut mir furchtbar leid, ich hätte euch nicht bei Edward verpetzen sollen. Es war ein kindischer Versuch, Edwards Aufmerksamkeit wiederzugewinnen. Ich weiß, ich hätte es nicht tun dürfen, aber ich wollte meinen Dad zurückhaben. Ich liebe euch beide, nur euch." Er zog seine Hand nicht weg und Fernandos harter Gesichtsausdruck wurde ein klein wenig milder. „Ihr müsst wissen, ich liebe euch wirklich. Ich habe noch nie jemanden so sehr geliebt wie euch. Und ich wünschte, ihr könntet mir vergeben und mir noch eine zweite Chance geben."

Sie setzten sich zu mir an den Tisch und starrten mich an. Die Stille zog sich hin und mir war bewusst, dass ich die Gelegenheit am Schopf packen sollte, aber dass sie einfach gar nichts sagten, machte mich nervös.

„Es hat mich sehr verletzt, dass ihr bezüglich der Treffen mit Edward gelogen habt, und am gleichen Abend rief mich meine Mutter an, um mir mitzuteilen, dass Dad sie rausgeworfen hatte. Ich wollte ihn verletzen, auf die gleiche Art und Weise, wie er uns verletzt hatte. Rachegelüste können zu Dummheiten verleiten, und ja, ich habe wohl das Dümmste getan, was ich tun konnte. Aber ich wollte gar nicht euch verletzten, weil ich euch etwa hasste, oder auf euch herabschaute, nein, ich wusste einfach nicht, wie ich mit der ganzen Situation umgehen sollte. Ich habe es nicht getan, um euch zu verletzen."

„Du hast recht, wir haben dich wegen den Treffen mit Edward auch angelogen. Und wir haben die einzige Regel, die er aufgestellt hatte, gebrochen, als wir dich das erste Mal gevögelt haben", sagte Fernando, nachdenklich vor sich her starrend. Er atmete tief ein und blickte mich wieder an: „Aber wir haben mittlerweile auch erfahren, wie abgefuckt deine Mutter ist und wieso alle versucht haben, uns auseinanderzuhalten. Das ist doch alles total krank."

Er stützte seine Ellbogen auf den Tisch, ließ seinen Kopf verwirrt und frustriert zugleich in seine Hände sinken und fuhr sich dann durch die Haare.

„Bitte Fernando, gib mir noch eine Chance. Ich werde nie wieder etwas absichtlich tun, was euch verletzen würde, ich schwöre es!" Ich hatte plötzlich das Gefühl, dass jetzt der Zeitpunkt gekommen ist, meine anerzogene Rolle abzulegen und ich selbst zu sein, also das Mädchen, das ihre Liebe so dringend brauchte. So legte ich meinen letzten Trumpf auf den Tisch: „Ich habe nie geglaubt, dass ich so geliebt werden konnte, wie ihr beide es mir gezeigt habt und ich bin mir sicher, dass ich nie jemand anderen so lieben kann, wie ich euch liebe."

„Krystal, ich weiß nicht. Schließlich bist du ja immer noch unsere Stiefschwester", flüsterte er. „Ist es dir denn egal, was die Leute denken?"

„Und dir etwa nicht?", bemerkte ich mit hochgezogenen Augenbrauen. „Was mich betrifft, ist es mir scheißegal."

„Wirklich?", fragte Santiago und lehnte sich mit einem Hoffnungsschimmer in seinen braunen Augen zu mir herüber.

„Ja, ist es." Jetzt begriff ich, dass dies Santiagos einzige Sorge war, Fernando hingegen mir immer noch wegen meines Verrats grollte. Aber ich konnte ihnen beweisen, dass sie mir von nun an trauen konnten. „Ich werde euch beiden beweisen, dass ihr mir vertrauen und mich lieben könnt, wenn ihr mir die Gelegenheit gebt."

Ich ergriff von jedem eine Hand und sah sie mit den traurigsten Augen an, die ich aufbringen konnte, was aber nicht wirklich schwer war, weil eine Welt ohne die Jungs für mich Traurigkeit und Schmerz bedeutete. „Bitte?"

„Vielleicht ist es besser, wenn wir einfach nur Freunde bleiben. Unsere Familie ist momentan so am Arsch und zwischen uns allen ist viel Leid", bemerkte Santiago, der Rationalste, gleichzeitig aber auch der Sensibelste von uns allen.

„Freunde sein?" Ich fühlte Erleichterung und Schmerz gleichzeitig, denn das war mir eigentlich nicht genug. Aber wenn dies alles war, was er im Moment zu bieten hatte, musste ich mich wohl oder übel damit zufriedengeben.

„Wir haben noch drei Jahre Schulzeit vor uns, Krystal. Wie wäre es, wenn wir es langsam angehen?" Fernandos Stimme klang schon ein bisschen wärmer und er hielt immer noch meine Hand.

Mein Herz setzte kurz aus, als ich dachte, dass er mir seine Hand entziehen wollte, aber stattdessen ergriff er sie mit seinen Händen. „Wir alle müssen erst mal mit dem ganzen Scheiß fertig werden, in das wir da hereingeraten sind. Wir alle. Wenigstens hatten wir unsere Mama, die uns gelehrt hat, was rechtens ist, aber deine wollte dich nur in einen hirnlosen Roboter verwandeln. Wir alle müssen erst einmal herausfinden, wer wir eigentlich sind."

„Es ist nur ein Abschied auf Zeit, Krystal, es ist nicht so, dass wir dich nie wiedersehen wollen. Ich will dich wiedersehen, eines Tages, ich vermisse dich so sehr, verdammt nochmal. Aber jeder von uns braucht noch seine Zeit, um darüber hinwegzukommen", sagte er mit erstickter Stimme.

Meine Augen begannen sich mit Tränen zu füllen, als sich Hoffnung und Erleichterung in mir breitmachten. „Ja, ich verstehe."

„Vielleicht könnten wir heute Abend zusammen essen gehen?", wagte sich Santiago hervor.

Ich schüttelte den Kopf. „Heute Abend kann ich leider nicht. Kennt ihr Jane, die hier in der Mensa arbeitet?" Ich deutete hinter mich auf die Essensausgabe. Als ich meine Hand senkte, ergriff sie Santiago sofort wieder. „Du meinst die Hübsche mit den schwarzen Haaren?"

Mir entging natürlich nicht, dass er meine Hand gleich wieder ergriffen hat, aber ich hatte Angst, es anzusprechen.

„Ja, ich habe sie gesehen", sagte Santiago, aber Fernando schüttelte den Kopf.

„Ich kenne sie nicht, wieso?" Er neigte seinen Kopf fragend zur Seite.

„Sie ist meine Freundin." Ich war so begeistert, dass sich die Begeisterung sogar auf die Jungs übertrug und sie mich anlächelten. „Stellt euch vor, ich habe eine Freundin!"

„Das ist ja super", sagten beide gleichzeitig und lachten.

Ich schaute auf unsere ineinandergeflochtenen Hände und realisierte, dass es sich richtig anfühlte, genauso wie es immer gewesen ist. Sie mussten das Gleiche fühlen, denn auch sie machten keine Anstalten, meine Hände loszulassen. Sie hielten mich immer noch fest. Vielleicht konnten wir alle noch ein Weilchen so bleiben, nur ein kleines bisschen länger, bis wir in dem ganzen Schlamassel durchblickten oder sogar die ganze Sache verarbeitet haben.

„Jane und ich wollen heute Abend ins Kino. Wollt ihr vielleicht mitkommen?" Ich wollte unbedingt, dass sie ja sagen, würde aber auch verstehen, wenn sie nicht mitgehen wollen.

„Ja, gerne, das klingt gut", beeilte sich Santiago zu sagen und schaute Fernando an.

„Ja, das klingt sicher genug", bemerkte Fernando mit einem Kopfnicken und Lächeln. „Wenigstens sind die Hotdogs da besser als das Essen hier in der Mensa."

„Hey, was sind das für Bemerkungen über unser Essen hier?", fragte Jane, die hinter mir auftauchte und sich setzte. „Ich weiß, es ist Müll, aber trotzdem gesund."

Die Zwillinge stimmten in unser Lachen ein und ich stellte sie einander vor.

„Ach so, die Zwillinge", sagte Jane mit einem verschmitzten Grinsen. „Ich habe hier auf dem Campus schon viel von euch gehört. Eins ist sicher, ihr seht genauso heiß aus, wie es euch nachgesagt wird."

Jane sagte immer was sie dachte und ich wusste es. Ihre Bemerkung kümmerte mich deshalb nicht wirklich.

Beide Jungs grinsten sie an, aber ich konnte kein spezielles Interesse in ihren Blicken erkennen. Aber wenn sie mich ansahen, waren ihre Blicke hungrig wie immer, jetzt, wo die Situation wieder entspannter war. Vielleicht würde die ‚Zeit des Verarbeitens‘ doch nicht so lange dauern. Und Jane würde wohl oder übel als Vorwand herhalten müssen.

Zum Glück hat sie den Jungs nicht gesagt, dass ich ihr schon von ihnen und der ganzen Sache erzählt hatte, als wir uns einmal über meinen Ruf auf dem Campus unterhielten. Jane hatte mich dafür nicht verurteilt, sondern mich dazu ermuntert, das Zerwürfnis aus der Welt zu schaffen, das Leben so zu nehmen, wie es kommt und es bis zum Äußersten zu genießen.

Vielleicht hatte Jane ja recht.

Wir zogen los und fuhren in Richtung Kino, die Zwillinge auf ihren Motorrädern, Jane und ich in meinem Auto. Dort trafen wir uns wieder, suchten einen Film aus und mussten über unsere eigene Wahl lachen. Wir deckten uns noch mit Junkfood ein, bevor wir reingingen und unsere Plätze einnahmen. Da es noch früh war, konnten wir die Sitze frei wählen. Jane führte uns zu einer Nische ganz links im Saal, weit ab von der Türe und von lästigen Blicken. Sie setzte sich zuerst, dann Santiago, dann ich und zum Schluss Fernando. So endete ich im Sandwich zwischen den beiden Jungs. In einem Kino. Ihre Beine pressten gegen die meinen.

Verdammte Scheiße. Fernando stupste mich an und ich schaute ihn mit gehobener Augenbraue fragend an. Er hielt mir seine Hand hin und schaute mir in die Augen. „Irgendwo müssen wir doch anfangen, oder etwa nicht?“

Hoffnung. In dem Moment erfüllte mich so viel Hoffnung, dass ich wahrscheinlich wieder eine Migräne bekommen würde, so schnell stieg mein Blutdruck. Ich legte meine Hand in seine und lächelte ihn sanft an. „Ja, ich glaube, du hast recht.“

Ich schaute zu Santiago und bemerkte, dass auch er mir seine Hand hinhielt. Und schon wieder hatte ich Tränen in den Augen. Ich lehnte mich zurück, total perplex darüber, wie sich die Situation entwickelt hatte. Aber wen wundert es, denn wir waren alle so verknallt, auch wenn keiner es wagte, das zuzugeben. Sie würden sich immer um mich kümmern, sie würden immer meine einzigen Freunde sein, wenn sich sonst niemand in meine Nähe traute. Ich hätte wissen müssen, dass es in ihren Herzen immer Verständnis und Vergebung gab.

Sie hatten auch einen Schock erlitten. Denn es stellte sich heraus, dass der Mann ihr Vater ist, von dem sie ihr ganzes Leben dachten, dass er der Chef ihrer Mutter sei. Und das Mädchen, von welchem sie dachten, dass sie seine Tochter ist, war es dann doch nicht, und sie hatte sie beide zudem noch verraten. All dies war auch für die Jungs viel und schwer zu verdauen, aber dass sie jetzt doch hier mit mir im Kino saßen, war doch Beweis genug, dass sie mich liebten und sich um mich sorgten.

Ich schniefte und versuchte, mir verstohlen meine Freudentränen vom Gesicht zu wischen, aber Jane sah es sofort. „Was ist los?"

„Nichts, nichts. Alles gut, Jane." Ich schaute runter auf meine Hände und sie folgte meinem Blick.

„Ah, ok, ich verstehe." Jane lächelte vielsagend und zog einen ihrer rabenschwarzen Augenbrauen hoch. „Ist doch super."

„Ich glaube auch."

Es war noch nichts in Stein gemeißelt, aber ich hatte so das Gefühl, dass dies ein Neuanfang für uns drei war. Es war so wie ein erstes Date und ich würde es einfach auf mich zukommen lassen. Ich wollte die Jungs auf keinen Fall drängen, denn auch sie brauchten Zeit, mit allem fertig zu werden und mir zu vergeben.

Apropos vergeben, der Gedanke kam mir, als ich zwischen den Jungs in Sicherheit dasaß, dass ich auch meiner Mutter vergeben sollte. Aber ich wusste nicht, ob und wie. Aber vielleicht eines fernen Tages, denn momentan wusste ich wirklich nicht, ob ich wieder eine Beziehung mit ihr haben wollte.

Als ich mich an Santiagos Schulter anlehnte, er den Duft meines Shampoos einatmete und mich auf den Kopf küsste, wusste ich, dass ich sicher nicht den gleichen Fehler zweimal machen würde. Ab sofort würde ich den beiden Jungs alles geben und für sie tun, nicht nur, um sie nicht zu verlieren, sondern auch, weil sie es wirklich verdienten.

ENDE

Kontakt SarwahCreed

Sexy Bücherwelten - Liebesromane mit Schuss

Für alle, die nicht bekommen von aufregenden, sexy

Liebesgeschichten mit dem gewissen Etwas.

Gegründet von den Autorinnen

Mila Young

Sarwah Creed

Facebook Page ——https://www.facebook.com/SexyBuecherwelten/

Facebook Group - https://www.facebook.com/groups/

SexyBucherweltenCrew/

Don't miss out!

Visit the website below and you can sign up to receive emails whenever Sarwah Creed publishes a new book. There's no charge and no obligation.

https://books2read.com/r/B-A-OEXM-PPALB

BOOKS2READ

Connecting independent readers to independent writers.

Also by Sarwah Creed

Alles Für Den Boss
Chef mit gewissen Vorzügen
Sexy Überstunden
Chef der Begierde

Bad Apples
Love To Hate You
Hate To Love You

Freunde mit gewissen Vorzügen
Die Teufel und Engel
Schmutziger Spieler
Sext Me

grumpy boss
Size of his Shoes
A Boss with Benefits
My Thirty Day Quarantine

An Ex with Benefits
Blind Date

Kings of Hawk Academy
Bad Intentions
Cruel Intentions

Sext Me Crazy
Filthy #TeXXXt
Hot #TeXXXt

The FlirtChat Series
Daily #TeXXXt
Triple TeXXXt
Quadruple TeXXXt
Naughty #teXXXt

Standalone
Claimed By Wolves